U0093451

國際學術研討會

古龍武俠小說 領先時代半世紀

【記者賴素鈴／報導】江湖代有才人出，這廂古龍凋零二十載，那廂今朝懸賞百萬獎新秀，浪淘不盡，唯有武俠熱愛，不隨時間變易，在學術研討會上更見分明。以「一代鬼才：古龍與武俠小說」爲主題，淡江大學第九屆文學與美學國際學術研討會昨起在國家圖書館，展開爲期兩天的議程，紀念武俠小說家古龍逝世二十周年，新生代學者與古龍故舊齊聚一堂，以文論劍話武俠。

日前與淡大中文系教授林保淳共同發表《台灣武俠小說發展史》，武俠小說評論家葉洪生昨天在專題演講中，直批胡適1959年底發表「武俠小說下流論」是「胡說」，學界泰斗的不當發言以及隨即展開的「暴雨專案」，反而促成1960年起台灣武俠新秀的繁興，「武俠小說迷人的地方，恰恰在門道之上。」，葉洪生認定，武俠小說審美四原則在文筆、意構、雜學、原創性，他強調：「武俠小說，是一種『上流美』。」

集多年心血完成《台灣武俠小說發展史》，葉洪生認爲他已爲從十歲起迷上武俠小說的半世紀畫上完美句點，並且宣布他「以後決心退出武俠論壇，封劍退隱江湖」。

雖然葉洪生回顧武俠小說名家此起彼落，套太史公名言「固一世之雄也，而今安在哉？」，認爲這是值得深思的嚴肅課題，昨天意外現身研討會而備受矚目的溫世禮，則爲了紀念同是武俠迷的哥哥溫世仁，推出第一屆「溫世仁武俠小說百萬大賞」，即日起至今年10月3日截止收件，經兩階段評選後於明年12月7日公布首獎得主，預料將會是一場武林新秀的龍虎爭霸戰。

看明日誰領風騷？風雲時代出版社發行人陳曉林眼中的古龍，其實領先他的時代半世紀，以致如今雖然古龍逝世20年，陳曉林認爲大家對古龍的了解仍然有限，預言未來世代更能和古龍的後設風格共鳴。

昨天這場研討會，也凸顯武俠小說作爲一項文學研究門類，仍有待開發學習空間。多位與會者都指出，武俠小說的發表、出版方式和管道具考證難度，學術理論與論文格式的建立待加強。而武俠名家的版權之爭、市場競爭力，也增加出版推廣困難，古龍武俠小說的版權糾紛、司馬翎作品的版權官司也成爲研討會的場外話題。

與

第九屆文學與美

古龍兄為人慷慨豪邁、跌蕩自如，變化多端，文如其人，且復多奇氣，惜英年早逝，余與古兄當年交好，且喜讀其書，今既不見其人，又無新作可讀，深自惋惜。

金庸

一九九六、十、十一、香港

邊城浪子

（下）

古龍精品集43

邊城浪子(下)

卅四 神刀堂主……005
卅五 前輩高人……033
卅六 戲劇人生……047
卅七 浪子回頭……091
卅八 桃花娘子……113
卅九 情深似海……137
四十 新仇舊恨……163

四一 英雄末路……207
四二 絕路絕刀……231
四三 世家之後……269
四四 丁氏雙雄……303
四五 恩仇了了……323
四六 愛是永恆……349

卅四　神刀堂主

正午的日色竟黯得像黃昏一樣。

丁靈琳看著傅紅雪孤獨的背影，忽然嘆了口氣，道：「你說的不錯，翠濃果然不該再回來找他的，現在他果然反而離開了翠濃。」

她搖著頭，嘆息著道：「我本來以爲他已漸漸變得像是個人，誰知道他還是跟以前一樣，根本就不是個東西。」

葉開道：「他的確不是東西，他是人。」

丁靈琳道：「他假如有點人味，就不該離開那個可憐的女孩子。」

葉開道：「就因爲他是人，所以才非離開那女孩子不可。」

丁靈琳道：「爲什麼？」

葉開道：「因爲他覺得自己受了委曲，心裡的負擔一定很重，再繼續和翠濃生活下去，一定會更加痛苦。」

丁靈琳道：「所以他寧願別人痛苦。」

葉開嘆了口氣道：「其實他自己心裡也一樣痛苦的，可是他非走不可。」

丁靈琳道：「爲什麼？」

葉開道：「翠濃既然能離開他，他爲什麼不能離開翠濃？」

丁靈琳道：「因爲……因爲……」

葉開道：「是不是因爲翠濃是個女人？」

丁靈琳道：「男人本來就不該欺負女人。」

葉開道：「但男人也一樣是人。」

他又嘆了口氣，苦笑道：「女人最大的毛病就是總不把男人當做人，總認爲女人讓男人受罪是活該，男人讓女人受罪就該死了。」

丁靈琳忍不住抿嘴一笑，道：「男人本來就是該死的。」

她忽然抱住了葉開，咬著他的耳朵，輕輕道：「天下的男人都死光了也沒有關係，只要你一個人能活著就好。」

秋風蕭索，人更孤獨。

傅紅雪慢慢的走著，他知道後面永遠不會再有人低著頭，跟著他了。這本不算什麼，他本已習慣孤獨。但現在也不知爲了什麼，他心裡總覺得有些空空洞洞的，彷彿失落了什麼在身後。

有時他甚至忍不住要回頭去瞧一瞧，後面的路很長，他已獨自走過了很長的路，可是前面的路更長，難道他要獨自走下去？

「她的人呢？」

在這淒涼的秋風裡，她在幹什麼？是一個人獨自悄悄流淚？還是又找到了一個聽話的小伙子？

傅紅雪的心裡又開始好像在被針刺著。

這次是他離開她的，他本不該再想她，本不該再痛苦。可是他偏偏會想，偏偏會痛苦。

是不是每個人都有種折磨自己的慾望，爲什麼他既折磨了別人，還要折磨自己？

現在他就算知道她在哪裡，也是絕不會再去找她的了。

但他卻還是一樣要爲她痛苦。這又是爲了什麼？

在沒有人的時候，甚至連傅紅雪有時也忍不住要流淚的。

可是他還沒有流淚時，就已聽見了別人的哭聲。

是一個男人的哭聲。哭的聲音很大，很哀慟。

男人很少這麼樣哭的，只有剛死了丈夫的寡婦才會這樣子哭。

傅紅雪雖然並不是個喜歡多管閒事的人，卻也不禁覺得很奇怪。

但他當然絕不會過去看，更不會過去問。

哭聲就在前面一個並不十分濃密的樹林裡，他從樹林外慢慢的走了過去。

哭的人還在哭，一面哭，一面還在斷斷續續的喃喃自語：「白大俠，你爲什麼要死？是誰害死了你？你爲什麼不給我一個報恩的機會？」

傅紅雪突然停下了腳步，轉過身。

一個穿著孝服的男人，跪在樹林裡，面前擺著張小桌子，桌子上擺著些紙人紙馬，還有一柄紙刀。

用白紙糊成的刀，但刀柄卻塗成了黑色。

這男人看來已過中年，身材卻還保持著少年時候的瘦削矯健，鼻子和嘴的線條都很直，看來是個個性很強，很不容易哭的人。

但現在他卻哭得很傷心。他將桌上的紙人紙馬紙刀拿下，點起了火，眼睛裡還在流著淚。

傅紅雪已走過去，站在旁邊，靜靜的看著。

這個人卻在看著紙人紙馬在火中焚化，流著淚倒了杯酒潑在火上，又倒了杯酒自己喝下去。喃喃道：「白大俠，我沒有別的孝敬，只希望你在天之靈永不寂寞……」

這句話還沒有說完，他已又失聲痛哭起來。

等他哭完了，傅紅雪才喚了一聲：「喂。」

這人一驚，回過身，吃驚的看著傅紅雪。

傅紅雪道：「你在哭誰？」

這人遲疑著，終於道：「我哭的是一位頂天立地的男子漢，是一位絕代無雙的大俠，只可惜你們這些少年人是不會知道他的。」

傅紅雪的心已在跳，勉強控制著自己，道：「你爲什麼要哭他？」

這人道：「因爲他是我的救命恩人，我這一生中，從未受過別人的恩惠，但他卻救了我的命。」

傅紅雪道：「他怎麼救你的？」

這人嘆了口氣，道：「二十年前，我本是個鏢師，保了一趟重鏢經過這裡。」

傅紅雪道：「就在這裡？」

這人點點頭，道：「因爲我保的鏢太重，肩上的擔子也太重，所以只想快點將這趟鏢送到地頭，竟忘了到好漢莊去向薛斌遞帖子。」

傅紅雪問道：「難道來來往往的人，都要向他遞帖子？」

這人道：「經過這裡的人，都要到好漢莊去遞張帖子，拜見他，喝他一頓酒，拿他一點盤纏再上路，否則他就會認爲別人看不起他。」

他目中露出憤怒之色，冷笑著又道：「因爲他是這裡的一條好漢，所以誰也不敢得罪他。」

傅紅雪道：「但你卻得罪了他。」

這人道：「所以他就帶著他那柄六十三斤的巨斧，來找我的麻煩了。」

傅紅雪道：「他要你怎麼樣？」

這人道：「他要我將鏢車先留下，然後再去請我們鏢局的鏢主來，一起到好漢莊去磕頭陪罪。」

傅紅雪道：「你不肯？」

這人嘆道：「磕頭陪罪倒無妨，但這趟鏢是要限期送到的，否則我們鏢局的招牌就要被砸了。」

他忽然挺起胸，大聲道：「何況我趙大方當年也是條響噹噹的人物，我怎麼能忍得下這口氣。」

傅紅雪道：「所以你們就交上了手？」

趙大方又嘆了口氣，道：「只可惜他那柄六十三斤重的宣花鐵斧實在太霸道，我實在不是他的敵手，他盛怒之下，竟要將我立劈在斧下。」

他神情忽又興奮起來，很快的接著道：「幸好就在這時，那位大俠客恰巧路過這裡，一出手就攔住了他，問清了這件事，痛責了他一頓，叫他立刻放我上路。」

傅紅雪道：「後來呢？」

趙大方道：「薛斌當然還有點不服氣，還想動手，但他那柄六十三斤重的宣花鐵斧，到了這位大俠客面前，竟變得像是紙紮的。」

傅紅雪的心又在跳。

趙大方嘆息著，道：「老實說，我這一輩子從來也沒看見過像這位大俠客那麼高的武功，也從來沒有看見過那麼慷慨好義的人物，只可惜……」

傅紅雪道：「只可惜怎麼樣？」

趙大方黯然道，「只可惜這麼樣一位頂天立地的人物，後來竟被宵小所害，不明不白的死了。」

他目中已又有熱淚盈眶，接著道：「只可惜我連他的墓碑在哪裡都不知道，只有在每年的這一天，都到這裡來祭奠祭奠他，想到他的往日雄風，想到他對我的好處，我就忍不住要大哭一場。」

傅紅雪用力緊握雙手，道：「他……他叫什麼名字？」

趙大方悽然道：「他的名字我就算說出來，你們這些年輕人也不會知道。」

傅紅雪道：「你說！」

趙大方遲疑著，道：「他姓白……」

傅紅雪道：「神刀堂白堂主？」

趙大力聳然道：「你怎麼知道他的？」

傅紅雪沒有回答，一雙手握得更緊，道：「他究竟是個怎麼樣的人？」

趙大方道：「我剛才已說過，他是位頂天立地的奇男子，也是近百年來武林中最了不起的大英雄。」

傅紅雪道：「那是不是因爲他救了你，你才這麼說？」

趙大方真誠的道：「就算他沒有救我，我也要這麼樣說的，武林中人誰不知道神刀堂白堂主的俠名，誰不佩服他。」

傅紅雪道：「可是……」

趙大方搶著道：「不佩服他的，一定是那些蠻橫無理，作惡多端的強盜歹徒，因爲白大俠嫉惡如仇，而且天生俠骨，若是見到了不平的事，他是一定忍不住要出手的。」

他接著又道：「譬如說那薛斌就一定會恨他，一定會在背後說他的壞話，但……」

傅紅雪一顆本已冰冷的心，忽然又熱了起來。

趙大方下面所說的是什麼，他已完全聽不見了，他心裡忽然又充滿了復仇的慾望，甚至比以前還要強烈得多。

因爲現在他終於明白他父親是個怎麼樣的人。

現在他已確信，爲了替他父親復仇，無論犧牲什麼都值得。

對那些刺殺他父親，毀謗他父親的人，他更痛恨，尤其是馬空群。

他發誓一定要找到馬空群！發誓一定絕不再饒過這可恥的兇手。

趙大方吃驚的看著他，猜不出這少年爲什麼會忽然變了。

傅紅雪忽然道：「你可曾聽過馬空群這名字？」

趙大方點點頭。

傅紅雪道：「你知不知道他在哪裡？」

趙大方搖搖頭，眼睛已從他的臉上，看到他手裡握著的刀。

漆黑的刀。刀鞘漆黑，刀柄漆黑。

這柄刀顯然是趙大方永遠忘不了的。他忽然跳起來，失聲道：「你……你莫非就是……」

傅紅雪道：「我就是！」

他再也不說別的，慢慢的轉過身，走出了樹林。

林外秋風正吹過大地。

趙大方癡癡的看著他，忽然也衝出去，搶在他面前，跪下，大聲道：「白大俠對我有天高地厚之恩，他老人家雖然已仙去，可是你……你千萬要給我一個報恩的機會。」

傅紅雪道：「不必。」

趙大方道：「可是我……」

傅紅雪道：「你剛才對我說了那些話，就已可算是報過恩了。」

趙大方道：「可是我說不定能夠打聽出那姓馬的消息。」

傅紅雪道：「你？」

趙大方道：「現在我雖已洗手不吃鏢行這碗飯了，但我以前的朋友，在江湖中走動的還是有很多，他們的消息都靈通得很。」

傅紅雪垂下頭，看著自己握刀的手，然後他忽然問：「你住在哪裡？」

屋子裡很簡樸，很乾淨，雪白的牆上，掛著一幅人像。

畫得並不好的人像，卻很傳神。

一個白面微鬚，目光炯炯有神的中年人，微微仰著臉，站在一片柳林外，身子筆挺，就像是一桿鏢槍一般。他穿的是一件紫緞錦袍，腰畔的絲帶上，掛著一柄刀。

漆黑的刀！

人像前還擺著香案，白木的靈牌上，寫著的是：「恩公白大俠之靈位。」

這就是趙大方的家。

趙大方的確是個很懂得感激人的人，的確是條有血性的漢子。現在他又出去爲傅紅雪打聽消息了。

傅紅雪正坐在一張白楊木桌旁，凝視著他父親的遺像。他手裡緊緊握著的，正也是一柄同樣的刀，刀鞘漆黑，刀柄漆黑。

他到這裡已來了四天。這四天來，他天天都坐在這裡，就這樣呆呆的看著他的遺像。

他全身冰冷，血卻是熱的。

「他是個頂天立地的奇男子，也是近百年來武林中最了不起的英雄好漢。」

這一句話就已足夠。無論他吃了多少苦，無論他的犧牲多麼大，就這一句話已足夠。

他絕不能讓他父親在天的英靈，認爲他是個不爭氣的兒子。

他一定要洗清這血海深仇，無論付出什麼代價都值得。

夜色已臨，他燃起了燈，獨坐在孤燈下。

這些天來，他幾乎已忘記了翠濃，但在這寂寞的秋夜裡，在這寂寞的孤燈下，燈光閃動的火燄，彷彿忽然變成了翠濃的眼波。

他咬緊牙，拚命不去想她。在他父親的遺像前，來想這種事，簡直是種冒瀆，簡直可恥。幸好就在這時，門外已有了腳步聲。

這是條很僻靜的小巷，這是棟很安靜的小屋子，絕不會有別人來的。

進來的人果然是趙大方。

傅紅雪立刻問道：「有沒有消息？」

趙大方垂著頭，嘆息著。

傅紅雪慢慢的站起來，道：「你不必難受，這不能怪你。」

趙大方抬起頭，道：「你……你要走？」

傅紅雪道：「我已等了四天。」

趙大方搓著手，道：「你就算要走，也該等到明天走。」

傅紅雪道：「爲什麼？」

趙大方道：「因爲今天夜裡有個人要來。」

傅紅雪道：「什麼人？」

趙大方道：「一個怪人。」

傅紅雪皺了皺眉。

趙大方的神情卻興奮了起來，道：「他不但是個怪人，而且簡直可以說是個瘋子，但他卻是天下消息最靈通的瘋子。」

傅紅雪遲疑著，道：「你怎麼知道他會來？」

趙大方道：「他自己說的。」

傅紅雪道：「什麼時候說的？」

趙大方道：「三年前。」

傅紅雪又皺起了眉。

趙大方道：「就算他是三十年前說的，我還是相信他今天夜裡一定會來，就算砍斷了他的兩條腿，他爬也會爬著來。」

傅紅雪冷冷道：「他若死了呢？」

趙大方道：「他若死了，也一定會叫人將他的棺材抬來。」

傅紅雪道：「你如此信任他？」

趙大方道：「我的確信任他，因爲他說出的話，從未失信過一次。」

傅紅雪慢慢的坐了下去。

趙大方卻忽又問道：「你從不喝酒的？」

傅紅雪搖搖頭。

他搖頭的時候，心裡又在隱隱發痛。

趙大方並沒有看出他的痛苦，笑著道：「但那瘋子卻是酒鬼，我在兩年前已為他準備了兩罈好酒。」

傅紅雪冷冷的道：「我只希望這兩罈酒有人喝下去。」

酒已擺在桌上，兩大罈。

夜已深了，遠處隱隱傳來更鼓，已近三更。

三更還沒有人來。趙大方卻還是心安理得的坐在那裡，連一點焦躁的表情都沒有。

他的確是個很信任朋友的人！

傅紅雪一動也不動的坐在那裡，什麼話都不再問。

還是趙大方忍不住打破了沉默，微笑著道：「他不但是個瘋子，是個酒鬼，還是個獨行盜，但我卻從來也沒有見過比他更可靠的朋友。」

傅紅雪在聽著。

趙大方道：「他雖然是個獨行盜，卻是個劫富濟貧的俠盜，自己反而常常窮得一文不名。」

傅紅雪並不奇怪，他見過這種人。聽說葉開就是這種人。

趙大方道：「他姓金，別人都叫他金瘋子，漸漸就連他本來的名字都忘了。」

傅紅雪這時卻已沒有在聽他說話，因爲這時小巷中已傳來一陣腳步聲。

腳步聲很重，而且是兩個人的腳步聲。

趙大方也聽了聽，立刻搖著頭道：「來的人絕不是他。」

傅紅雪道：「哦？」

趙大方道：「我說過他是個獨行盜，一向是獨來獨往的。」

他笑了笑，又道：「獨行盜走路時腳步也絕不會這麼重。」

傅紅雪也承認他說的有理，但腳步聲卻偏偏就在門外停了下來。

這次是趙大方皺起了眉。

外面已有了敲門聲。

趙大方皺著眉，喃喃道：「這絕不是他，他從不敲門的。」

但他還是不能不開門。

門外果然有兩個人。兩個人抬著口很大的棺材。

夜色很濃，秋星很高，淡淡的星光，照在這兩個人的臉上。他們的臉很平凡，身上穿著的也是很平凡的粗布衣裳，赤足穿著草鞋。

無論誰都能看得出這兩人都是以出賣勞力爲生的窮人。

「你姓趙？」

趙大方點點頭。

「有人叫我們將這口棺材送來給你。」

他們將棺材往門裡一放，再也不說一句話，掉頭就走，彷彿生怕走得不夠快。

趙大方本來是想追上去的，但看了這口棺材一眼，又站住。

他就這樣站在那裡，呆呆的看著這口棺材，他眼睛裡似將流下淚來，黯然道：「我說過，他就算死了，也會叫人將他的棺材抬來的。」

傅紅雪的心也沉了下去。他對這件事雖然並沒有抱太大的希望，但總還是有一點希望的。

現在希望已落空。

看到趙大方爲朋友悲傷的表情，他心裡當然也不會太好受。只可惜他從來不會安慰別人。

現在他忽然又想喝酒。

酒就在桌上。

趙大方悽然長嘆，道：「看來這兩罈酒竟是真的沒有人喝了。」

突聽一人大聲道：「沒有人喝才怪。」

聲音竟是從棺材裡發出來的。

接著，就聽見棺材「砰」的一響，蓋子就開了，一個活生生的人從棺材裡跳了出來。

一個滿面虬髯的大漢，精赤著上身，卻穿著條繡著紅花的黑緞褲子，腳上穿著全新的粉底官靴。

趙大方大笑，道：「你這瘋子，我就知道你死不了的。」

金瘋子道：「要死也得先喝完你這兩罈陳年好酒再說。」

他一跳出來，就一掌拍碎了酒罈的泥封，現在已開始對著罈子牛飲。

傅紅雪就坐在旁邊，他卻連看都沒有看一眼，就好像屋子裡根本沒有這麼樣一個人存在。

這人看來的確有點瘋。

但傅紅雪並沒有生氣，他自己也是常常看不見別人的。

金瘋子一口氣幾乎將半罈酒都灌下肚子，才停下來喘了口氣，大笑道：「好酒，果然是陳年好酒，我總算沒有白來這一趟。」

趙大方問道：「你要來就來，爲什麼還要玩這種花樣？」

金瘋子瞪起眼，道：「誰跟你玩花樣？」

趙大方道：「不玩花樣，爲什麼要躲在棺材裡叫人抬來？」

金瘋子道：「因爲我懶得走。」

這句話回答得真妙，也真瘋，但他在說這句話的時候，眼裡卻似乎露出了一絲憂慮恐懼之色。

所以他立刻又捧起了酒罈子來。

趙大方卻拉住了他的手。

金瘋子道：「你幹什麼？捨不得這罈酒？」

趙大方嘆了口氣，道：「你用不著瞞我，我知道你一定又有麻煩了。」

金瘋子道：「什麼麻煩？」

趙大方嘆道：「你一定又不知得罪了個什麼人，爲了躲著他，所以才藏在棺材裡。」

金瘋子又瞪起了眼，大聲道：「我爲什麼要躲著別人？我金瘋子怕過誰了？」

趙大方只有閉上嘴。

他知道現在是再也問不出什麼來的，金瘋子就算真的有很大的麻煩，也絕不會在一個陌生人面前說出來。

他終於想起了屋子裡還有第三個人，立刻展顏笑道：「我竟忘了替你引見，這位朋友就是……」

金瘋子打斷了他的話，道：「他是你的朋友，不是我的。」

這句話還沒有說完，他的嘴又已對上酒罈子。

趙大方只好對著傅紅雪苦笑，歉然道：「我早就說過，他是個瘋子。」

傅紅雪道：「瘋子很好。」

金瘋子突又重重的將酒罈往桌上一放，瞪著眼道：「瘋子有什麼好？」

傅紅雪不理他。

金瘋子道：「你認爲瘋子很好，你自己莫非也是個瘋子？」

傅紅雪還是不理他。

金瘋子突然大笑起來，道：「這人有意思，很有意思……」

趙大方悄悄拉了拉他的衣袖，勉強笑道：「你也許還不知道他是誰，他……」

金瘋子又瞪著眼打斷了他的話，道：「我爲什麼不知道他是誰？」

趙大方道：「你知道？」

金瘋子道：「我一走進這間屋子，就已知道他是誰了。」

趙大方更驚訝，道：「你怎麼會知道？」

金瘋子道：「我就算認不出他的人，也認得出他的這把刀，我金瘋子在江湖中混了這麼多年，難道是白混的？」

趙大方板起了臉，道：「你既然知道他是誰，就不該如此無禮。」

金瘋子道：「我想試試他。」

趙大方道：「試試他？」

金瘋子道：「別人都說他也是一個怪物，比我還要怪。」

趙大方道：「哪點怪？」

金瘋子把一雙穿著粉底官靴的腳，高高的蹺了起來，道：「聽說他什麼事都能忍，只要你不是他的仇人，就算當面打他兩耳光，他也不會還手的。」

趙大方板著臉道：「這點你最好不要試。」

金瘋子大笑，道：「我雖然是瘋子，但直到現在還是個活瘋子，所以我才能聽得到很多消息。」

趙大方立刻追問，道：「什麼消息？」

金瘋子不理他，卻轉過了臉，瞪著傅紅雪，突然道：「你是不是想知道馬空群在哪裡？」

傅紅雪的手突又握緊，道：「你知道？」

金瘋子道：「我知道的事一向很多。」

傅紅雪連聲音都已因緊張而嘶啞，道：「他……他在哪裡？」

金瘋子突然閉上了嘴。

趙大方趕過去，用力握住他的肩，道：「你既然知道，爲什麼不說？」

金瘋子道：「我爲什麼要說？」

趙大方道：「因爲他是我恩人的後代，也是我的朋友。」

金瘋子道：「我已說過，他是你的好朋友，並不是我的。」

趙大方怒道：「你是不是我的朋友？」

金瘋子道：「現在還是的，因爲我現在還活著。」

趙大方道：「這是什麼意思？」

金瘋子道：「這意思你應該明白的。」

傅紅雪道：「難道你說出了就會死？」

金瘋子搖搖頭，道：「我不是這意思。」

傅紅雪道：「你是不是要有條件才肯說？」

金瘋子道：「只有一個條件。」

傅紅雪道：「什麼條件？」

金瘋子道：「我要你去替我殺一個人！」

傅紅雪道：「殺什麼人？」

金瘋子道：「殺一個我永遠不想再見到的人。」

傅紅雪道：「你藏在棺材裡，就是爲了要躲他？」

金瘋子默認。

傅紅雪道：「這人是誰？」

金瘋子道：「是個你不認得的人，跟你既沒有恩怨，也沒有仇恨。」

傅紅雪道：「我爲什麼要殺這麼樣一個人？」

金瘋子道：「因爲你想知道馬空群在哪裡。」

傅紅雪垂下眼，看著自己手裡的刀，他在沉思的時候，總是這種表情。

趙大方忍不住道：「你爲什麼一定要殺這個人？」

金瘋子道：「因爲他要殺我。」

趙大方道：「他能殺得了你？」

金瘋子道：「能。」

趙大方動容道：「能殺得了你的人並不多。」

金瘋子道：「能殺他的人更少。」

他凝視著傅紅雪手裡的刀，緩緩接道：「現在世上能殺得了他的，也許只有這把刀！」

傅紅雪緊握著手裡的刀。

金瘋子道：「我知道你不願去殺他，誰也不願去殺一個素不相識的陌生人。」

傅紅雪道：「但是我一定要找到馬空群。」

金瘋子道：「所以你只好殺他。」

傅紅雪的手握得更緊。

金瘋子說的不錯，誰也不願意去殺一個素不相識的陌生人。

可是那十九年刻骨銘心的仇恨，就像是一棵毒草，已在他心裡生了根——縱然那是別人種到他心裡的，但現在也已在他心裡生了根。

仇恨本不是天生的。但仇恨若已在你心裡生了根，世上就絕沒有任何力量能拔掉。

傅紅雪蒼白的臉上，冷汗已開始流了下來。

金瘋子看著他，道：「袁秋雲也不是你的仇人，你本來也不認得他，但你卻殺了他。」

傅紅雪霍然抬起頭。

金瘋子淡淡的接著說道：「無論誰爲了復仇，總難免要殺錯很多人的，被殺錯的通常都是一些無辜的陌生人。」

傅紅雪忽然道：「我怎知殺了他後，就一定能找到馬空群？」

金瘋子道：「因爲我說過。」

他說出的話，從未失信過一次，這點連傅紅雪都已不能不相信。

一個人正被人追殺的生死關頭中，還沒有忘記三年前訂下的約會，這並不是件容易事。

傅紅雪又垂下頭，凝視著手裡的刀，緩緩道：「現在我只要你再告訴我一件事。」

金瘋子道：「什麼事？」

傅紅雪一字字道：「這人在哪裡？」

金瘋子的眼睛亮了。

連趙大方臉上都不禁露出欣喜之色，他是他們的朋友，他希望他們都能得到自己所要的。

金瘋子道：「從這裡往北去，走出四五里路，有個小鎮，小鎮上有個小酒店，明天黃昏前後，那個人一定會在那小酒舖裡。」

傅紅雪道：「什麼鎮？什麼酒店？」

金瘋子道：「從這裡往北去只有那一個小鎮，小鎮上只有那麼一個酒店，你一定可以找得到的。」

傅紅雪道：「你怎麼知道那個人明天黃昏時一定在那裡？」

金瘋子笑了笑，道：「我說過，我知道很多事。」

傅紅雪道：「那個人又是個什麼樣的人？」

金瘋子沉吟道：「是個男人。」

傅紅雪道：「男人也有很多種。」

金瘋子道：「這個人一定是最奇怪的那一種，你只要看見他，就會知道他跟別的人全都不同。」

傅紅雪道：「他有多大年紀？」

金瘋子道：「算來他應該有三四十歲了，但有時看來卻還很年輕，誰也看不出他究竟有多大年紀。」

傅紅雪道：「他姓什麼？」

金瘋子道：「你不必知道他姓什麼？」

傅紅雪道：「我一定要知道他姓什麼，才能問他，是不是我要殺的那個人？」

金瘋子道：「我要你去殺他，不是要你跟他交朋友的。」

傅紅雪道：「你難道要我一看見他就出手？」

金瘋子道：「最好連一個字都不要說，而且絕不能讓他知道你有殺他的意思。」

傅紅雪道：「我不能這樣殺人。」

金瘋子道：「你一定要這麼樣殺人，否則你很可能就要死在他手裡。」

他笑了笑，又道：「你若死在他手裡，還有誰能爲白大俠復仇？」

傅紅雪沉默了很久，緩緩道：「誰也不願意去殺一個陌生人的。」

金瘋子道：「這句話我說過。」

傅紅雪道：「現在我已答應你去殺他，我絕不能再殺錯人。」

金瘋子道：「我也不希望你殺錯人。」

傅紅雪道：「所以你至少應該將這個人的樣子說得更清楚些。」

金瘋子想了想，道：「這個人當然還有幾點特別的地方。」

傅紅雪道：「你說。」

金瘋子道：「第一點是他的眼睛，他的眼睛跟任何人都不一樣。」

傅紅雪道：「有什麼不一樣？」

金瘋子道：「他的眼睛看來就像是野獸，野獸才有他那樣的眼睛。」

傅紅雪道：「還有呢？」

金瘋子道：「他吃東西時特別慢，嚼得特別仔細，就好像吃過了這一頓，就不知要等到何時才能吃下一頓了，所以對食物特別珍惜。」

傅紅雪道：「說下去。」

金瘋子道：「他一個人的時候從不喝酒，但他面前一定會擺著一壺酒。」

傅紅雪在聽著。

金瘋子道：「他腰帶上一定插著根棍子。」

傅紅雪道：「什麼樣的棍子？」

金瘋子道：「就是那種最普通的棍子，用白楊木削成的，大概有三尺長。」

傅紅雪道：「他不帶別的武器？」

金瘋子道：「從不帶。」

傅紅雪道：「這棍子就是他的武器？」

金瘋子嘆道：「那幾乎是我平生所看到過的，最可怕的武器。」

趙大方忽然笑道：「那當然還比不上你的刀，世上絕沒有任何武器能比得上這柄刀！」

傅紅雪沉思著，看著手裡的刀，然後又抬起頭，看著畫上的那柄刀。

他絕不能讓這柄刀被任何人輕視，他絕不能讓這柄刀放在任何人手裡。

金瘋子看著他的表情，道：「現在你總該知道他是個什麼樣的人了。」

傅紅雪點點頭，道：「他的確是個怪人。」

金瘋子道：「我保證你殺了他後，絕不會有任何人難受的。」

傅紅雪道：「也許只有我自己。」

金瘋子笑道：「但等你找到馬空群後，難受的就應該是他了。」

傅紅雪雙目凝視著他，忽又道：「誰說你是個瘋子的？」

金瘋子道：「很多人。」

傅紅雪緩緩道：「他們都錯了，我看你也許比他們都清醒。」

金瘋子大笑，大笑著捧起酒罈子，拚命的往肚子裡灌。

趙大方微笑著，道：「他這人最大的好處就是該清醒的時候他絕不醉，該醉的時候他絕不清醒。」

黎明。

金瘋子已醉了，醉倒在桌上打鼾。

傅紅雪喃喃道：「我應該睡一會的。」

趙大方道：「不錯，今天你應該要有好精神。」

傅紅雪道：「殺人時都應該有好精神？」

趙大方道：「你應該聽得出，那個人並不是好對付的。」

傅紅雪凝視著畫上的刀，嘴角忽然露出一絲驕傲的微笑，緩緩道：「但我卻絕不相信世上有任何人的棍子能對付這柄刀！」

他的確不相信。

白天羽活著時也從不相信，所以他現在已死了。

陌生人絕不能信任的，因爲他們通常都是很危險的人。

卅五　前輩高人

這個人是個陌生人。這裡的人從來沒有看見過他，也從來沒有看見過類似他這樣的人。

他看來很英俊，很乾淨，本來應該是個到處受歡迎的人，而且他很年輕，皮膚緊密而有光，身上絕沒有一絲多餘的肌肉。

他身上並沒有帶任何令人覺得可怕的兇器。但他卻實在是個可怕的人。他的沉默就很可怕；不說話並不能算是絕對沉默，可怕的是那種絕對的沉靜。

坐在這裡已有很久，他非但沒有說話，也沒有動，這本是件很難受的事。但他的樣子卻又很輕鬆，很自然，就好像時常都像這樣動也不動的坐著。

桌上有酒，也有酒杯，他卻連碰也沒有碰過。好像這酒並不是叫來喝的，而是叫來看的。每當他看到這壺酒時，他那冷漠的眼睛裡就顯出一絲溫暖之色。

難道這壺酒能令他想起一個他時常都在懷念著的朋友？

他身上穿的是件很普通的粗布衣服，洗得很乾淨，和衣服同色的腰帶上，隨隨便便的插著根短棍。

短棍也並不可怕，最可怕的還是他的眼睛。

他的眼睛很亮，有很多人的眼睛都很亮，但他的眼睛卻亮得特別，比任何人都特別，亮得就好像一直能照到你內心最黑暗的地方。

無論誰被這雙眼睛看一眼，都會覺得自己所有的秘密都已被他看出來了。這種感覺實在不好受。

現在他又叫了一碗麵。他已開始吃麵，吃得很慢，嚼得很仔細，就好像這碗麵是他平生所吃過的最好吃的一碗麵，又好像這就是他所能吃到的最後一碗麵。

他拿著筷子的手，乾燥而穩定，手指很長，指甲卻剪得很短。

就在他吃麵的時候，傅紅雪走了進來。

傅紅雪一走進來，就看到了這個陌生人。但他忽然發現這陌生人的眼睛已經在看著他，就好像早已知道非有這麼樣一個人走進來似的。

被這雙眼睛看著時，傅紅雪心裡居然也覺得有種說不出的恐懼。他從未有過這種感覺；就好像在黑夜中走進一個陌生的地方，忽然發現有條狼在等著你一樣。

他慢慢的走進來，故意不再去看這陌生人，可是他握刀的手卻握得更緊。

他已準備拔刀。

這陌生人就隨隨便便的坐在那裡，他本來隨時都可以一刀割斷他的咽喉。

他一向知道他的刀有多快，他一向有把握，但這次他卻突然變得沒有把握了。

這陌生人雖然隨隨便便的坐在那裡，但卻好像一個武林高手，已擺出了最嚴密的防守姿式，全身上下連一點破綻都沒有。

這也是傅紅雪從來沒有遇見過的事。

他走得更慢，左腳先慢慢的走出一步，右腿再慢慢的跟著拖過去。

他在等機會。

這陌生人還在看著他，忽然道：「請坐。」

傅紅雪不由自主停住了腳步，彷彿還不知道他要誰坐。

這陌生人就用手裡的竹筷指了指對面的椅子，又說了句：「請坐。」

傅紅雪遲疑著，竟真的在他對面坐了下來。

陌生人道：「喝酒？」

傅紅雪道：「不喝。」

陌生人道：「從來不喝？」

傅紅雪道：「現在不喝。」

陌生人嘴角忽然泛出種很奇異的笑意，緩緩道：「十年了……」

傅紅雪只有聽著，他聽不出這句話的意思。

陌生人已慢慢的接著道：「十年來，已沒有人想殺死我。」

傅紅雪的心一跳，陌生人凝視著他，淡淡道：「但你現在卻是來殺我的！」

傅紅雪的心又一跳，他實在不懂，這陌生人怎麼會知道他的來意。

陌生人還在凝視他，道：「是不是？」

傅紅雪道：「是！」

陌生人又笑了笑，道：「我看得出你是個不會說謊的人。」

傅紅雪道：「不會說謊，但卻會殺人。」

陌生人道：「你殺過很多人？」

傅紅雪道：「不少。」

陌生人的瞳孔似在收縮，緩緩道：「你覺得殺人很有趣？」

傅紅雪道：「我殺人並不是爲了覺得有趣。」

陌生人道：「是爲了什麼？」

傅紅雪道：「我不必告訴你。」

陌生人目中忽又泛出種很奇特的悲傷之色，嘆息著道：「不錯，每個人殺人都有他自己的理由，的確不必告訴別人。」

傅紅雪忍不住問道：「你怎知我要來殺你？」

陌生人道：「你有殺氣。」

傅紅雪道：「你看得出？」

陌生人道：「殺氣是看不出來的，但卻有種人能感覺得到。」

傅紅雪道：「你就是這種人？」

陌生人道：「我是的。」

他目光似又到了遠方，接著道：「就因爲我有這種感覺，所以現在我還活著。」

傅紅雪道：「現在你的確還活著。」

陌生人道：「你認爲你一定可以殺死我？」

傅紅雪道：「世上沒有殺不死的人。」

陌生人道：「你有把握？」

傅紅雪道：「沒有把握，就不會來。」

陌生人又笑了。他的笑神秘而奇特，就像是在嚴寒中忽然吹來一陣神秘的春風，溶化了冰雪。

他微笑著道：「我喜歡你這個人。」

傅紅雪道：「但我還是要殺你。」

陌生人道：「爲什麼？」

傅紅雪道：「沒有原因。」

陌生人道：「沒有原因也殺人？」

傅紅雪目中忽然露出了痛苦之色，道：「就算有原因，也不能告訴你。」

陌生人道：「你是不是非殺我不可？」

傅紅雪道：「是。」

陌生人嘆了口氣，道：「可惜。」

傅紅雪道：「可惜？」

陌生人道：「我已有多年未殺人。」

傅紅雪道：「哦？」

陌生人道：「那只因我有個原則，你若不想殺我，我也絕不殺你。」

傅紅雪道：「我若定要殺你呢？」

陌生人道：「你就得死。」

傅紅雪道：「死的也許是你。」

陌生人道：「也許是……」

直到這時，他才看了看傅紅雪手裡握著的刀，道：「看來你的刀一定很快？」

傅紅雪道：「夠快的。」

陌生人道：「很好。」

他忽然又開始吃麵了，吃得很慢，嚼得很仔細。

一隻手拿著筷子，一隻手扶著碗，看來傅紅雪只要一拔刀，刀鋒就會從他頭頂上直劈下去。

他根本沒有招架還手的餘地。

但傅紅雪的刀還在刀鞘裡，刀鞘在落日餘暉中看起來更黑，手卻更蒼白。

他沒有拔刀，因爲在這陌生人面前，他竟忽然不知道自己這一刀該從哪裡劈下去。

這陌生人面前，就好像有一道看不見的高牆在阻著似的。

陌生人已不再看他，緩緩道：「殺人並不是件有趣的事，被殺更無趣。」

傅紅雪沒有回答，因爲這陌生人並不像是在對他說話。

陌生人慢慢的接著道：「我一向不喜歡沒有原因就想殺人的人，尤其是年輕人，年輕人不該養成這種習慣的。」

傅紅雪道：「我也不是來聽你教訓的。」

陌生人淡淡道：「刀在你手裡，你隨時都可以拔出來。」

他慢慢的吃著最後的幾根麵，態度還是很輕鬆，很自然。

但傅紅雪全身每一根肌肉，每一根神經都已繃緊。

他知道現在已到了非拔刀不可的時候。這一刀若拔出來，他們兩個人之間就必要有一個人倒下去！

酒店裡忽然變成空的。

所有的人都已悄悄的溜了出去，連點燈的人都沒有了。

落日的餘暉，淡淡的從窗外照進來。好淒涼的落日。

傅紅雪好像還是坐在那裡沒有動，但他的身子已懸空；他已將全身每一分力量，全都聚在他的右臂上。漆黑的刀柄，距離他蒼白的手才三寸。

陌生人的棍子卻還是插在腰帶上——一根很普通的棍子，用白楊木削成的。

傅紅雪突然拔刀！

沒有刀光。刀根本沒有拔出來；就在他拔刀的時候，門外面忽然飛入了一個人，他身子一閃，這個人就跌在他身旁。

一個很高大的人，赤著上身，卻穿著條繡著紅花的黑緞褲子。

他腳上的粉底宮靴已掉了一隻。

金瘋子。

這個又瘋又怪的獨行盜，現在竟像是一堆泥似的倒在地上，滿臉都是痛苦之色，身子也縮成了一團，連爬都爬不起來。

他怎麼會忽然也來了？怎麼會變成這樣子？

傅紅雪的刀怎麼還能拔得出來？

陌生人已吃光了最後一根麵，已放下筷子，這突然的變化，竟沒有使他臉上露出一絲吃驚之色。

他甚至連眼睛都沒有眨一眨，現在正看著門外。

門外又有個人走進來。

葉開。

又是那陰魂不散的葉開。

陌生人看著葉開，冷漠的眼睛裡，居然又露出了一絲溫暖之色。

葉開看著他的時候，神情卻很恭謹。

他從未對任何人如此恭敬過。

陌生人忽然道：「他是你的朋友？」

葉開道：「是的。」

陌生人道：「他是個怎麼樣的人？」

葉開道：「是個很容易上當的人。」

陌生人道：「是不是隨便殺人的人？」

葉開道：「絕不是。」

陌生人道：「他有理由要殺我？」

葉開道：「有。」

陌生人道：「是不是個很好的理由？」

葉開道：「不是，但卻是個值得原諒的理由。」

陌生人道：「好，這就夠了。」

他忽然站起來，向葉開笑了笑，道：「我知道你喜歡請客，今天我讓你請一次。」

葉開也笑了，道：「謝謝你。」

陌生人已走了出去。

傅紅雪忽然大喝：「等一等。」

陌生人沒有等，他走得並不快，腳步也不大，但忽然間就已到了門外。

丁靈琳就站在門外。

她看著這陌生人從她面前走過去，忽然道：「這鈴鐺送給你。」

說到第二個字的時候，她手腕金圈上的三枚鈴鐺已飛了出去。

鈴鐺本來是會響的。但她的鈴鐺射出後，反而不響了；因爲鈴鐺的速度太急。

三枚鈴鐺直打這陌生人的背。

陌生人沒有回頭，沒有閃避，居然也沒有反手來接。他還是繼續向前走，走得還是好像並不太快。奇怪的是，這三枚比陌生人去的更急的鈴鐺，竟偏偏總是打不到他的背上去，總是距離他的背還有四五寸。

忽然間，他已走出了好幾丈。

不響的鈴鐺漸漸又「叮鈴鈴」的響了起來，然後就一個個掉了下去，只見鈴鐺在地上閃著金光，陌生人卻已不見了。

丁靈琳怔住。

連傅紅雪都已怔住。

葉開卻在微笑，這笑容中卻帶著種說不出的崇敬和羨慕。

丁靈琳忽然跑過來，拉住他的手，道：「那個人究竟是人是鬼？」

葉開道：「你看呢？」

丁靈琳道：「我看不出。」

葉開道：「怎麼會看不出？」

丁靈琳道：「世上本不會有那樣的人，但也不會有那樣的鬼。」

葉開笑了。

傅紅雪忽然道：「他是你的朋友？」

葉開道：「我希望是的，只要他將我當做朋友，叫我幹什麼我都願意。」

傅紅雪道：「你知道我要殺他？」

葉開道：「剛知道。」

傅紅雪道：「所以你就立刻趕來了？」

葉開道：「你以爲我是來救他的？」

傅紅雪冷笑。

葉開嘆了口氣，道：「我知道你的刀很快，我看過，但是在他面前，你的刀還沒有拔出鞘，他的短棍也許已洞穿了你的咽喉。」

傅紅雪不停的冷笑。

葉開道：「我知道你不信，因爲你還不知道他是誰呢！」

傅紅雪道：「他是誰？」

葉開道：「他縱然不是這世上出手最快的人，也只有一個人能比他快。」

傅紅雪道：「哦？」

葉開道：「能比他快的人絕不是你。」

傅紅雪道：「是誰？」

葉開臉上又露出那種出自內心的崇敬之色，慢慢的說出了四個字：「小李飛刀！」

小李飛刀！

這四個字本身就像是有種無法形容的魔力，足以令人熱血奔騰，呼吸停頓。

過了很久，傅紅雪才長長的吐出口氣，道：「難道他就是那個阿飛？」

葉開道：「世上只有這樣一個阿飛，以前絕沒有，以後也可能不會再有。」

傅紅雪握刀的手又握得緊緊的，道：「我知道他一向用劍。」

葉開道：「現在他已不必用劍，那短棍在他手裡，就已經是世上最可怕的劍。」

傅紅雪的臉色更蒼白，一字字道：「所以你是來救我的？」

葉開道：「我沒有這樣說。」

他不讓傅紅雪開口，又問道：「你知不知道地上這個人是誰？」

傅紅雪道：「他說他叫金瘋子。」

葉開道：「他不是，世上根本沒有金瘋子這麼樣一個人。」

傅紅雪道：「他是誰？」

葉開道：「他叫小達子。」

傅紅雪道：「小達子？」

葉開道：「你沒有聽說過小達子？」

他笑了笑，接著又道：「你當然沒有聽說過，因爲你從來沒有到過京城，到過京城的人都知道，當世的名伶沒有一個人能比得上小達子。」

傅紅雪道：「名伶?他難道是個唱戲的?」

葉開笑了笑，道：「他也是個天才，無論演什麼，就像什麼。」

傅紅雪又怔住。

葉開道：「這次他演的是個一諾千金，而且消息靈通的江湖豪傑，他顯然演得很出色。」

傅紅雪不能不承認，這齣戲的本身就很出色。

葉開道：「這齣戲叫『雙圈套』，是易大經的珍藏秘本。」

傅紅雪動容道：「易大經？」

葉開點點頭，俯下身，從「金瘋子」身上拿出了一個小本子。

用毛邊紙訂成的小本子，密密麻麻的寫了很多小字：「三更後，叫人用棺材抬你來，等我說：『酒沒有人喝了』這句話時，你就從棺材裡跳出來，大笑著說：『沒有人喝才怪。』然後……」

只看了這一段，傅紅雪蒼白的臉已因羞愧憤怒而發紅。

現在他終於已明白這是怎麼回事。

這一切果然是特別演給他看的一齣戲，果然是別人早已編好了的！

從看到「趙大方」在樹林中痛哭時開始，他就已一步步走入了圈套。

最後的終點就是一條短棍；一條足能洞穿世上任何人咽喉的短棍！

卅六　戲劇人生

金瘋子還躺在地上呻吟著，聲音更痛苦。

也不知是誰掌起了燈，他的臉在燈光下看來竟是死灰色的。

他的眼角和嘴角不停的抽搐，整個一張臉都已扭曲變形。

傅紅雪終於抬起頭，道：「你說的易大經，是不是『鐵手君子』易大經？」

葉開道：「就是『鐵手君子』易大經，也就是趙大方。」

傅紅雪恨恨道：「江湖中人都說易大經是個君子，想不到他竟是這樣的君子。」

葉開道：「世上的僞君子本來就很多。」

傅紅雪道：「他爲什麼要這樣做？」

葉開道：「他要殺你！」

傅紅雪當然知道，他根本就不必問的。

葉開道：「但他也知道你的刀多麼快，世上的確很少有人能比你的刀更快。」

傅紅雪又不禁想起了那陌生人，那又奇異、又可敬的陌生人，那種輕鬆而又鎮定的態度。

就憑這一點，已絕不是任何人能比得上的。

「難道他的短棍真能在我的刀還未出鞘，就洞穿我的咽喉？」

傅紅雪實在不能相信，也不願相信。

他幾乎忍不住去追上那陌生人，比一比究竟是誰的出手快。

他絕不服輸。

只可惜他也知道，那陌生人若要走的時候，世上就沒有任何人能攔阻，也絕沒有任何人能追得上。

這事實他想不承認也不行。

他握刀的手在抖。

葉開看著他的手，嘆息著道：「你現在也許還不相信他的出手比你快，可是……」

傅紅雪突然打斷了他的話，大聲道：「我相不相信都是我的事，我的事和你完全沒有關係。」

葉開苦笑。

傅紅雪道：「所以這件事你根本不必管的。」

葉開只能苦笑。

傅紅雪道：「你爲什麼要一直偷偷的跟著我？」

葉開道：「我沒有。」

傅紅雪道：「你若沒有跟著我，怎麼會知道這樣一件事？」

葉開道：「因爲我在市上看見了易大經。」

傅紅雪道：「很多人都看見了他。」

葉開道：「但卻只有我知道他是易大經，易大經本不該在這裡的，更不該打扮成那種樣子，他本是個衣著很考究的人。」

傅紅雪道：「那也不關你的事。」

葉開道：「但我卻不能不覺得奇怪。」

傅紅雪道：「所以你就跟著他。」

葉開點點頭，道：「我已盯了他兩天，竟始終沒有盯出他的落腳處，因爲我不敢盯得太緊，他的行動又狡猾如狐狸。」

傅紅雪道：「哼。」

葉開道：「但我卻知道他從京城請來了小達子，所以我就改變方針，開始盯小達子。」他苦笑著，又道：「但後來連小達子都不見了。」

傅紅雪冷笑道：「原來你也有做不到的事。」

葉開道：「幸好後來我遇見了那兩個抬棺材的人，他們本是小達子戲班裡的龍套，跟著小達子一起來的，小達子對他的班底一向很好。」

這件事的確很曲折，連傅紅雪都不能不開始留神聽了。

葉開道：「那時他們已在收拾行裝，準備離城，我找到他們後，威逼利誘，終於問出他們已將小達子送到什麼地方去。」

傅紅雪道：「所以你就找了去。」

葉開道：「我去的時候，你已不在，只剩下易大經和小達子。」

傅紅雪道：「易大經當然不會告訴你這秘密。」

葉開道：「他當然不會，我也一定問不出，只可惜他的計劃雖周密，手段卻太毒了些。」

傅紅雪聽著。

葉開道：「他竟已在酒中下了毒，準備將小達子殺了滅口！」

傅紅雪這才知道，小達子的痛苦並不是因爲受了傷，而是中了毒。

葉開道：「我去的時候，小達子的毒已開始發作，我揭穿了那是易大經下的毒手後，他當然也對易大經恨之入骨。」

傅紅雪道：「所以他也在你面前，揭穿了易大經的陰謀。」

葉開嘆了口氣，道：「若不是易大經的手段太毒，這秘密我也許永遠都不會知道，他裝作的功夫實在已經爐火純青，我竟連一點破綻都看不出來，甚至會將他看做謙謙君子，幾乎已準備向他道歉，可是他走了。」

丁靈琳也忍不住嘆了口氣，道：「他若去唱戲，一定比小達子還有名。」

葉開道：「但是我剛才好像聽見，你在叫他大叔。」

丁靈琳狠狠瞪了他一眼，噘起了嘴，道：「他本來就是我爹爹的朋友，看他那種和藹可親，彬彬有禮的樣子，誰知道他是個僞君子。」

葉開又嘆了口氣，道：「所以你現在應該明白，還是像我這樣的真小人好。」

丁靈琳朗然一笑，道：「我早就明白了。」

葉開苦笑道：「也許你還是不明白的好。」

丁靈琳又瞪了他一眼，忽然道：「現在我的確還有件事不明白！」

葉開在等著她問。

丁靈琳道：「像李尋歡、阿飛，這些前輩名俠，很久都沒有人再看見過他們的俠蹤，易大經怎麼會知道他今天在這裡？」

葉開低吟著，道：「飛劍客的確是個行蹤飄忽的人，有時連小李探花都找不到他。」

丁靈琳道：「所以我覺得奇怪。」

葉開道：「但人們都知道自從百曉生死了後，江湖中消息最靈通的三個人，其中卻有一個易大經。」

丁靈琳道：「我也聽見過，他家來來往往的客人最多。」

葉開道：「也許他聽見飛劍客要到這裡來，所以他先在這裡等著。」

丁靈琳道：「那麼他住的那房子顯然是早就佈置好的了。」

葉開道：「然後他又想法子再將傅紅雪也騙到這裡來。」

丁靈琳用眼角望了傅紅雪一眼，然後道：「這倒並不難。」

葉開道：「他每天出去，也許就是打聽飛劍客的行蹤。」

丁靈琳道：「但是有人卻以爲他是在打聽馬空群的消息。」

葉開笑道：「這個人做事的陰沉周密，我看誰都比不上。」

傅紅雪一直在沉思著，忽然道：「他的人呢？」

葉開道：「走了。」

傅紅雪敞笑道：「你爲什麼要放他走？」

葉開笑笑道：「我爲什麼要放他走？他自己難道不會走？」

傅紅雪道：「你沒有攔住他？」

葉開道：「你認爲我一定能攔住他？」

傅紅雪冷笑。

丁靈琳忽然也忍不住在冷笑，道：「小葉雖然沒有攔住他，但至少也沒有上他的當。」

傅紅雪臉色變了變，轉過身，表示根本不願跟她說話。

但丁靈琳卻又繞到他面前，道：「你就算不拿小葉當朋友，但他對你總算不錯，是不是？」

傅紅雪拒絕回答。

丁靈琳道：「他對你，就算老子對兒子，也不過如此了，你就算不感激他，也不必將他當作冤家一樣的看待。」

傅紅雪拒絕開口。

丁靈琳冷笑道：「我知道你不願意跟我說話，老實說，像你這種人，平時就算跪在我面前，我也懶得看你一眼的。」

傅紅雪又在冷笑。

丁靈琳道：「但現在我卻有幾句話忍不住要問你一下。」

傅紅雪只有等她問。

丁靈琳道：「爲什麼別人對你愈好，你反而愈要對他兇？你是不是害怕別人對你好？你這種人是不是有毛病？」

傅紅雪蒼白的臉突然發紅，全身竟又開始不停的顫抖起來。

他冷漠的眼睛裡，也突然充滿了痛苦之色，痛苦得似已支持不住。

丁靈琳反而怔住了。

她實在想不到傅紅雪竟會忽然變成這樣子。

她已不忍再看他，垂下頭，吶吶道：「其實我只不過是在開玩笑，你又何必氣成這樣子？」

傅紅雪根本沒有聽見她在說什麼。

丁靈琳也沒有再說什麼，她忽然覺得很無趣，很不好意思。

桌上還擺著酒。

她居然坐下去喝起酒來。

葉開正慢慢的扶起了小達子，好像根本不知道他們的事。

小達子滿臉都是淚，嗄聲道：「我……我只不過是個戲子，無論誰給我錢，我都唱戲。」

葉開道：「我知道。」

小達子流著淚道：「我還不想死……」

葉開道：「你不會死的。」

小達子道：「藥真的還有效？」

葉開道：「我已答應過你，而且已給你吃了我的解藥。」

小達子喘息著，坐下去，總算平靜了些。

葉開嘆息了一聲，道：「其實又有誰不是在唱戲呢？人生豈非本來就是大戲台？」

傅紅雪也已冷靜了些，突然回身，瞪著小達子，道：「你知不知道易大經到哪裡去了？」

小達子的臉又嚇白，吃吃道：「我……我想他大概總要回家的。」

傅紅雪道：「他的家在哪裡？」

小達子道：「聽說叫『藏經萬卷莊』，我雖然沒去過，但江湖中一定有很多人知道。」

傅紅雪立刻轉身，慢慢的走了出去，連看都不再看葉開一眼。

葉開卻道：「等一等，我還有件事要告訴你。」

傅紅雪沒有等。

葉開道：「易大經的妻子姓路。」

傅紅雪不理他。

葉開道：「不是陸地的陸，是路小佳的路。」

傅紅雪握刀的手上，忽然凸出了青筋。

但他還是頭也不回的走了出去。

夜已很深了。

「人生豈非本就是一個大戲台，又有誰不是在演戲呢？」

問題只不過是看你想怎麼樣去演它而已！

你想演的是悲劇？還是喜劇？你想獨得別人的喝采聲？還是想別人用爛柿子來砸你的臉？

這柿子不是爛的。

秋天本是柿子收穫的季節。

丁靈琳剝了個柿子，送到葉開面前，柔聲道：「柿子是清冷的，用柿子下酒不容易醉！」

葉開淡淡道：「你怎知我不想醉？」

丁靈琳道：「一個人若真的想醉，無論用什麼下酒都一樣會醉的。」

她將柿子送到葉開嘴上，嫣然道：「所以你還是先吃了它再說。」

葉開只好吃了。

他不是木頭，他也知道丁靈琳對他的情感，而且很感激。

這女孩子雖然刁蠻驕縱，但也有她溫柔可愛的時候，無論誰有這麼樣一個女孩子陪著，都已應該心滿意足的。

丁靈琳看著他吃下這個柿子後，輕輕嘆了一口氣，道：「幸好你不是傅紅雪，別人對他愈好，他就對他愈壞。」

葉開也嘆了口氣，道：「你若真的以爲他是這種人，你就錯了。」

丁靈琳道：「我哪點錯了？」

葉開道：「有種人從來都不肯將感情表露在臉上的。」

丁靈琳道：「你認爲他就是這種人？」

葉開道：「所以他心裡對一個人愈好時，表面反而愈要作出無情的樣子，因爲他怕被別人看出他情感的脆弱。」

丁靈琳道：「所以你認爲他對你很好？」

葉開笑了笑。

丁靈琳道：「可是他對翠濃……」

葉開道：「剛才他忽然變得那樣子，就因爲你觸及了他的傷口，讓他又想起了翠濃。」

丁靈琳道：「他若是真的對翠濃好，爲什麼要甩掉她？」

葉開道：「他若是真的對她不好，又怎會那麼痛苦？」

丁靈琳不說話了。

葉開嘆息著，道：「只有真正無情的人，才沒有痛苦，但是我並不羨慕那種人。」

丁靈琳道：「爲什麼？」

葉開道：「因爲那種人根本就不是人。」

丁靈琳又輕輕嘆了口氣，道：「你們男人的心真是奇怪得很。」

葉開道：「的確奇怪得很，就像你們女人的心一樣奇怪。」

他說的不錯。

世上最奇怪，最不可捉摸的，就是人心了，男人的心和女人的心都一樣。

丁靈琳嫣然一笑，道：「幸好我現在總算已看透了你。」

葉開道：「哦？」

丁靈琳道：「你表面看來雖然不是個東西，其實心裡還是對我好的。」

葉開板起了臉，想說話。

可是他剛開口，丁靈琳手裡一個剛剝好的柿子又已塞進他的嘴裡。

夜已更深。

小達子又吃了一包藥，已躺在角落裡的長凳子上睡著了。

店裡的伙計在打呵欠。

他真想將這些人全都趕走，卻又不敢得罪他們——陌生人總是有點危險的。

丁靈琳替葉開倒了杯酒，忽然道：「那個『藏經萬卷莊』離這裡好像並不遠。」

葉開道：「不遠。」

丁靈琳接著道：「你想易大經是不是真的會回家去呢？」

葉開道：「他絕不會逃的。」

丁靈琳道：「爲什麼？」

葉開道：「因爲他用不著逃，逃了反而更加令人懷疑。」

丁靈琳道：「無論怎麼樣，傅紅雪現在一定也已猜出他也是那天在梅花庵外的刺客之一，所以他才會設下這個圈套來害傅紅雪。」

葉開道：「傅紅雪並不是個笨蛋。」

丁靈琳道：「在薛斌酒裡下毒的人，說不定也是易大經。」

葉開道：「不是。」

丁靈琳道：「爲什麼？」

葉開道：「他在小達子酒裡下的，是另一種完全不同的毒藥。」

丁靈琳道：「他難道不能在身上帶兩種毒藥？」

葉開道：「懂得下毒的人，通常都有他自已獨特的方式，有他自已喜歡用的毒藥，這種習慣就好像女人用胭脂一樣。」

丁靈琳不懂。

葉開道：「你若用慣了一種胭脂，是不是就不想再用第二種？」

丁靈琳想了想，點了點頭。

葉開道：「你出門的時候，身上會不會帶兩種完全不同的胭脂？」

丁靈琳搖了搖頭，眼角瞟著他，冷冷道：「你對女人的事懂得的倒真不少。」

葉開道：「我只不過對毒藥懂得的不少而已，女人的事其實我一點也不知道。」

丁靈琳道：「不知道才怪。」

她忽然將剛給葉開倒的那杯酒搶過來，自己一口氣喝了下去。

葉開笑了。

丁靈琳又在用眼角瞟著他，道：「我真奇怪你居然還有心情坐在這裡喝酒。」

葉開道：「為什麼沒有？」

丁靈琳道：「易大經既然已回了家，傅紅雪豈非一去就可以找到他。」

葉開點點頭。

丁靈琳道：「路小佳既然是他的小舅子，這兩天就在這附近，現在豈非也可能就在他家裡。」

葉開道：「很可能。」

丁靈琳道：「你不怕傅紅雪吃他們的虧？你不是一向對他很關心麼？」

葉開道：「我放心得很。」

丁靈琳道：「真的？」

葉開道：「當然是真的，因爲我知道他們根本不會動起手來。」

丁靈琳道：「爲什麼？」

葉開笑了笑，道：「你若了解易大經是個怎麼樣的人，就會知道是爲什麼了。」

丁靈琳道：「鬼才了解他。」

葉開道：「這個人平生一向不願跟別人正面爲敵，就算別人找上他的門去，他也總是退避忍讓，所以別人才認爲他是個君子。」

丁靈琳道：「但這種忍讓也沒有用的。」

葉開道：「他可以用別的法子。」

丁靈琳道：「什麼法子？」

葉開道：「他可以死不認帳，根本不承認有這麼回事。」

丁靈琳道：「事實俱在，他不認帳又有什麼用？」

葉開道：「他可以說，最近一直沒有離開過藏經莊半步，甚至可能說他病得很重。」

丁靈琳道：「傅紅雪會相信？他又不是笨蛋。」

葉開道：「易大經一定早已找了很多人，等在他家裡替他作證明，像他這種人做事，無論成與不成，一定會先留下退路。」

丁靈琳道：「別人的證明，傅紅雪也一樣未必會相信的。」

葉開道：「但易大經找來的，一定是江湖中很有聲名、很有地位的人，說出來的話一定很有份量，別人想不相信都不行。」

丁靈琳道：「這種人肯替他說謊？」

葉開道：「他並不是要這些人替他說謊，只不過要他們的證明而已。」

丁靈琳道：「證明他沒有出去過？」

葉開道：「他當然有法子先要這些人相信，他一直沒有離開過半步。」

丁靈琳道：「我想不出他能有這種法子，除非他有分身術。」

葉開道：「分身術也並不難，譬如說，他可以先找一個人，易容改扮後，在家裡替他裝病。」

他又補充著道：「病人的屋裡光線當然很暗，病人的臉色當然不好，說話的聲音也不會和平時一樣，所以他那些朋友當然不會懷疑這個生了病的易大經居然會是別人改扮的。」

丁靈琳道：「何況易大經一向是誠實君子，別人根本不會想到他做這種事。」

葉開道：「一點也不錯。」

丁靈琳嘆了口氣，道：「看來你對這種邪門歪道的事，懂的也真不少。」

葉開道：「所以我現在還活著。」

丁靈琳嘆道：「我看還是趁你活著時快走吧，免得你醉死在這裡。」

葉開道：「你可以走。」

丁靈琳道：「你呢？」

葉開道：「我在這裡泡定了。」

丁靈琳道：「你覺得這地方很好？」

葉開道：「不好。」

丁靈琳看了那直皺眉頭的伙計一眼，道：「你認爲別人很喜歡你留在這裡？」

葉開笑著說道：「他只恨不得我付了帳快走，愈快愈好。」

丁靈琳道：「那你爲什麼還要留在這裡？」

葉開道：「我要等一個人。」

丁靈琳眼珠子直轉，道：「是個女人？」

葉開笑道：「我從不等女人，一向是女人等我。」

丁靈琳咬了咬嘴唇道：「你究竟要在這裡等誰？」

葉開道：「傅紅雪！」

丁靈琳怔了怔，道：「他還會來？」

葉開肯定的道：「一定會來找我，因爲他認爲我騙了他。」

丁靈琳道：「他難道看不出易大經就是趙大方？」

葉開道：「易大經難道不能說那是別人故意扮成他的樣子，故意陷害他的？」

丁靈琳又說不出話了。

那伙計一直在旁邊聽著，聽到這裡，忍不住長長嘆了口氣。

他嘆氣的時候，門外卻有人在大笑。

「想不到這裡還有酒賣，看來老天對我還算不錯，捨不得讓我乾死。」

一個人醉醺醺的衝了進來，穿著新衣，戴著新帽，圓圓的臉上長個酒糟鼻子，看樣子正是個不折不扣的標準酒鬼。

他一進來就掏出塊銀子拋在桌上，大聲道：「把你們這裡的好酒好菜統統給我搬上來，大爺我別的沒有，就是有銀子。」

有銀子當然就有酒。

這人自己喝了幾杯，忽然回過頭，向葉開招手。

葉開也向他招了招手。

這人大笑，道：「你這人有意思，看來一定是個好人，來，我請你喝酒。」

葉開笑道：「好極了，我什麼都有，就只是沒有銀子。」

他竟忽然過去了。

這就是葉開的好處，他對什麼事都有好奇，只要有一點點奇怪的事，他就絕不肯錯過。

他已看出這人的手腳很粗，那酒糟鼻子也是喝劣酒喝出來的，平時一定是個做粗事的人，但現在卻穿著新衣，戴著新帽，身上還有大把銀子可以請人喝酒。

這種事當然有點奇怪。

一點奇怪的事，往往就會引出很多奇怪的事來，有很多奇怪的事，葉開都是這樣子發現的，何況他最近正在找人。

丁靈琳看著他走過去，忍不住嘆了口氣，喃喃道：「看來天下再也沒有什麼事能比酒鬼跟酒鬼交朋友更容易的了。」

現在這人非但鼻子更紅，連舌頭都大了三倍。

他正不停的拍著葉開的肩，大聲道：「你儘管痛痛快快的喝，我有的是銀子。」

葉開故意壓低聲音，道：「看來你老哥你真發了財了，附近若有什麼財路，不知道能不能告訴兄弟一聲，讓兄弟也好回請老哥你一次。」

這人大笑道：「你以爲我是強盜？是小偷？……」

他忽又摸出錠銀子，重重的往桌上一擺，瞪起了眼道：「告訴你，我這銀子可不是髒的，這是我辛苦了十幾年才賺來的。」

葉開道：「哦？」

這人道：「老實告訴你，我並不是壞人，我本來是個洗馬的馬夫。」

葉開笑道：「馬夫也能賺這麼多銀子？看來我也該去當馬夫才對。」

這人搖搖頭，道：「本來我倒可以介紹你去，但現在卻已太遲了。」

葉開道：「爲什麼？」

這人道：「因爲那地方非但已沒有馬，連人都沒有半個。」

葉開道：「那是什麼地方？」

這人道：「好漢莊。」

葉開的眼睛亮了。

他本來就在找從好漢莊出來的人，奇怪的是，他居然一直連半個都找不到。

四五十個人忽然沒有事幹，手裡卻有四五百兩銀子，若不去喝酒，玩玩女人，那不是怪事是什麼。

但附近所有的酒舖妓院裡，卻偏偏都完全沒有他們的消息。

現在葉開才總算找到了一個，他當然不肯放鬆，試探著道：「好漢莊我也去過，那裡酒窖的管事老顧是我的朋友。」

這人立刻指著他的鼻子大笑道：「你吹牛，酒窖的管事不姓顧，姓張，叫張怪物。」

葉開道：「爲什麼要叫他怪物？」

這人道：「因爲他雖然管酒窖，自己卻連一滴都不喝。」

葉開笑道：「也許就因爲他不喝酒，所以才讓他管酒窖。」

這人一拍巴掌，大笑道：「一點也不錯，你這小子倒還真不笨。」

葉開道：「現在他的人呢？」

這人道：「到丁家去了，從好漢莊出來的人，全都被丁家僱去了。」

原來他們一離開好漢莊，就立刻又有了事做，趕著去上工。

這就難怪葉開找不著他們的人。

葉開道：「全都被丁家僱去了？哪個丁家？」

這人道：「當然是那個最有錢，也最有名的丁家，否則怎麼能一下子多僱這麼些人。」

最有錢，也最有名的丁家只有一家。

那就是丁靈琳的家。

葉開忍不住看了她一眼，丁靈琳也正在看著他。

這人卻還在含含糊糊的說著話：「那張怪物雖然不喝酒，但別的事卻是樣樣精通的，我他媽的就一直佩服他。」

葉開道：「既然別人都被丁家僱去了，你爲什麼不去？」

這人笑道：「五百兩銀子我還沒有喝完，丁家就算招我去做女婿，我他媽的也不會……」

「會」字是個開唇音。

剛說到這個「會」字，突聽「叮」的一響，一樣東西打在他牙齒上。

葉開立刻聽到一陣牙齒碎裂的聲音。

這個人已痛得彎下了腰，先吐出了一個花生殼，再吐出了牙齒，吐出了血，嗅到了自己的血，胃就突然收縮，就開始不停的嘔吐。

將他牙齒打碎的，竟是一個花生殼。

丁靈琳沒有吃花生，必然不會有花生殼。

窗子是開著的，窗外夜色如墨。

葉開忽然對著窗口笑了笑，道：「我本來是在等另外一個人的，想不到來的是你。」

窗外有人在笑。

笑聲中帶著種很特別的譏誚之意，接著人影一閃，已有個人坐在窗台上。

路小佳。當然是路小佳。

丁靈琳嫣然道：「我本來正準備教訓教訓他的，想不到你先替我出了手。」

路小佳淡淡笑道：「能替丁家的大小姐做點事，實在榮幸之至。」

丁靈琳道：「你什麼時候開始學會拍人馬屁的？」

路小佳道：「從我想通了的時候。」

丁靈琳道：「想通了什麼事？」

路小佳道：「想通了我直到目前爲止，還是光棍一條，所以……」

丁靈琳道：「所以怎麼樣？」

路小佳微笑著，道：「所以我說不定還是有機會做丁家的女婿。」

丁靈琳又笑了。

路小佳道：「想做丁家女婿的人還能不拍丁家大小姐的馬屁？」

丁靈琳用眼角瞟著葉開，道：「這句話你應該說給他聽的。」

路小佳道：「我本來就是說給他聽的。」

他大笑著跳下窗台，看著葉開道：「你吃了我的幾顆花生，今天不請我喝酒？」

葉開微笑道：「當然請，只可惜我也知道你並不是爲了喝酒來的。」

路小佳嘆了口氣，說道：「好像我什麼事都瞞不住你。」

丁靈琳忍不住問道：「你是怎麼來的？」

路小佳道：「陪一個人來的。」

丁靈琳道：「陪誰？」

路小佳道：「就是你們在等的那個人。」

丁靈琳皺了皺眉，轉過頭，就看見傅紅雪慢慢的走了進來。

傅紅雪蒼白的臉，現在看來竟彷彿是鐵青的。

他還沒有走進來，眼睛就已在盯著葉開，好像生怕葉開會突然溜走。

葉開卻在微笑，微笑著道：「我知道你一定會回來的，我果然沒有算錯。」

傅紅雪道：「只有一件事你錯了。」

葉開道：「哦？」

傅紅雪道：「你爲什麼要我去殺易大經？」

葉開道：「是我要你去殺他的？」

傅紅雪冷冷的道：「你希望他死？還是希望我再殺錯人？」

葉開嘆了口氣，說道：「我只希望你能夠弄清楚這件事。」

傅紅雪冷笑道：「你還不清楚？」

葉開搖搖頭。

傅紅雪道：「趙大方並不是易大經。」

葉開道：「哦？」

傅紅雪道：「這半個月來，他從未離開過藏經莊半步。」

葉開笑了。

傅紅雪道：「你不必笑，這是事實。」

葉開道：「是不是有很多人都能替他證明？」

傅紅雪點點頭，道：「都是很可靠的人。」

葉開道：「他當然一直都在生病，病得很重。」

傅紅雪道：「你知道？」

葉開又笑了。

這些事本就在他預料之中，他果然連一點都沒有算錯。

丁靈琳卻在那邊搖著頭，嘆著氣，道：「剛才是誰在說他不是笨蛋的？」

路小佳看了看她，又看了看葉開，忽然笑道：「我明白了。」

丁靈琳道：「你又明白了什麼？」

路小佳道：「你們一定以爲易大經先找了個人在家替他裝病，他自己卻溜了出來。」

丁靈琳道：「這不可能？」

路小佳道：「當然可能，只可惜他這種病是沒法子裝的。」

丁靈琳道：「爲什麼？」

路小佳嘆息了一聲，道：「現在江湖中也許還很少有人知道，他的一條左腿已在半個月前被人一刀砍斷了！」

丁靈琳怔住。

傅紅雪也不禁怔住。

路小佳道：「宋長城、王一鳴、丁靈中、謝劍，都是在聽到這消息後，特地趕去看他的。」

他說的這些名字，果然都是江湖中很有聲名，很有地位的人物。

其中最刺耳的一個名字，當然還是丁靈中。

丁靈琳幾乎叫了起來，大聲道：「我三哥也在他那裡？」

路小佳笑了笑，道：「聽說丁家的人都是君子，君子豈不總是喜歡跟君子來往的。」

丁靈琳只好聽著。

路小佳悠然道：「卻不知丁三少是不是個會說謊的人？」

丁靈琳道：「他當然不是。」

路小佳說道：「那麼你可以去問問他，易大經的腿是不是斷了，這個斷了腿的易大經是不是別人僞裝的？他現在還在藏經莊。」

丁靈琳還有什麼話說？

葉開也只有苦笑。

路小佳看著他，微笑道：「其實你也不必難受，每個人都有錯的時候，只要能認錯就好了。」

葉開咳嗽。

「我當然也知道你嘴上絕不肯認錯，但只要你心裡認錯就已足夠。」

他不讓葉開說話，搶著又道：「現在的問題是，易大經既然不是趙大方，那個趙大方究竟是什麼人呢？」

葉開回答不出。

傅紅雪道：「我一定要找出這個人來。」

路小佳道：「你當然要找出他來，說不定他就是你的仇人之一。」

葉開忽然開口道：「說不定他也是易大經的仇人之一。」

路小佳道：「爲什麼？」

葉開道：「他若不是易大經的仇人，爲什麼要用這法子陷害他？」

路小佳只好承認。

葉開沉吟著，道：「他當然還不知道易大經的腿已斷了，所以才會用這法子。」

路小佳道：「被人砍斷了腿，並不是什麼光榮的事，誰也不願意到處宣揚的。」

葉開道：「卻不知他的腿是被誰砍斷了的？」

路小佳道：「不知道！」

葉開道：「他沒有告訴你？」

路小佳道：「他根本不願再提起這件事。」

葉開道：「爲什麼？」

路小佳道：「因爲他不願別人替他去報仇，他總認爲冤家宜解不宜結，若是冤冤相報，那就不知要等到什麼時候才能報得完了。」

葉開嘆了口氣，道：「看來他的確是個真君子，令姐能嫁給他真是福氣。」

路小佳看著他，也聽不出他這話是真的讚美，還是諷刺。

葉開卻又笑了笑，道：「無論如何，我總該先請你喝杯酒才是。」

突聽一人道：「替我也留一杯。」

說話的聲音，還在很遙遠的地方，但這裡的每個人都能聽得很清楚。

說話的人當然也還在遠方，但這裡的人說出的話，他居然也能聽得見。

這人究竟是個什麼樣的人呢？

這問題很快就有了答案，因爲這句話剛說完，他的人已到了門外。

他來得好快。

他身上穿著套很普通的衣服，腰帶上插著根很普通的短棍，手上卻提著個很大的包袱。

丁靈琳幾乎忍不住要跳了起來。

那平凡卻又神奇的陌生人，竟也回來了。

門外夜色深沉，門內燈光低暗。

陌生人已走進來，將手裡提著的包袱，輕輕的擺在地上。

這包袱真大。

陌生人隨隨便便的找了張椅子一坐，淡淡道：「我平時很少喝酒的，但今天卻可以破例。」

沒有人問他爲什麼，沒有人敢問。

陌生人忽然面對路小佳，道：「你知不知道爲了什麼？」

路小佳搖搖頭。

陌生人道：「你知不知道我是誰？」

路小佳搖了搖頭，又點了點頭，那雙鎭定如磐石的眼睛裡，似已露出恐懼之色。

陌生人道：「我卻認得你，認得你的這柄劍。」

路小佳垂下頭，看著自己腰帶上斜插著的劍，好像只希望這柄劍並沒有插在自己身上。

陌生人也在看著他腰帶上的劍，淡淡道：「你不必爲這柄劍覺得抱歉，教你用這柄劍的人，雖然是我的仇敵，也是我的朋友。」

路小佳垂首道：「我明白。」

陌生人道：「我一向很尊敬他，正如他一向很尊敬我。」

路小佳道：「是。」

這狂傲的少年，從來也沒有對任何人如此尊敬畏懼過。

陌生人道：「他現在是不是還好？」

路小佳道：「我也有很久沒見過他老人家了。」

陌生人笑了笑，道：「他也跟我一樣，是個沒有根的人，要找到他的確不容易。」

路小佳道：「是。」

陌生人道：「聽說你用這柄劍殺死了不少人。」

路小佳不敢答腔。

陌生人又緩緩道：「我只希望你殺的人，都是應該殺的。」

路小佳更不敢答腔。

陌生人忽然道：「用你的劍來刺我一劍。」

路小佳的臉色變了。

陌生人道：「你知道我說過的話，一向都是要做到的。」

路小佳變色道：「可是我……我……」

陌生人道：「你不必覺得爲難，這是我要你做的，我當然絕不會怪你。」

路小佳遲疑著。

陌生人道：「我當然也絕不會還手。」

路小佳終於鬆了口氣，道：「遵命。」

他的手已扶上劍柄。

陌生人道：「你最好用盡全力，就將我當做最恨的仇人一樣。」

路小佳道：「是。」

忽然間，天地間似已變得完全沒有聲音，每個人都瞪大了眼睛，屏住了呼吸，每個人都知道這種事絕不是時常能看到的，更不是人人都能看到的。

路小佳劍法的迅速犀利，江湖上已很少有比得上的人。

這陌生人呢？他是不是真的像傳說中那麼神奇？

突然間，劍光一閃，路小佳的劍已刺了出去，就向這陌生人的咽喉刺了出去！

傅紅雪握刀的手也在用力。

這一劍就像是他刺出去的，連他都不能不承認，這一劍的確快；甚至已和他的刀同樣快。

就在這時，突然「叮」的一響，這柄劍突然斷了！

眼睛最利的人，才能看出這一劍刺出後，突然有根短棍的影子一閃，然後這柄劍就斷了！

但現在短棍明明還插在這陌生人的腰上，大家又不禁懷疑。

只有路小佳不懷疑，他自己當然知道自己的劍是怎麼斷的。他手裡握著半截短劍，冷汗已從他額角上慢慢的流下來。

陌生人拈起了掉落的半截斷劍，凝視了很久，忽然道：「這柄劍還是太重。」

路小佳黯然的道：「我最多也只能夠用這麼重的劍了。」

陌生人點了點頭，道：「不錯，愈輕的劍愈難施展，只可惜這道理很少有人明白。」

路小佳道：「是。」

陌生人沉聲道：「你可知道我爲何要擊斷你的這柄劍？」

路小佳既不知道，也不敢問。

陌生人道：「因爲你這柄劍殺的人已太多。」

路小佳垂下頭，道：「前輩的教訓，我一定會記得的。」

陌生人看著他，又看了看傅紅雪和葉開，嘴角露出一絲微笑，說道：「我知道你們這一輩的年輕人，非但很聰明，也很用功，已經不在我們當年之下。」

沒有人敢答腔。

尤其是傅紅雪，現在他才明白，他那一刀若已向這陌生人刺出去，將要付出什麼代價！

陌生人道：「但我還是希望你們能明白一件事。」

大家都在聽著。

陌生人道：「真正偉大的武功，並不是用聰明和苦功就能練出來的。」

爲什麼不是？大家心裡都在問。

聰明和武功豈非是一個練武的人所需要的最重要的條件？

陌生人道：「你一定先得有一顆偉大的心，才能練得真正偉大的武功。」

他目中又露出那種溫暖的光輝，接著道：「這當然不容易，據我所知，天下武林高手中，能達到這種境界的，也不過只有一個人而已。」

大家當然知道他說的這個人是誰，每個人的心忽然跳了起來。

葉開的心跳得更快。

陌生人道：「除了這道理外，我還有樣東西帶給你們。」

他帶給他們的難道就是這包袱？路小佳忽然發現這包袱在動，臉上不禁露出驚奇之色。

陌生人看著他，緩緩道：「你若覺得奇怪，爲何不將這包袱解開來？」

每個人都在奇怪，誰也猜不出他帶來的是什麼。

「你若要練成真正偉大的武功，一定要先有一顆偉大的心。」

這當然不容易。要達到這境界，往往要經過一段很痛苦的歷程。

包袱被解開了。包袱裡竟然有一個人，一個斷了左腿的人。

「易大經。」

每個人都幾乎忍不住要驚呼出來，最驚奇的人，當然還是易大經自己。

他彷彿剛從噩夢中驚醒，忽然發現自己竟來到了一個比夢境中更可怕的地方。他看了看葉開，看了看傅紅雪和路小佳。

然後他的臉突然抽緊，因爲他終於看到了那個陌生人。

陌生人也在看著他，道：「你還記得我？」

易大經點點頭，顯得尊敬而畏懼。

陌生人道：「我們十年前見過一次，那時你的腿還沒有斷。」

易大經勉強陪笑，道：「但前輩的風采，卻還是和以前一樣。」

陌生人道：「你的腿是什麼時候斷的？」

易大經道：「半個月前。」

陌生人道：「被誰砍斷的？」

易大經面上露出痛苦之色，道：「那已是過去的事，再提豈非徒增煩惱。」

陌生人道：「看來你倒很寬恕別人。」

易大經道：「我儘量在學。」

陌生人道：「但你最好還是先學另一樣事。」

易大經道：「什麼事？」

陌生人道：「學說實話！」

他眼睛裡突然射出火炬般的光，盯在易大經臉上，一字字接道：「你總應該知道我平生最痛恨說謊的人。」

易大經垂下頭，道：「我怎敢在前輩面前說謊？無論誰也不敢的。」

陌生人冷冷地道：「我也知道要你說實話並不容易，因爲你知道說了實話後，也許就得死，你當然還不願死。」

易大經不敢答腔。

陌生人道：「但你總該也知道，世上還有很多比死更可怕、更痛苦的事。」

易大經額上已開始在流冷汗。

陌生人道：「我將你帶到這裡來，就因爲我多年前就已立誓，絕不再被任何人欺騙。」

他鋼鐵般的臉上，竟也露出痛苦之色，似又想起了一些令他痛苦的往事。

易大經已不敢抬頭看他。

過了很久，這陌生人才慢慢的接著道：「你模倣小李探花的筆跡，約我到這裡來相見，其實我早已看出那筆跡不是真跡，我來，只不過想知道這是個什麼樣的圈套。」

易大經道：「小李探花少年時已名滿天下，他的墨跡也早已流傳很廣，能模倣他筆跡的人很多，前輩怎可認定是我。」

陌生人道：「因爲我在你房裡找到了一些模倣他筆跡寫的字。」

易大經的冷汗流得更多了。

陌生人沉下了臉，道：「你總應該聽說過我少年時的爲人，所以你也該相信，現在我還是一樣有法子要你說實話。」

易大經忽然長長嘆息，道：「好，我說。」

陌生人道：「你怎麼知道我的行蹤的？」

易大經道：「是丁三公子說的。」

陌生人道：「丁靈中？」

易大經點點頭。

陌生人道：「我知道他也是個很聰明的年輕人，但他並不知道我的行蹤。」

易大經道：「清道人卻知道前輩將有江南之行。」

陌生人道：「他認得清道人？」

易大經又點了點頭，道：「前輩既然有江南之行，就必定會走這條路的。」

陌生人道：「哦？」

易大經道：「因爲前輩第一次遇見小李探花，就是在這條路上。」

陌生人目光忽然到了遠處，似又在回憶，但這回憶卻是溫暖的，只有愉快，沒有痛苦。

他一直相信他能認得李尋歡，是他一生中最幸運的事。

易大經道：「所以我就叫人在前面的十里長亭等著，等前輩經過時，將那張字條交給前輩。」

陌生人道：「你以爲我會相信那真是小李探花派人送來的？」

易大經道：「我只知道前輩無論信不信，都一樣會到這裡來的。」

陌生人輕輕嘆息，道：「我看見了你，就想起了一個人。」

易大經忍不住道：「誰？」

陌生人道：「龍嘯雲。」

他嘆息著，接著道：「龍嘯雲就跟你一樣，是個思慮非常周密的人，只可惜……」

他沒有說下去，不忍說下去。

過了很久，他忽然又問道：「你這一條腿是幾時斷的？」

易大經的回答很令人吃驚：「今天。」

陌生人道：「是被人砍斷的？」

易大經道：「我自己。」

這回答更令人吃驚，唯一還能不動聲色的，就是葉開和陌生人。

他們竟似早已想到了這是怎麼回事。

易大經道：「我先找了個體型容貌和我相近的人，砍斷了他的腿，將他扮成我的樣子，叫他在我的屋裡躺著。」

陌生人已不再問。他知道易大經既已開始說了，就一定會說下去。

易大經道：「那是間很黝暗的屋子，窗子上掛著很厚的窗簾。」

病人屋裡本都是這樣子的。

易大經道：「所以縱然有朋友來看我，也絕不會懷疑躺在床上的人不是我，他們既不願多打擾我，也不會懷疑到這上面去。」

丁靈琳看了葉開一眼，心裡在奇怪：「爲什麼這小壞蛋總好像什麼事全都知道。」

易大經道：「就在這段時候，我自己溜了出去，先請來小達子，再將傅紅雪誘來，我知道傅紅雪要殺人時，出手一向快得很。」

傅紅雪蒼白的臉上也露出痛苦之色，他並不希望被人看成這樣一個人。

易大經道：「我也知道前輩最痛恨的就是這種隨意殺人的人，我相信前輩一定不會讓他再活著的。」

他長長嘆息了一聲，道：「這計劃本來很周密，甚至已可說是萬無一失，但我卻沒有想到，世上竟有葉開這種喜歡多管閒事的人。」

丁靈琳忍不住道：「你自己既然覺得這計劃已萬無一失，就應該裝別的病，否則這計劃若是成功了，你豈非還是得砍斷自己一條腿。」

易大經看著自己的斷腿，道：「我早已準備砍斷這條腿了，無論計劃成不成都一樣。」

丁靈琳道：「爲什麼？」

易大經緩緩道：「因爲這計劃縱然成功，我也不願有人懷疑到我身上。」

丁靈琳嘆了口氣，道：「你的心真狠，對自己也這麼狠。」

易大經道：「但我本來並不是這樣的人。」

丁靈琳道：「哦？」

易大經道：「我天性也許有些狡猾，但卻一心想成爲個真正的君子，有時我做事雖然虛僞，但無論如何，我總是照君子的樣子做了出來。」

做出來的事，就是真的，你做的事若有君子之風，你就是個君子。

否則你的心縱然善良，做出來的卻全都是壞事，也還是一樣不可原諒的。

丁靈琳嘆道：「你若能一直那樣子做下去，當然沒有人能說你不是君子，只可惜你卻變了。」

易大經又露出痛苦之色，道：「不錯，我變了，可是我自己並不想變。」

丁靈琳道：「難道還有人逼著你變？」

易大經沒有回答，卻顯得更痛苦。

陌生人道：「你既已說了實話，就不妨將心裡的話全說出來。」

易大經道：「我決定說實話，並不是因爲怕前輩用毒辣的手段對付我。」

陌生人道：「哦？」

易大經道：「因爲我知道前輩並不是個殘忍毒辣的人。」

他好像生怕別人認爲這是在拍馬奉承，所以很快的接著又道：「我決定說實話，只因我忽然覺得應該將這件事說出來。」

每個人都在聽。

易大經道：「十九年前我刺殺白天羽的那件事，的確做得不夠光明磊落，但若讓我再回到十九年前，我還是會將同樣的事再做一次。」

這句話正也和薛斌說的完全一樣。

易大經道：「因爲白天羽實已將我逼得無路可走，他非但要我加入他的神刀堂，還要我將家財全部貢獻給神刀堂，他保證一定能讓我名揚天下。」

他的臉已因痛苦而扭曲，接著道：「但我初時只不過是他手下的一個傀儡而已，雖然名揚天下又有什麼用？」

靜寂中忽然有了急促的喘息聲，是傅紅雪在喘息。

易大經道：「白天羽並不是個卑鄙小人，他的確是個英雄，他驚才絕艷，雄姿英發，武功之高，已絕不在昔年的上官金虹之下。」

傅紅雪的喘息更怪。

易大經道：「他做事卻不像上官金虹那麼毒辣殘酷，若有人真正在苦難中，他一定會挺身而出，爲了救助別人，他甚至會不惜犧牲一切。」

陌生人忽然長長嘆息了一聲，道：「若非如此，也許就不必等你們去殺他了。」

易大經嘆道：「但他卻實在是個很難相處的人，他決定的事，從不容別人反對，只要他認爲做了對就是對的。」

這種人並不多，但世上的確有這種人。

易大經道：「他獨斷獨行，只要開始做了一件事，就不計成敗，不計後果，這固然是他的長處，但也是他最大的短處，因爲他從來也不肯替別人想一想。」

丁靈琳看了葉開一眼，忽然發現葉開的神情也很悲傷。

易大經道：「成大功，立大業的人，本該有這種果敢和決心，所以我雖然恨他，但也十分尊敬他。」

這種心理很矛盾，但不難了解。

易大經道：「我從沒有說他是惡人，他做的也絕不是壞事，當時的確有很多人都得到過他的好處，但真正能接近他的人，卻是最痛苦的。」

他黯然嘆息，接著道：「因爲一個人接近了他之後，就要完全被他指揮支配，就得完全服從他，這些人若想恢復自由，就非殺了他不可！」

陌生人道：「殺他的人，難道全都是他的朋友？」

易大經道：「大多數都是的。」

陌生人冷冷道：「他也許做錯很多事，但我想他最錯的還是交錯了朋友。」

傅紅雪看著他，目中忽然充滿了感激。

陌生人又道：「他縱然獨斷獨行，專橫跋扈，但畢竟還是將你們當做朋友，並沒有想在背後給你們一刀。」

無論你的朋友是好是壞，只要他是你的朋友，你就不能在背後給他一刀。

易大經垂下頭，道：「我並沒有說我們做得對，我只說那時我們已非那麼樣做不可。」

陌生人道：「非那麼樣做不可？」

易大經道：「是的。」

陌生人的目光彷彿到了很遙遠的地方，緩緩道：「我年輕時也認爲有很多事是非做不可，但後來我才慢慢體會到，世上並沒有什麼非做不可的事，問題只在你心裡怎麼去想。」

傅紅雪也慢慢的垂下了頭。

陌生人道：「只要你能忍耐一時，有很多你本來認爲非做不可的事，也許就會變成根本不值得你去做的事了。」

他表情很嚴肅，接著道：「每件事都有兩面，從你們這面看來，你也許覺得自己做得很對，那只因爲你們從沒有從另外一面去看過。」

易大經道：「可是……」

陌生人打斷了他的話，道：「你們要殺白天羽，就因爲他從不肯替別人設想，可是你們自己的行爲，豈非也跟他一樣？」

易大經黯然道：「也許的確是我們錯了。」

陌生人道：「我也並沒有說一定是你們錯，這件事究竟誰是誰非，也許是永遠都沒有人能判斷的。」

易大經道：「所以我寧願犧牲一條腿，也不願看著這仇恨再繼續下去。」

他看來的確很痛苦，接著又道：「那天在梅花庵外行刺的人，能活著回去的最多只有七八個，這些年來，我想他們一定也跟我一樣，一定也活得很痛苦！」

一個人若終日生活在疑慮和恐懼之中，那種痛苦的確是無法形容的。

易大經道：「那天的雪下得很大，地上一片銀白，但那一戰結束後，整個一片銀白色的大地，竟都已被鮮血染紅了。」

他的臉又已因痛苦和恐懼而抽搐，接著道：「沒有親眼看過的人，永遠無法想像那種事態的情況，我實在不願那種事再發生一次。」

葉開忽然道：「你爲什麼不想想，那一戰是誰引起來的？」

易大經慘然道：「我只知道染紅了那一片雪地的鮮血，並不僅是白家人的，別人的血流得更多。」

葉開道：「所以你認爲這段仇恨已應該隨著那一戰而結束？」

易大經道：「我們縱然對不起白天羽，那天付出的代價也已足夠。」

葉開道：「死的人確實已付出了他們的代價，但活著的人呢？」

易大經沒有回答，他無法回答。

葉開道：「我並不是說這仇恨一定還要報復，但每件事都必須做得公平，活著的人若認爲那些死者已替他們付出了代價，那就是大錯了。」

他一字字接著道：「你欠下的債，必須用你自己的血來還，這種事是絕不容別人替你做的。」

易大經看著葉開，就好像第一次才看見這個人……也許他以前的確沒有看清過這個人。

葉開的態度永遠在鎮定中帶著種奇異的輕鬆，無論面對著什麼危險，他永遠都不會露出驚慌恐懼的樣子。

這種態度絕不是天生的，那一定要經過無數次痛苦的折磨後，才能慢慢的訓練出來。

可是他以前的歷史，卻從來沒有人知道，他就像是忽然從石頭中跳出來的美猴王，忽然在武林中出現，從他出現時開始，他就是這樣一個人。

這種情況幾乎完全和傅紅雪一樣——傅紅雪也是忽然就出現了。

顯然也是經過嚴格的訓練後才出現的。

他的過去也同樣是一片空白。從沒有人知道他過去在哪裡？在幹什麼？因爲他的身世極隱密，他到江湖中來，是爲了一種極可怕的目的。

那麼葉開呢？葉開是不是跟他同樣有目的？他們之間是不是有某種神秘的關係？

易大經看著葉開，已看了很久，忽然道：「你究竟是什麼人？」

葉開道：「你應該知道我是什麼人。」

易大經道：「你姓葉，叫葉開？」

葉開點點頭，道：「木葉的葉，開心的開。」

易大經道：「你真的是葉開？」

葉開笑了笑，道：「你以為我是誰？」

易大經忽又嘆了口氣，道：「我不管你是誰，只希望你明白一件事。」

葉開道：「我在聽。」

易大經看著自己的斷腿，緩緩道：「我欠下的債，並沒有想要別人還，我做錯了的事，也早已付出了代價，你若還認為不夠，我就在這裡等著，你隨時都可以殺了我。」

葉開淡淡道：「這句話你本該對傅紅雪說的。」

易大經道：「無論對誰說都一樣，現在我說的都是實話。」

然後他就閉上眼睛，什麼都不再說了。

陌生人看了看葉開，又看了看傅紅雪，忽然道：「他說的確實是實話。」

沒有人開口，沒有人能否認。

陌生人的目光最後停留在傅紅雪臉上，道：「我帶他到這裡來，就是為了要他說實話，並不是爲了要你殺他。」

傅紅雪在聽著，他看來遠比易大經還痛苦。

陌生人道：「現在他已將所有的事全都說了出來，這件事究竟誰是誰非，誰也沒有資格判斷。」

是不是連傅紅雪自己也同樣沒有資格下判斷？

陌生人道：「但他的確欠了你的債，你若認爲他還得不夠，還是隨時都可以殺了他，現在他已完全沒有反抗的能力。」

卅七　浪子回頭

風在呼嘯，不知何時風已轉急，秋夜的風聲，聽來幾乎已和草原上的風聲同樣淒涼。

距離黎明還遠得很。

傅紅雪緊緊握著他的刀，掌心在流著冷汗。冷汗並不是因爲恐懼而流出來的，而是因爲痛苦；一種他從來未曾經歷過的痛苦。

陌生人也不再開口。

沒有人開口。

他的仇人就坐在他面前等，等死。

他受盡各種痛苦的折磨，爲的就是將這些仇人一個個找出來，要他們死在自己手裡的這柄刀下。

但現在他看著這個人，看著這個人臉上因長久的痛苦與恐懼而增多的皺紋，看著這個人衰老疲倦憔悴的神色，看著這個人斷了的左腿……

他忽然不知道自己是不是應該殺他了。

「我做錯的事，我已付出了代價。」

這句話並不假。若不是因爲歷久如新的痛苦和恐懼，誰願意砍下自己一條腿？

一個人在那種連續不斷的折磨中生活了十九年，他付出的代價也許比死更可怕。

「這些年來，我一心想做得像是真正的君子。」

這句話也不假。這些年來，他的確一直都在容忍、忍讓，從不敢再做錯任何事。

這是不是因爲他已知道錯了，是不是因爲他已用盡一切力量來贖罪？

「現在你還是隨時可以殺了他，他已完全沒有反抗的能力！」

「但現在的問題，卻已不是這個人該不該殺？」

「而是這個人還値不値得殺？」

這問題沒有人能替傅紅雪回答。

他必須自己選擇；是殺了他？還是不殺？

每個人都在看著傅紅雪，心裡也都在問著同樣的問題。

他是要殺了易大經？還是不殺？

風仍在呼嘯，風更急了。聽到了這風聲，就會令人又不由自主想起那無邊無際的大草原，想起那彷彿永無休止的風沙，想起那風中的血腥氣……

但邊城的夜月還是美麗的。在那淒涼朦朧的月色下，還是有很多美麗的事可以回憶。在那些回憶中，還是有很多値得懷念的人。

一些雖然可恨，卻又可愛的人。

是不是每個人都有他的可恨之處，也同樣都有他的可愛之處？

現在葉開在想著蕭別離。

他也不知道自己爲什麼會忽然想起這個人，這也許只因爲他一向覺得這個人並不該死的。

也許他一直都在後悔，爲什麼要讓這個人死。

真正該死的人卻有很多還活著。

「我不殺你，因爲你已不值得被我殺！」

「但我卻一定不會放過馬空群！他不僅是我父親的朋友，而且他們是兄弟，無論如何，這件事都不該由他來做的。我一定要他死在這柄刀下！」

這就是傅紅雪最後說出來的話，這就是他最後的抉擇。

他沒有殺易大經，他也沒有再看任何人一眼，就慢慢的走出了門，左腳先邁出一步，右腿再跟著拖過去。他走路的姿態奇特而痛苦，竟像他這個人一樣。

但他的刀還是漆黑的。

究竟是他在握著這柄刀？還是這柄刀在掌握著他的命運？

「這柄刀能帶給人的，只有死和不幸！」

葉開彷彿又聽見了蕭別離那種彷彿來自地獄中魔咒般的聲音。

他看著傅紅雪慢慢的走出去，走入無邊無際的黑暗中。

外面的風又冷又急，他的背影在黑暗中看來，顯得那麼孤獨，又那麼寒冷……

葉開的眼睛裡似已有了淚光。

丁靈琳正在看著他。她好像永遠只注意他一個人。

她忽然悄悄問道：「你爲什麼傷心？」

葉開道：「我不是傷心，是高興。」

丁靈琳道：「爲什麼高興？」

葉開道：「因爲他沒有殺易大經。」

這句話剛說完，他忽然聽到易大經的哭聲——易大經竟已伏倒在地上，放聲痛哭了起來。

他也許已有很久很久未曾真的哭過，他並不是個時常願意將真情流露的人。

「有時活著是不是比死還痛苦？」

這問題現在也只有易大經自己才能答覆。

陌生人看了看他，又看了看路小佳。

路小佳石像般站在那裡，沒有動，也沒有再剝他的花生。他臉上連一點表情都沒有。

但沒有表情有時豈非就是種最痛苦的表情。

陌生人忽然嘆息了一聲，道：「現在你可以送他回去了。」

酒已在杯中。

燈光如豆，酒色昏黃，這並不是好酒。

但酒的好壞，並不在它的本身，而在於你是在什麼心情下喝它。一個人若是滿懷痛苦，縱然是天下無雙的美酒，喝到他嘴裡也是苦的。

陌生人忽然道：「今天我也很高興。」

葉開道：「是不是也因爲他沒有殺易大經？」

陌生人點了點頭，說出一句葉開終生都難以忘記的話。

「能殺人並不難，能饒一個你隨時都可以殺他的仇人，才是最困難的事。」

葉開仔細咀嚼著這句話，只覺得滿懷又苦又甜，忍不住舉杯一飲而盡。

陌生人也舉杯一飲而盡，微笑著道：「我已有很久未曾這麼樣喝過酒了，我以前酒量本來不錯的，可是後來……」

他沒有再說下去。

葉開也沒有問，因爲他已看出那雙無情的眼睛裡，忽然流露出的感情。

那是種很複雜的感情，有痛苦，也有甜蜜，有快樂，也有悲傷……

他的劍雖無情，但他的人卻一向是多情的。

他當然也有很多回憶。這些回憶無論是快樂的，還是悲傷的，也都比大多數人更深邃，更值得珍惜。

丁靈琳一直在看著他。

有葉開在身旁的時候，這是她第一次像這樣子看別人。

她忽然問道：「你真的就是那個阿……」

陌生人笑了笑，道：「我就是那個阿飛，每個人都叫我阿飛，所以你也可以叫我阿飛。」

丁靈琳紅著臉笑了，垂下頭道：「我可不可以敬你一杯酒？」

陌生人道：「當然可以。」

丁靈琳搶著先喝了這杯酒，眼睛裡已發出了光，能和阿飛舉杯共飲，無論誰都會覺得是件非常驕傲的事。

陌生人看著她年輕發光的眼睛，心裡卻不禁有些感傷。他自己心裡知道，現在他已永遠不會再是以前那個阿飛了。

以前那個縱橫江湖的阿飛，現在在江湖中卻已只不過是個陌生人，連他自己也不願意再聽人談起他那些足以令人熱血沸騰的往事。

這些感傷當然是丁靈琳現在所不能了解的，所以她又笑著道：「我早就聽說你是天下出手最快的人，可是一直到今天，我才相信。」

陌生人淡淡的笑了笑，道：「你錯了，我從來都不是出手最快的人，一直都有人比我快。」

丁靈琳張大了眼睛。

陌生人問道：「你知不知道是誰教路小佳用那柄劍的？」

丁靈琳搖了搖頭。

陌生人道：「這人有個很奇怪的名字，他叫做荆無命。」

丁靈琳笑道：「荆無命？他沒有命？」

陌生人道：「每個人都有一條命，他當然也有，但他卻一直覺得，他的這條命並不是他自己的。」

丁靈琳道：「這名字的確很奇怪，這種想法更加奇怪。」

陌生人嘆道：「他本來就是個非常奇怪的人。」

丁靈琳道：「他的劍也很快？」

陌生人道：「據我所知，當今江湖上已沒有比他更快的劍，而且他左右手同樣快，那種速度絕不是沒有看過他出手的人所能想像的。」

丁靈琳眼前似又出現了一個孤獨冷傲的影子，悠悠道：「我想他一定驕傲得很。」

陌生人道：「不但驕傲，而且冷酷，他可以爲了一句話殺別人，也同樣會爲了一句話殺死自己。」

丁靈琳道：「我想別人一定都很怕他。」

陌生人點點頭，目中又露出一絲傷感，緩緩道：「但現在他在江湖中，也已是個陌生人了……」

丁靈琳道：「小李飛刀呢？他的出手是不是比荊無命更快？」

陌生人的眼睛忽然也亮了起來，道：「他的出手已不是『快』這個字能形容的。」

丁靈琳眨著眼，道：「我明白了，他出手快不快都一樣，因爲他的武功已達到你所說的那種偉大的境界，所以已沒有人能擊敗他。」

陌生人道：「絕沒有人。」

丁靈琳道：「所以上官金虹的武功雖然天下無敵，還是要敗在他手下。」

陌生人微笑道：「你的確很聰明。」

丁靈琳道：「他現在是不是真的還活著？」

陌生人笑道：「我現在是不是還活著？」

丁靈琳道：「你當然還活著。」

陌生人道：「那麼他當然也一定還活著。」

丁靈琳道：「他若死了，你難道也陪他死？」

陌生人道：「我也許不會陪他死，但他死了後，世上絕沒有任何人再看到我。」

他的聲音平靜而自然，竟像是在敘說著一件很平凡的事，但無論誰都能體會到這種友情是多麼偉大。

丁靈琳的眼睛裡閃著亮光，嘆息著道：「我本來也聽說過沒有人能比得上你們的友情，但也直到現在才知道。」

陌生人道：「世上也許只有友情才是最真實，最可貴的，所以無論白天羽是個什麼樣的人，我總認為馬空群用那種手段教訓他，是件非常可恥的事。」

丁靈琳道：「所以你並不反對傅紅雪去殺了他。」

陌生人嘆道：「但是李尋歡卻絕不會這麼樣想的，他從來也記不住別人對他的仇恨，他一向只知道寬恕別人，同情別人。」

丁靈琳心裡彷彿也充滿了那種偉大的感情，隔了很久，才輕輕問道：「你最近有沒有見過他？」

陌生人道：「每年我們至少見面一次。」

丁靈琳道：「你知道他在什麼地方？」

他們根本不必問。

因為像他們這種友情，已無所不至，無論他們到了什麼地方都一樣。

這種感情甚至連丁靈琳都已能了解。

她的目光似也在凝視著遠方，輕輕嘆息著，道：「我真希望有一天能見著他。」

已有雞啼。光明已漸漸降臨大地。

陌生人慢慢的站起來，扶著葉開的肩，微笑著道：「我知道你一直很尊敬他，一直想拿他做榜樣，所以我很高興。」

葉開眼睛裡已有熱淚盈眶，心裡充滿興奮和感激。

陌生人遙望著東方的曙色道：「我要到江南去，在江南，我也許會見到他。」

他望著丁靈琳忽然又笑了笑道：「我一定會告訴他，有個聰明而美麗的女孩子希望能看見他。」

丁靈琳笑了，閃閃發亮的眼睛裡，也充滿了感激和希望。

她忽然道：「江南是不是又有什麼驚天動地的事要發生了，所以你們都要到江南去？」

陌生人道：「也許會有的，只不過我們做的事，並不想要人知道，所以也就不會有什麼人知道。」

他慢慢的走出去，走出了門，站在初臨的曙色中，長長的吸了口氣，忽又回頭笑道：「今天我說的話比哪一天都多，你們可知道爲什麼？」

他們當然不知道！

陌生人道：「因爲我已老了，老人的話總是比較多些的。」

說完了這句話，他就迎著初升的太陽走了出去；他的腳步還是那麼輕健，那麼穩定。

東方的雲層裡，剛射出第一道陽光，剛巧照在他身上，他整個人都似在發著光。

丁靈琳輕輕嘆了口氣，道：「誰說他老了？他看來簡直比我們還年輕。」

葉開微笑著，道：「他當然不會老，有些人永遠都不會老的……」

有些人的確永遠不會老，因爲他們心裡永遠都充滿了對人類的熱愛和希望。

一個人心裡只要還有愛與希望，他就永遠都是年輕的。

初升的太陽也充滿了對人類的熱愛和希望，所以光明必將驅走黑暗。

現在陽光正照射著大地，大地輝煌而燦爛。他們就站在陽光下。

經過了這麼樣的一夜，他們看來竟絲毫也不顯得疲倦。因爲他們心裡也充滿了希望。

丁靈琳的臉面也在發著光，嫣然道：「你聽見他剛才說的話沒有？他說我又聰明，又漂亮。」

葉開在微笑。

丁靈琳盯著他，道：「你爲什麼從來也沒有說過這種話？」

葉開道：「你一定要我說？」

丁靈琳又笑了，道：「其實你嘴上不說也沒關係，只要你心裡在這麼樣想就好了。」

她拉起了他的手，迎著初升的陽光走過去。

葉開忽然問道：「你三哥是個怎麼樣的人？」

丁靈琳眼珠子轉了轉，笑道：「我三哥跟你一樣，又聰明、又調皮，除了生孩子之外，他好像什麼都會一點，可是他自己說他最拿手的本事，還是勾引女人。」

她忽然板起了臉，大聲道：「這一點你可千萬不能學他。」

葉開笑了笑，道：「這一點我已不必學了。」

丁靈琳瞪了他一眼，忽又笑道：「就算你很會勾引女人又怎麼樣，我天天死盯著你，你就算有天大的本事也使不出來。」

葉開嘆了口氣，道：「丁三公子最風流，這句話我也早就聽說過，我真想見見他。」

丁靈琳嫣然道：「你應該見見他，而且應該拍拍他的馬屁，讓他在我家裡替你說兩句好話。」

葉開道：「除了他之外，你家裡的人都古板？」

丁靈琳點了點頭，嘆息說道：「尤其是我父親，他一年也難得笑一次，我就是因爲怕看他的臉，所以才溜出來的。」

葉開道：「我也知道他是個君子。」

丁靈琳笑道：「但我卻可以保證，他卻不是易大經那樣的僞君子。」

葉開道：「他當然不是。」

丁靈琳道：「自從我母親去世後，別的女人他連看都沒有看過一眼，就憑這一點，就絕不是別人能做得到的。」

葉開微笑道：「至少我就絕對做不到。」

丁靈琳又狠狠的瞪了他一眼，道：「所以我絕不能比你先死。」

過了半晌，她忽又問道：「現在你想到哪裡去？又去找傅紅雪？」

葉開沒有回答這句話。

丁靈琳道：「你想他是不是真的能找到馬空群？」

葉開沉思著，緩緩道：「只要你有決心，世上就沒有做不到的事。」

在如此燦爛的陽光下，看來的確沒有什麼事是絕對做不到的。

就在這時，陽光下突然有一騎快馬奔來。

馬是萬中選一的好馬，配著鮮明的鞍轡，這麼樣一匹好馬，牠的主人當然也絕不會差的。

馬上人鮮衣珠冠，神采飛揚，腰畔的玉帶上，掛著綴滿寶石、明珠的長劍，手裡輕揮著絲鞭，正是面如冠玉的英俊少年。

快馬到了葉開他們面前，就突然勒韁打住。

丁靈琳立刻拍手歡呼，道：「三哥，我們正想去找你，想不到你竟先來了。」

丁三少微笑道：「我是特地來看看你這好朋友的，聽說他跟我一樣，也不是個好東西。」

他開始說話的時候，一雙發亮的眼睛已盯在葉開臉上。

丁靈琳眨著眼，道：「你覺得他怎麼樣？」

丁三少笑道：「我並沒有失望。」

葉開也笑了，他也並沒有失望，丁三少的確是位風流倜儻的翩翩濁世佳公子。

他微笑著道：「我也一直想見你，聽說你剛贏來三十幾罈陳年女兒紅。」

丁三少大笑，道：「只可惜你已遲了一步，那些酒早已全都下了肚子！」

葉開道：「還有班清吟小唱呢？」

丁三少道：「那些小姑娘一個個長得都像是無錫泥娃娃一樣，你看見一定也很喜歡，只可惜我也絕不能讓你看見的。」

葉開道：「爲什麼？」

丁三少道：「就算你不怕我們這位小妹子吃醋，我們真有點怕她的。」

丁靈琳故意板著臉，道：「虧你還聰明，否則我真說不定會將你那泥娃娃一個個全都打碎。」

丁三少笑道：「你聽見沒有，這丫頭吃起醋來是不是兇得很？」

丁靈琳也忍不住「噗哧」一聲笑了。

丁三少道：「你們要往哪裡去？」

丁靈琳道：「你呢？」

丁三少嘆了口氣，苦笑道：「我不像你們這麼自由自在，若是再不回去，腦袋上只怕就要被打出個大洞來了。」

丁靈琳道：「老頭子還好嗎？」

丁三少答道：「還好，我去年年底還看見他笑過一次。我看你也得小心些，姑媽雖然護著你，但老頭子的脾氣若是真發起來，你也一樣難免要遭殃的。」

丁靈琳抿了抿嘴，道：「我才不怕，最多我一輩子不回去。」

丁三少笑道：「這倒是個好主意，我也不反對，只不過覺得對他有點抱歉而已。」

葉開道：「對我？」

丁三少點頭，道：「這又兇又會吃醋的醜丫頭若是真的拿定主意要死盯著你一輩子，你做人還有什麼樂趣？」

他不讓丁靈琳開口，已大笑著揚鞭而去，遠遠的還在笑著道：「等你什麼時候能一個人溜開的時候，不妨去找我，除了那些泥娃娃外，瓷娃娃和糖娃娃我也有不少……」

笑聲忽然已隨著蹄聲遠去。

丁靈琳跺著腳，恨恨道：「這個三少，真不是個好東西。」

葉開道：「可是他說的話倒很有道理。」

丁靈琳道：「他說的什麼話？」

葉開笑道：「你剛才難道沒有聽他說，有人是個又兇又醜的醋罈子。」

丁靈琳想板起臉，卻也忍不住笑了。

他們在鋪滿金黃色陽光的道路上慢慢的走著，兩個人心裡彷彿忽然都有了心事。

葉開忽然道：「你在想什麼？」

丁靈琳道：「沒有。」

葉開道：「女孩子說沒有想什麼的時候，心裡一定有心事。」

丁靈琳忍不住輕輕嘆了口氣。

葉開看著她，道：「你在想家？」

丁靈琳眼睛裡果然帶著些思念，也帶著些憂慮。

葉開也嘆了口氣，道：「你當然不會真的一輩子不回去。」

丁靈琳嘆道：「老實說，我別的都不擔心，只擔心我那個古板的爹爹。」

葉開道：「你怕他不要我這個女婿？」

丁靈琳說道：「你假如能夠變得稍為規矩一點就好了。」

葉開笑了笑，道：「說不定他就喜歡我這樣子的人呢。」

丁靈琳搖了搖頭。

葉開道：「你認爲不可能？」

丁靈琳道：「嗯。」

葉開道：「你三哥豈非就是我這樣子的人，他豈非最喜歡你三哥。」

丁靈琳道：「你怎麼知道的？」

葉開道：「因爲他管你三哥管得最嚴，何況，老年人總是喜歡小兒子的。」

丁靈琳道：「那倒是真的，我們這些兄弟姐妹中他管得最兇的，就是我三哥，但心裡最喜歡的，也是我三哥。」

葉開笑道：「所以你這醋罈子又在吃醋了。」

丁靈琳咬著嘴唇，道：「我才不要他喜歡我，只要別老是找我的麻煩就好了。」

葉開道：「他總是找你的麻煩，也許就因爲他也很喜歡你。」

丁靈琳不說話了，但眼睛裡卻已變得有點濕濕的，好像要哭出來的樣子。

葉開卻彷彿在沉思著，並沒有注意她臉上的表情，過了很久，忽又問道：「你爹爹有沒有特別要好的朋友？可以在他面前替我說好話的？」

丁靈琳搖搖頭，道：「他平時根本很少和別人來往，就算有兩個，也都是些跟他一樣古板的老冬烘，老學究。」

葉開目光閃動，接道：「聽說他以前跟薛斌的交情不錯。」

丁靈琳又搖搖頭，道：「他也許連薛斌這名字都沒有聽說過。」

葉開的表情很奇怪，好像很欣慰，但又好像有點失望。

又過了很久，他才問道：「易大經呢？也不是他的好朋友？」

丁靈琳道：「易大經一定是我三哥最近才認得的，連我都沒有聽說他有這麼樣個朋友。」

葉開問道：「你爹爹難道從來也不跟江湖中的人來往？」

丁靈琳道：「他常說江湖中只有兩個人夠資格跟他交朋友。」

葉開道：「哪兩個？」

丁靈琳道：「其中當然有一個是小李探花，連我爹爹都一向認爲他是近三百年以來，江湖中最了不起的人物，而且認爲他做的事，都是別人絕對做不到的。」

葉開笑了，道：「看來他眼光至少還不錯。」

丁靈琳忽然也笑了笑，道：「還有一個你試猜猜是誰？」

葉開道：「阿飛？」

丁靈琳搖頭道：「他總認爲阿飛是個永遠也做不出大事來的人，因爲這個人太驕傲，也太孤獨。」

葉開沒有辯駁。

因爲連他都不能不承認，丁老頭子對阿飛的看法也有他的道理。

「但他若連阿飛都看不上眼，江湖中還有什麼能讓他看得起的人呢？」

丁靈琳道：「白天羽。」

葉開覺得很驚訝，忙問道：「白天羽？你爹爹認得他？」

丁靈琳接著道：「不認得，但他卻一直認爲白天羽也是個很了不起的人物，一直都想去跟他見見面，只可惜……」

她嘆息了一聲，沒有再說下去。

白天羽的確死得太早了，不管他是個怎麼樣的人物，江湖中都一定會有很多人覺得這是件非常遺憾的事。

丁靈琳道：「除了這兩個人外，別的人在他眼中看來，不是蠢才，就是混蛋。」

葉開苦笑道：「只可惜這兩個都是絕不會去替我說好話的了。」

丁靈琳眨著眼，道：「現在能夠在他面前說話的，也許只有一個人，只有這個人說的話，他也許還會聽幾句。」

葉開道：「誰？」

丁靈琳道：「我姑媽。」

葉開道：「也就是他的妹妹？」

丁靈琳道：「他只有這一個親妹妹，兩人從小的感情就很好。」

葉開道：「你姑媽現在還沒有出嫁？」

丁靈琳笑道：「她比我爹爹的眼界還要高，天下的男人，她簡直連一個看得順眼的都沒有。」

葉開淡淡的道：「那也許只因爲別人看她也不太順眼。」

丁靈琳道：「你錯了，直到現在爲止，她還可以算是個美人，她年輕的時候，有些男人甚至不惜從千里之外趕來，只爲了看她一眼。」

葉開道：「但她卻偏偏連一眼都不肯讓他們看。」

丁靈琳道：「一點也不錯，她常說男人都是豬，又髒又臭，好像被男人看了一眼，都會把她看髒了似的，所以……」

她用眼角瞧著葉開，咬著嘴唇，道：「她常常勸我這一輩子永遠不要嫁人，無論看到什麼樣的男人，最好都一腳踢出去。」

葉開淡淡道：「她不怕踢髒了你的腳？」

丁靈琳嫣然道：「只可惜我偏偏沒出息，非但捨不得踢你，就算你要踢我，也踢不走的。」

葉開也忍不住笑了。

丁靈琳卻又輕輕嘆了口氣，道：「所以我看她會替你說好話的機會也不大。」

葉開嘆道：「看來你們這一家人，簡直沒有一個不奇怪的。」

丁靈琳苦笑道：「那倒也一點都不假。」

葉開道：「武林三大世家中，最奇怪的恐怕就是你們這一家人了。」

丁靈琳說道：「南宮世家的幾個兄弟，常常說我們這家人就好像是一窩刺蝟，沒有一個身上不是長滿了刺的。」

她吃吃的笑著，接著道：「幸好這些話我爹爹沒聽見，否則南宮世家的那幾個臭小子不倒楣才怪。」

葉開道：「你爹爹的武功是不是真的很高？」

丁靈琳道：「這我自己都不知道，我只知道我們這些兄弟姐妹的武功，都是跟他學的，卻沒有一個人能將他的武功學全。」

她眼睛裡已不禁露出得意驕傲之色，又道：「我三個哥哥都已可算是武林中的一流好手，但他們的武功卻還是連我爹爹的一半都比不上。」

葉開道：「但你爹爹卻好像從來也沒有跟別人交過手？」

丁靈琳悠然道：「那只因從來也沒人敢去找他的麻煩。」

葉開道：「他也從來不去找別人的麻煩？」

丁靈琳道：「江湖中這些亂七八糟的事，他根本連聽都懶得聽。」

葉開目光凝視著遠方，似已聽得悠然神往，過了很久，才慢慢的說道：「不管怎麼樣，我一定要陪你回去看看他。」

丁靈琳睜大了眼睛，道：「你敢？」

葉開笑道：「有什麼好怕的，最多也只不過腦袋上被他打出個大洞來。」

丁靈琳跳起來，道：「好，我們現在就去。」

葉開道：「現在恐怕還不行。」

丁靈琳道：「現在你還要去找傅紅雪？」

葉開嘆了口氣，道：「他的仇人愈來愈多，朋友卻愈來愈少了。」

丁靈琳噘起了嘴，道：「你知道到哪裡去找他？」

葉開的表情忽然又變得很奇怪，緩緩道：「這裡距離梅花庵已不太遠。」

丁靈琳聳然動容，道：「就是那個梅花庵？」

葉開慢慢的點了點頭，道：「我想傅紅雪一定會到那裡去看看的。」

丁靈琳臉上也露了很奇怪的表情，嘆息著道：「莫說是傅紅雪，就連我也一樣想到那裡去看看的。」

卅八　桃花娘子

梅花庵外那一戰，非但悲壯慘烈，震動了天下，而且武林中的歷史，幾乎也因那一戰而完全改變。

那地方的血是不是已乾透？

那些英雄們的骸骨，是不是還有些仍留在梅花庵外的衰草夕陽間？

現在那已不僅是個踏雪賞梅的名勝而已，那已是個足以令人憑弔的古戰場。

梅花雖然還沒有開，樹卻一定還在那裡。

樹上是不是還留著那些英雄們的血？

但梅花庵外現在卻已連樹都看不見了。

草色又枯黃，夕陽悽悽惻惻的照在油漆久已剝落的大門上。

夕陽下，依稀還可以分辨出「梅花庵」三個字。

但是庵內庵外的梅花呢？

難道那些倔強的梅樹，在經歷了那一場慘絕人寰的血戰後，終於發現了人類的殘酷，也已覺得人間無可留戀，寧願被砍去當柴燒，寧願在火燄中化爲灰燼？

沒有梅，當然也沒有雪，現在還是秋天。

傅紅雪佇立在晚秋悽惻的夕陽下，看著這滿眼的荒涼，看著這劫後的梅花庵，心裡又是什麼滋味？

無論如何，這名庵猶在，但當年的英雄們，卻已和梅花一樣，全都化作了塵土。

他手裡緊緊握著他的刀，慢慢的走上了鋪滿蒼苔的石階。

輕輕一推，殘敗的大門就「呀」的一聲開了，那聲音就像是人們的嘆息。

院子裡的落葉很厚，厚得連秋風都吹不起。

一陣陣低沉的誦經聲，隨著秋風，穿過了這荒涼的院落。

大殿裡一片陰森黝黑，看不見香火，也看不見誦經的人。

夕陽更淡了。

傅紅雪俯下身，拾起了一片落葉，癡癡的看著，癡癡的想著。

也不知過了多久，他彷彿聽見有人在低誦著佛號。

然後他就聽見有人對他說：「施主是不是來佛前上香的？」

一個青衣白襪的老尼，雙手合什，正站在大殿前的石階上看著他。

她的人也乾癟得像是這落葉一樣，蒼老枯黃的臉上，刻滿了寂寞悲苦的痕跡，人類所有的歡樂，全已距離她太遠，也太久了。

可是她的眼睛裡，卻還帶著一絲希冀之色，彷彿希望這難得出現的香客，能在她們信奉的神佛前略表一點心意。

傅紅雪不忍拒絕，也不想拒絕。

他走了過去。

「貧尼了因，施主高姓？」

「我姓傅。」

他要了一束香，點燃，插在早已長滿了銅綠的香爐裡。

低垂的神幔後，那尊垂眉斂目的佛像，看來也充滿了愁苦之意。

祂是爲了這裡香火的冷落而悲悼？還是爲了人類的殘酷愚昧？

傅紅雪忍不住輕輕嘆息。

那老尼了因正用一雙同樣愁苦的眼睛在看著他，又露出那種希冀的表情：「施主用過素齋再走？」

「不必了。」

「喝一盅苦茶？」

傅紅雪點點頭，他既不忍拒絕，也還有些話想要問問她。

一個比較年輕些的女尼，手托著白木茶盤，垂著頭走了進來。

傅紅雪端起了茶，在茶盤上留下了一錠碎銀。

他所能奉獻的，已只有這麼多了。

這已足夠令這飽歷貧苦的老尼滿意，她合什稱謝，又輕輕嘆息：「這裡已有很久都沒有人來了。」

傅紅雪沉吟著，終於問道：「你在這裡已多久？」

老尼了因道：「究竟已有多少年，老尼已不復記憶，只記得初來的那年，這裡的佛像剛開光點睛。」

傅紅雪道：「那至少已二十年？」

了因眼睛裡掠過一絲悲傷之色，道：「二十年？只怕已有三個二十年了。」

傅紅雪目中也露出一絲希冀之色，道：「你還記不記得二十年前，在這裡發生過的那件事？」

了因道：「不是二十年前，是十九年前。」

傅紅雪長長吐出口氣，道：「你知道。」

了因點了點頭，悽然道：「那種事只怕是誰都忘不了的。」

傅紅雪道：「你……你認得那位白施主？」

老尼了因垂首說道：「那也是位令人很難忘記的人，老尼一直在祈求上蒼，盼望他的在天之靈能夠得到安息。」

傅紅雪也垂下了頭，只恨自己剛才爲什麼不將身上所有的銀子都拿出來。

了因又嘆道：「老尼寧願身化劫灰，也不願那件禍事發生在這裡。」

傅紅雪道：「你親眼看見那件事發生的？」

了因道：「老尼不敢看，也不忍看，可是當時從外面傳來的那種聲音……」

她枯黃乾癟的臉上，忽然露出種說不出的恐懼之色，過了很久，才長嘆道：「直到現在，老尼對紅塵間事雖已全都看破，但只要想起那種聲音，還是食難下咽，寢難安枕。」

傅紅雪也沉默了很久，才問道：「第二天早上，有沒有受傷的人入庵來過？」

了因道：「沒有，自從那天晚上之後，這梅花庵的門至少有半個月未曾打開過。」

傅紅雪道：「以後呢？」

了因道：「開始的那幾年，還有些武林豪傑，到這裡來追思憑弔，但後來也漸漸少了，別的人聽說那件兇殺後，更久已絕足。」

她嘆息著，又道：「施主想必也看得出這裡情況，若不是我佛慈悲，還賜給了兩畝薄田，老尼師徒三人只怕早已活活餓死。」

傅紅雪已不能再問下去，也不忍再問下去。

他慢慢的將手裡的這碗茶放在桌子上，正準備走出去。

了因看著這碗茶，忽然道：「施主不想喝這一碗苦茶？」

傅紅雪搖搖頭。

了因卻又追問道：「為什麼？」

傅紅雪道：「我從不喝陌生人的茶水。」

了因說道：「但老尼只不過是個出家人，施主難道也……」

傅紅雪道：「出家人也是人。」

了因又長長嘆息了一聲，道：「看來施主也未免太小心了。」

傅紅雪道：「因為我還想活著。」

了因臉上忽然露出種冷淡而詭秘的微笑，這種笑容本不該出現這臉上的。

她冷冷的笑著道：「只可惜無論多小心的人，遲早也有要死的時候。」

這句話還沒有說完，她衰老乾癟的身子突然豹子般躍起，凌空一翻。

只聽「哧」的一聲，她寬大的袍袖中，就有一蓬銀光暴雨般射了出來。

這變化實在太意外，她的出手也實在太快。

尤其她發出的暗器，多而急，急而密，這十九年，她好像隨時隨刻都已準備著這致命的一擊！

就在這同一剎那間，大殿的左右兩側，忽然同時出現了兩個青衣勁裝的女尼，其中有一個正是剛才奉茶來的。

但現在她裝束神態都已改變，一張淡黃色的臉上，充滿了殺氣。

兩個人手裡都提著柄青光閃閃的長劍，已作出搏擊的姿勢，全身都已提起了勁力。

無論傅紅雪往哪邊閃避，這兩柄劍顯然都要立刻刺過來的。

何況這種暗器根本就很難閃避得開。

傅紅雪的臉是蒼白的。

那柄漆黑的刀，還在他手裡。

他沒有閃避，反而迎著這一片暗器衝了過去，也就在這同一剎那間，他的刀已出鞘。

誰也不相信有人能在這一瞬間拔出刀來。

刀光一閃。

所有的暗器突然被捲入了刀光中，他的人卻已衝到那老尼了因身側。

了因的身子剛凌空翻了過來，寬大的袍袖和衣袂猶在空中飛舞。

她突然覺得膝蓋上一陣劇痛，漆黑的刀鞘，已重重的敲在她的膝蓋上。

她的人立刻跌下。

那兩個青衣女尼清叱一聲，兩柄劍已如驚虹交剪般刺來。

她們的劍法，彷彿和武當的「兩儀劍法」很接近，劍勢輕靈迅速，配合也非常好。

兩柄劍刺的部位，全都是傅紅雪的要穴，認穴也極準。

她們的這一出手，顯然也準備一擊致命的。

這些身在空門的出家人，究竟和傅紅雪有什麼深仇大恨？

傅紅雪沒有用他的刀。

他用的是刀鞘和刀柄。

刀鞘漆黑，刀柄漆黑。

刀鞘和刀柄同時迎上了這兩柄劍，竟恰巧撞在劍尖上。

「格」的一聲，兩柄百練精鋼的長劍，竟同時折斷了。

剩下的半柄劍也再已把持不住，脫手飛出，「奪」的，釘在樑木上。

年輕的女尼虎口已崩裂，突然躍起，正想退，但漆黑的刀鞘與刀柄，已又同時打在她們身上。

她們也倒了下去。

刀已入鞘。

傅紅雪靜靜的站在那裡，看著正跌坐在地上抱著膝蓋的老尼了因。

夕陽更黯淡。

大殿裡已只能依稀分辨出她臉上的輪廓，已看不出她臉上的表情。

可是她眼睛裡那種仇恨、怨毒之色，還是無論誰都能看得出的。

她並沒有在看著傅紅雪。

她正在看著的，是那柄漆黑的刀。

傅紅雪道：「你認得這柄刀？」

了因咬著牙，嗄聲道：「這不是人的刀，這是柄魔刀，只有地獄中的惡鬼才能用它。」

她的聲音低沉嘶啞，突然也變得像是來自地獄中的魔咒。

「我等了十九年，我就知道一定還會再看見這柄刀的，現在我果然看到了。」

傅紅雪道：「看到了又如何？」

了因道：「我已在神前立下惡誓，只要再看見這柄刀，無論它在誰手裡，我都要殺了這個人。」

傅紅雪道：「爲什麼？」

了因道：「因爲就是這柄刀，毀了我的一生。」

傅紅雪道：「你本不是梅花庵的人？」

了因道：「當然不是。」

她眼睛裡忽然發出了光，道：「你這種毛頭小伙子當然不會知道老娘是誰，但二十年前，提起桃花娘子來，江湖中有誰不知道？」

她說的話也忽然變得十分粗俗，絕不是剛才那個慈祥愁苦的老尼能說出口來的。

傅紅雪讓她說下去。

了因道：「但我卻被他毀了，我甩開了所有的男人，一心想跟著他，誰知他只陪了我三天，就狠狠的甩掉了我，讓我受盡別人的恥笑。」

「你既然能甩下別人，他爲什麼不能甩下你？」

這句話傅紅雪並沒有說出來。

他已能想像到以前那「桃花娘子」是個怎麼樣的女人。

對這件事，他並沒有爲他的亡父覺得悔恨。

若換了是他，他也會這樣做的。

他心裡反而覺得有種說不出的坦然，因爲他已發覺他父親做的事，無論是對是錯，至少都是男子漢大丈夫的行徑。

了因又說了些什麼話，他已不願再聽。

他只想問她一件事！

「十九年前那個大雪之夜，你是在梅花庵外？還是在梅花庵裡？」

了因冷笑道：「我當然是在外面，我早已發誓要殺了他。」

傅紅雪道：「那天你在外面等他時，有沒有聽見一個人說：人都到齊了。」

了因想了想，道：「不錯，好像是有個人說過這麼樣一句話。」

傅紅雪道：「你知不知道這個人是誰？有沒有聽出他的口音？」

了因恨恨道：「我管他是誰？那時我心裡只想著一件事，就是等那沒良心的負心漢出來，讓他死在我的手裡，再將他的骨頭燒成灰，和著酒吞下去。」

她忽然撕開衣襟，露出她枯萎乾癟的胸膛，一條刀疤從肩上直劃下來。

傅紅雪立刻轉過頭，他並不覺得同情，只覺得很噁心。

了因卻大聲道：「你看見了這刀疤沒有，這就是他唯一留下來給我的，這一刀他本來可以殺了我，但他卻忽然認出了我是誰，所以才故意讓我活著受苦。」

她咬著牙，眼睛裡已流下了淚，接著道：「他以爲我會感激他，但我卻更恨他，恨他爲什麼不索性一刀殺了我！」

傅紅雪忍不住冷笑，他發現這世上不知道感激的人實在太多。

了因道：「你知不知道這十九年我過的是什麼日子，受的是什麼罪，我今年才三十九，可是你看看我現在已變成了什麼樣子？」

她忽然伏倒在地上，失聲痛哭起來。

女人最大的悲哀，也許就是容貌的蒼老，青春的流逝。

傅紅雪聽著她的哭聲，心裡才忽然覺得有些同情。

她的確已不像是個三十九歲的女人，她受過的折磨與苦難的確已夠多。

無論她以前做過什麼，她都已付出了極痛苦、極可怕的代價。

「這也是個不値得殺的人。」

傅紅雪轉身走了出去。

了因突又大聲道：「你！你回來。」

傅紅雪沒有回頭。

了因嘶聲道：「你既已來了，爲什麼不用這柄刀殺了我，你若不敢殺我，你就是個畜牲。」

傅紅雪頭也不回的走出了門，留下了身後一片痛哭謾罵聲。

「你既已了因，爲何不能了果？因果循環，報應不爽，一個不知道珍惜自己的女人，豈非本就該得到這種下場！」

傅紅雪心裡忽又覺得一陣刺痛，他又想起了翠濃。

秋風，秋風滿院。

傅紅雪踏著厚厚的落葉，穿過這滿院秋風，走下石階。

梅花庵的夕陽已沉落。

沒有梅，沒有雪，有的只是人們心裡那些永遠不能忘懷的慘痛回憶。

只有回憶才是永遠存在的，無論這地方怎麼變都一樣。

夜色漸臨，秋風中的哀哭聲已遠了。

他知道自己已永遠不會再到這地方來——這種地方還有誰會來呢？

至少還有一個人。

葉開！

「你若不知道珍惜別人的情感，別人又怎麼會珍惜你呢？」

「你若不尊敬自己，別人又怎麼會尊敬你？」

葉開來的時候，夜色正深沉，傅紅雪早已走了。

他也沒有看見了因。

了因的棺木已蓋起，棺木是早已準備好了的，不是埋葬傅紅雪，就是埋葬她自己。

她守候在梅花庵，爲的就是要等白天羽這個唯一的後代來尋仇。

她心裡的仇恨，遠比要來復仇的人更深。

她既不能了結，也未能了因——她從來也沒有想過她自己這悲痛的一生是誰造成的。

這種愚昧的仇恨，支持她活到現在。

現在她已活不下去。

她是死在自己手裡的，正如造成她這一生悲痛命運的，也是她自己。

「你若總是想去傷害別人，自然也遲早有人會來傷害你。」

兩個青衣女尼，在她棺木前輕輕的啜泣，她們也只不過是在爲了自己的命運而悲傷，也很想結束自己這不幸的一生，卻又沒有勇氣。

死，並不是件很容易的事。

葉開走的時候，夜色仍同樣深沉。

這地方已不值得任何人停留。

丁靈琳依偎著他，天上的秋星已疏落，人也累了。

葉開忍不住輕撫著她的柔肩，道：「其實你用不著這樣跟著我東奔西走的。」

丁靈琳仰起臉，用一雙比秋星還明亮的眼睛看著他，柔聲道：「我喜歡這樣子，只要你有時能對我好一點，我什麼事都不在乎。」

葉開輕輕嘆了一聲。

他知道情感就是這樣慢慢滋長的，他並不願有這種情感，他一直都在控制著自己。

但他畢竟不是神。

何況人類的情感，本就是連神都無法控制得了的。

丁靈琳忽又嘆息了一聲，道：「我真不懂，傅紅雪爲什麼連那可憐的老尼姑都不肯放過。」

葉開道：「你以爲是傅紅雪殺了她的？」

丁靈琳道：「我只知道她現在已死了。」

葉開道：「這世上每天都有很多人死的。」

丁靈琳道：「但她是在傅紅雪來過之後死的，你不覺得她死得太巧？」

葉開道：「不覺得。」

丁靈琳皺眉道：「你忽然生氣了？」

葉開不響。

丁靈琳道：「你在生誰的氣？」

葉開道：「我自己。」

丁靈琳道：「你在生自己的氣？」

葉開道：「我能不能生自己的氣？」

丁靈琳道：「可是你爲什麼要生氣呢？」

葉開沉默著，過了很久，才長長嘆息，道：「我本來早就該看出了因是什麼人的。」

丁靈琳道：「了因？」

葉開道：「就是剛死了的老尼姑。」

丁靈琳道：「你以前見過她？——你以前已經到梅花庵來過？」

葉開點點頭。

丁靈琳道：「她是什麼人？」

葉開道：「她至少並不是個可憐的老尼姑。」

丁靈琳道：「那麼她是誰呢？」

葉開沉吟著道：「十九年前的那一場血戰之後，江湖中有很多人都突然失了蹤，失蹤的人遠比死在梅花庵外的人多。」

丁靈琳在聽著。

葉開道：「當時武林中有一個非常出名的女人，叫做桃花娘子，她雖然有桃花般的美麗，但心腸卻比蛇蠍還惡毒，爲她神魂顛倒，死在她手上的男人也不知有多少。」

丁靈琳道：「在那一戰之後，她也忽然失了蹤？」

葉開道：「不錯。」

丁靈琳道：「你莫非認爲梅花庵裡的那老尼姑就是她？」

葉開道：「一定是她。」

丁靈琳道：「但她也可能恰巧就是在那時候死了的。」

葉開道：「不可能。」

丁靈琳道：「爲什麼？」

葉開道：「因爲除了白天羽外，能殺死她的人並沒有幾個。」

丁靈琳道：「也許就是白天羽殺了她的。」

葉開搖搖頭道：「白天羽絕不會殺一個跟他有過一段情緣的女人。」

丁靈琳道：「但這也並不能夠說明她就是那個老尼姑。」

葉開道：「我現在已經能證明。」

他攤開手，手上有一件發亮的暗器，看來就像是桃花的花瓣。

丁靈琳道：「這是什麼？」

葉開道：「是她的獨門暗器，江湖中從沒有第二個人使用這種暗器。」

丁靈琳道：「你在哪裡找到的？」

葉開道：「就在梅花庵裡的大殿上。」

丁靈琳道：「剛才找到的？」

葉開點點頭，道：「她顯然要用這種暗器來暗算傅紅雪的，卻被傅紅雪擊落了，所以這暗器上還有裂口。」

丁靈琳沉吟著，道：「就算那個老尼姑就是桃花娘子又如何?現在她反正已經死了，永遠再也沒法子害人了。」

葉開道：「但我早就該猜出她是誰的。」

丁靈琳道：「你早就猜出她是誰又能怎樣?遲一點，早一點，又有什麼分別。」

葉開道：「最大的分別就是，現在我已沒法子再問她任何事了。」

丁靈琳道：「你本來有事要問她?」

葉開點點頭。

丁靈琳道：「那件事很重要?」

葉開並沒有回答這句話，臉上忽然露出種很奇特的悲傷之色，過了很久，才緩緩道：「那一戰雖然從這裡開始，卻不是在這裡結束的。」

丁靈琳道：「哦？」

葉開道：「他們在梅花庵外開始突擊，一直血戰到兩三里之外，白天羽才力竭而死，這一路上，到處都有死人的血肉和屍骨。」

丁靈琳不由自主打了個冷戰，緊緊的握住了葉開的手。

葉開道：「在那一戰中，屍身能完整保存的人並不多，尤其是白家的人……」他聲音彷彿突然變得有些嘶啞，又過了很久，才接著道：「血戰結束後，所有刺客的屍體就立刻全都被搬走，因爲馬空群不願讓人知道這些刺客們是誰，也不願有人向他們的後代報復。」

丁靈琳說道：「看來他並不像是會關心別人後代的人。」

葉開道：「他關心的並不是別人，而是他自己！」

丁靈琳眨著眼，她沒有聽懂。

葉開道：「白天羽死了後，馬空群爲了避免別人的懷疑，自然還得裝出很悲憤的樣子，甚至還當眾立誓，一定要爲白天羽復仇。」

丁靈琳終於明白了，道：「那些人本是他約來的，他又怎樣去向他們的後代報復？」

葉開道：「所以他只有先將他們的屍身移走，既然再也沒有人知道這些刺客是誰，就算有人想報復，也無從著手。」

丁靈琳道：「所以他自己也就省了不少麻煩。」

她輕輕嘆了口氣，接著道：「看來他的確是條老狐狸。」

葉開道：「所以第二天早上，雪地上剩下的屍骨，已全都是白家人的。」

丁靈琳道：「爲他們收屍的還是馬空群？」

葉開點點頭道：「可是他們的屍骨已殘缺，有的甚至連面目都已難辨認……」

他的聲音更嘶啞，慢慢的接著道：「最可憐的還是白天羽，他……他非但四肢都已被人砍斷，甚至連他的頭顱，都已找不到了。」

丁靈琳看著他臉上的表情，突然覺得全身冰冷，連掌心都沁出了冷汗。

又過了很久，葉開才黯然嘆息著，道：「有人猜測他的頭顱是被野獸啣走了的，但那天晚上，血戰之後，這地方周圍三里之內，都有人在搬運那些刺客的屍體，附近縱然有野獸，也早就被嚇得遠遠的避開了。」

丁靈琳接著道：「所以你認爲他的頭顱是被人偷走的？」

葉開握緊雙拳，道：「一定是。」

丁靈琳道：「你……你難道認爲是被桃花娘子偷走的？」

葉開道：「只有她的可能最大。」

丁靈琳道：「爲什麼？」

葉開道：「因爲她是個女人——刺客中縱然還有別的女人，但活著的卻只有她一個。」

丁靈琳忍不住冷笑道：「難道只有女人才會做這種事？」

葉開道：「一個人死之後，他生前的恩怨也就一筆勾銷，何況那些刺客本是他生前的朋友。」

丁靈琳說道：「但桃花娘子豈非也跟他有過一段情緣？」

葉開道：「就因爲如此，所以她才恨他，恨到了極處，才做得出這種瘋狂的事。」

丁靈琳不說話了。

葉開道：「何況別人只不過是想要白天羽死而已，但她本來卻是要白天羽一直陪著她的，白天羽活著時，她既然已永遠無法得到他，就只有等他死了後，用這種瘋狂的手段來佔有他了。」

丁靈琳咬著嘴唇，心裡忽然也體會到女人心理的可怕。

因爲她忽然想到，葉開若是甩掉了她，她是不是也會做這種事呢？

這連她自己都不能確定。

她身子忽然開始不停的發抖。

秋夜的風中寒意雖已很重，但她身上的冷汗，卻已濕透衣裳。

夜更深，星更稀。

葉開已感覺出丁靈琳手心的汗，他知道她從來也沒有吃過這麼樣的苦。

「你應該找個地方去睡了。」

丁靈琳道：「我睡不著，就算我現在已躺在最軟的床上，還是睡不著。」

葉開道：「爲什麼？」

丁靈琳道：「因爲我心裡有很多事都要想。」

葉開道：「你在想些什麼？」

丁靈琳道：「想你，只想你一個人的事，已經夠我想三天三夜了。」

葉開道：「我就在你身旁，還有什麼好想的？」

丁靈琳道：「但你的事我還是沒法子不想，而且愈想愈奇怪。」

葉開道：「奇怪？」

丁靈琳道：「這件事你好像知道得比誰都多，甚至比傅紅雪都多，我想不通是爲了什麼？」

葉開笑了笑，道：「其實這事都是我零零碎碎搜集到，再一點點拼湊起來的。」

丁靈琳道：「這件事本來和你一點關係也沒有，你爲什麼要如此關心？」

葉開道：「因爲我天生是個很好奇的人，而且特別喜歡管閒事。」

丁靈琳道：「世上的閒事有很多，你爲什麼偏偏只管這一件事？」

葉開道：「因爲我覺得這件事特別複雜，愈複雜的事就愈有趣。」

丁靈琳輕輕嘆息了一聲，道：「無論你怎麼說，我還是覺得奇怪。」

葉開苦笑道：「你一定要覺得奇怪，我又有什麼法子。」

丁靈琳道：「只有一個法子。」

葉開道：「你說。」

丁靈琳道：「只要你跟我說實話。」

葉開道：「好，我說實話，我若說我也是傅紅雪的兄弟，所以才會對這件事如此關心，你信不信？」

丁靈琳道：「不信，傅紅雪根本沒有兄弟。」

葉開道：「你究竟想要聽我說什麼呢？」

丁靈琳又長長嘆了口氣，道：「這連我自己也不知道。」

葉開笑了，道：「所以我勸你不要胡思亂想，因為這件事才真的跟你連一點關係都沒有，你若一定要想，就是自己在找自己的麻煩。」

丁靈琳忍不住嫣然一笑，道：「這也許只因我跟你一樣，什麼人的麻煩都不想找，偏偏就喜歡找自己的麻煩。」

過了半晌，她忽又嘆道：「現在我心裡又在想另外一件事。」

葉開道：「什麼事？」

丁靈琳道：「白大俠的頭顱若真是被桃花娘子偷去的，那只因她得不到他活著時的人，只好要死的人陪著他。」

葉開道：「你說的方法並不好，但意思卻是差不多的。」

丁靈琳道：「所以她自己死了之後，就一定更不會離開他了。」

葉開道：「你的意思是說……」

丁靈琳道：「我的意思是說，白大俠的頭顱若真是被那桃花娘子偷去的，現在就一定也放在她的棺材裡。」

葉開怔住。

他的確沒有想到這一點，但卻不能否認丁靈琳的想法很合理。

丁靈琳道：「你想不想要我再陪你回去看看？」

葉開沉默了許久，終於長長嘆息了一聲，道：「不必了！」

丁靈琳道：「你剛才一心還在想找到白大俠的頭顱，現在爲什麼又說不必了？」

葉開的神色很黯淡，緩緩道：「我想找到他的頭顱，也只不過想將他好好的安葬而已。」

丁靈琳道：「可是……」

葉開打斷了她的話，道：「現在他的頭顱若真是在那口棺材裡，想必就一定會有人將他好好安葬的，我又何必再去打擾他死去的英靈，又何必再去讓桃花娘子死不瞑目。」

他嘆息著，黯然道：「無論她以前怎麼樣，但她的確也是個很可憐的女人，我又何必再去剝奪她這最後的一點點安慰。」

丁靈琳道：「現在你怎麼又忽然替她設想起來了？」

葉開道：「因爲有個人曾經對我說，要我無論在做什麼事之前，都先去替別人想一想。」

他目中又露出那種尊敬之色，接著道：「這句話我始終都沒有忘記，以後也絕不會忘記。」

丁靈琳看著他，看了很久，才輕嘆著道：「你真是個奇怪的人，簡直比傅紅雪還奇怪得多。」

葉開「哦」了一聲，道：「是嗎？」

丁靈琳道：「傅紅雪並不奇怪，因爲他做的事，本就是他決心要去做的，而你做的事，卻連你自己都不知道是不是應該這麼樣去做。」

卅九　情深似海

又一個黎明。

城市剛剛開始甦醒，傅紅雪已進城。

在進城的道路上，人已不少了，有赤著腳、推著車子的菜販，挑著魚簍的漁郎，趕著豬羊到城裡來賣的屠戶……他們的生活是平凡而又健康的，就像是他們的人一樣。

傅紅雪看著他們樸實的，在太陽下發著光的臉，心裡竟忽然覺得有種說不出的羨慕。

別人也在看著他，說不定也在羨慕著他的悠閒。

但又有誰能了解他心裡的苦難和創傷。

這些人肩上挑著的擔子雖沉重，又有誰能比得上他肩上挑著的擔子？

一百擔鮮魚蔬菜，也比不上一分仇恨那麼沉重。

何況，他們的擔子都有卸下來的時候，他的擔子卻是永遠放不下來的。

傅紅雪慢慢的走在長街上，他忽然渴望一碗很熱的麵。

這渴望竟忽然變得比什麼都強烈，人畢竟是人，不是神。

一個人若認為自己是神，那麼他也許就正是最愚昧的人。

在目前這一瞬間，傅紅雪想找的已不是馬空群，只不過是個麵攤子。

他沒有看見麵攤子，卻看見了一條兩丈長，三尺寬的白麻布。

白麻布用兩根青竹竿豎起，橫掛在長街上。

白麻布上寫著的字，墨汁淋漓，彷彿還沒有完全乾透。

只有十四個字，十四個觸目驚心的大字：「傅紅雪，你若有種，就到節婦坊來吧。」

節婦坊是個很高的貞節牌坊，在陽光下看來，就像是白玉雕成的。

牌坊兩旁，是些高高低低的小樓，窗子都是開著的，每個窗口都擠滿了人頭。

他們正在看著這貞節牌坊前站著的二十九個人。

二十九個身穿白麻布，頭上紮著白麻巾的人。

這些人有男有女，有老有少，每個人手裡，都倒提著柄雪亮的鬼頭大刀。

甚至連一個十歲的孩子，手裡都提著這麼樣一柄大刀。

他手裡的刀幾乎比他的人還長。

每個人臉上，都帶著種無法形容的悲壯之色，就像是一群即將到戰場上去和敵人拚命的勇士。

站在最前面的，是個紫面長髯的老人，後面顯然都是他的子媳兒孫。

他已是個垂暮的老人，但站在那裡，腰幹還是挺得筆直。

風吹著他的長髯，像銀絲般飛捲著，他的眼睛裡卻佈滿血絲。

每個人的眼睛都在瞪著長街盡頭處。

他們正在等一個人，已等了兩天。

他們等的人就是傅紅雪。

自從這群人在這裡出現，大家就都知道這裡必將有件驚人的事要發生了；大家也都知道這種事絕不會是令人愉快的，卻還是忍不住要來看。

現在大家正在竊竊私議。

「他們等的究竟是一個什麼樣的人？這個人會不會來？」

這問題已討論了兩天，始終沒有得到過答案。當然也沒有人敢去問他們。

忽然間，所有的聲音全都停頓。

一個人正從長街盡頭慢慢的走了過來。他走路的姿態奇特而詭異，因爲他竟是個跛子，一個很年輕的跛子，有張特別蒼白的臉，還有柄特別黑的刀。

看見了這柄刀，這紫面長髯的老人，臉上立刻現出種可怕的殺氣。

現在每個人都知道他等的人已來了。

傅紅雪手裡緊緊握著他的刀，走到一丈外，就站住了。

現在他已看見是些什麼人在等他了，但卻還不知道這些人是誰。

紫面長髯的老人突然大聲叫道：「我姓郭，叫做郭威！」

傅紅雪聽見過這名字，「神刀」郭威，本來是武林中名頭極響的人，但自從白天羽的「神刀堂」崛起江湖後，郭威的這「神刀」兩個字就改了。

他自己並不想改的，但卻非改不可。因爲天下只有一柄「神刀」，那就是白天羽的刀！

郭威道：「你就是白天羽的後人？」

傅紅雪道：「是。」

郭威道：「很好。」

傅紅雪道：「你找我？」

郭威道：「我有件事要告訴你。」

傅紅雪道：「我本就是來聽的。」

郭威也緊握著他的刀，道：「我也是那天晚上在梅花庵外殺害你父親的人。」

傅紅雪的臉突然抽緊。

郭威道：「我一直在等著他的後人來復仇，已等了十九年！」

傅紅雪的眼睛裡已露出血絲：「我已來了！」

郭威道：「我殺了姓白的一家人，你若要復仇，就該把姓郭的一家人也全都殺盡殺絕！」

傅紅雪的心已在抽緊。

郭威的眼睛早已紅了，厲聲道：「現在我們一家人已全都在這裡等著你，你若讓一個人活著，就不配做白天羽的兒子。」

他的子媳兒孫們站在他身後，也全都瞪大了眼睛，瞪著傅紅雪。每個人的眼睛都已紅了，有的甚至已因緊張而全身發抖。可是就連他那個最小的孫子，都挺起了胸，絲毫也沒有逃避退縮的意思。

也許他只不過還是個孩子，還不懂得「死」是件多麼可怕的事。

但又有誰能殺死這麼樣一個孩子呢？

傅紅雪的身子也在發抖，除了他握刀的那隻手外，他全身都在抖個不停。

長街上靜得連呼吸聲都聽不見。

風吹來一片黃葉，也不知是從哪裡吹來的，在他們的腳下打著滾。

連初升的陽光中，彷彿也都帶著那種可怕的殺氣！

郭威大喝著道：「你還等什麼？為什麼還不過來動手？」

傅紅雪的腳卻似已釘在地上。

他不能過去。他絕不是不敢——他活在這世界上，本就是爲了復仇的！

可是現在他看著眼前這一張張陌生的臉，心裡忽然有了種從來未曾有過的奇異感覺。

這些人他連見都沒有見過，他跟他們爲什麼會有那種一定要用血才能洗得清的仇恨？

突然之間，一聲尖銳的大叫聲，刺破了這可怕的寂靜。

那孩子突然提著刀衝過來。

「你要殺我爺爺，我也要殺你。」

刀甚至比他的人還沉重。

他提著刀狂奔，姿態本來是笨拙而可笑的，但卻沒有人能笑得出來。

這種事甚至令人連哭都哭不出來。

一個長身玉立的少婦，顯然是這孩子的母親，看見這孩子衝了出去，臉色已變得像是張白紙，忍不住也想跟著衝出來。

但她身旁的一條大漢卻拉住了她，這大漢自己也已熱淚滿眶。

郭威仰天大笑，叫道：「好，好孩子，不愧是姓郭的！」

淒厲的笑聲中，這孩子已衝到傅紅雪面前，一刀向傅紅雪砍了下去。

他砍得太用力，連自己都幾乎跌倒。

傅紅雪只要一抬手，就可以將這柄刀震飛，只要一抬手，就可以要這孩子血濺當地。

但是他這隻手怎麼能抬得起來！

仇恨！勢不兩立，不共戴天的仇恨！

「你殺了我父親，所以我要復仇！」

「你要殺我爺爺，所以我也要殺你！」

就是這種仇恨，竟使得兩個完全陌生的人，一定要拚個你死我活！

人世間爲什麼要有這種可怕的仇恨，爲什麼要將這種仇恨培植在一個孩子的心裡？

傅紅雪自己心裡的仇恨，豈非也正是這樣子培養出來的！

這孩子今日若不死，他日長大之後，豈非也要變得和傅紅雪一樣！

這些問題有誰能解釋？

鬼頭刀在太陽下閃著光。

是挨他這一刀，還是殺了他？假如換了葉開，這根本就不成問題，他可以閃避，可以抓住這孩子拋出三丈外，甚至可以根本不管這些人，揚長而去。

但傅紅雪卻不行。他的思想是固執而偏激的，他想一個問題時，往往一下子就鑽到牛角尖裡。

在這一瞬間，他甚至想索性挨了這一刀，索性死在這裡。那麼所有的仇恨，所有的矛盾，所有的痛苦豈非立刻就能全都解決。

但就在這時，這孩子突然慘呼一聲，仰天跌倒，手裡的刀已飛出，咽喉上卻有一股鮮血濺出來，也不知從哪裡飛來一柄短刀正插在他咽喉上。

沒有人看見這柄刀是哪裡來的，所有的人都在注意著這孩子手裡的那柄鬼頭大刀！

既然沒有人看到這柄短刀是哪裡來的，那麼它當然是傅紅雪發出來的。

這孩子最多只不過才十歲，這臉色蒼白的跛子竟能忍心下這種毒手！

人群中已不禁發出一陣憤怒的聲音。

那長身玉立的少婦，已尖叫著狂奔了出來。她的丈夫手裡揮著大刀，緊緊的跟在她身後，喉嚨裡像野獸般的怒吼著。所有穿白麻衣，紮著白麻巾的人，也已全都怒吼著衝了出去。

他們的吼聲聽來就像是鬱雲中的雷。他們衝出來時，看來就是一陣白色的怒濤。他們已決心死在這裡，寧願死盡死絕。

那孩子的血，已將他們心裡的悲哀和憤怒，全都火焰般燃燒了起來。

傅紅雪卻已怔在那裡，看著這孩子咽喉上的短刀。

他自己也不知道這柄刀是哪裡來的。

這情況就和那天在李馬虎的店裡一樣，突然有柄刀飛來，釘在李馬虎的手臂上。

葉開！難道是葉開？

郭威手裡揮著刀，怒吼道：「你既然連這孩子都能殺，爲什麼還不拔你的刀？」

傅紅雪忍不住道：「這孩子不是我殺的！」

郭威狂笑，道：「殺了人還不敢承認？想不到白天羽的兒子竟是個說謊的懦夫。」

傅紅雪的臉突然因憤怒而漲紅。

他平生最不能忍受的，就是別人的冤枉。

他死也不能忍受。

淒厲瘋狂的笑聲中，郭威手裡的鬼頭刀，已挾帶著勁風，直砍他的頭顱。

「白天羽的頭顱，莫非也是被這樣砍下來的？」

傅紅雪全身都在發抖，但等他的手握著刀柄時，他立刻鎮定了下來。

這柄刀就像是有種奇異的魔力。

「我死活都沒有關係，但我卻絕不能讓別人認爲白天羽的兒子是個說謊的懦夫！」

「我絕不能讓他死了後還受人侮辱！」

傅紅雪突也狂吼。

他的刀已出鞘。

刀鞘漆黑，刀柄漆黑，但刀光卻是雪亮的，就像是閃電。

刀光飛出，鮮血也已濺出。

血花像煙火一般，在他面前散開。

他已看不見別的，只能看得見血。

血豈非正象徵著仇恨？

他彷彿已回到十九年前，彷彿已變成了他父親的化身！

飛濺出的血，彷彿就是梅花。

這裡就是梅花庵。

這些人就是那些已將白家滿門殺盡了的兇手刺客！

他們要他死！

他也要他們死！

沒有選擇！已不必選擇！

閃電般的刀光，匹練般的飛舞。

沒有刀與刀相擊的聲音，沒有人能架住他的刀。

只有慘呼聲、尖叫聲、刀砍在血肉上的聲音，骨頭碎裂的聲音……

每一種聲音都足以令人聽了魂飛膽碎，每一種聲音都令人忍不住要嘔吐。

但傅紅雪自己卻什麼都聽不見。

他只能聽到一種聲音——這聲音卻是從他心裡發出來的！

「讓你的仇人全都死盡死絕，否則你也不要回來見我！」

他彷彿又已回到了那間屋子。

那屋子裡沒有別的顏色，只有黑！

他本來就是在黑暗中長大的，他的生命中就只有仇恨！

血是紅的，雪也是紅的！

現在白家的人血已流盡，現在已到了仇人們流血的時候！

兩旁的窗口中，有人在驚呼，有人在流淚，有人在嘔吐。

白痲衣已被染成紅的。

衝上來的人，立刻就倒了下去！

「這柄刀本不屬於人間，這是一柄來自地獄中的魔刀！」

這柄刀帶給人的，本就只有死與不幸！

刀光過處，立刻就有一連串血肉飛濺出來！

也不知是誰在大喝：「退下去！全都退下去！留下一條命，以後再復仇！」

怒吼、驚喝、慘呼，刀砍在血肉之上，砍在骨頭之上……

突然間，所有的聲音全都停止。

除了傅紅雪外，他周圍已沒有一個站著的人。

陰森森的太陽，已沒入烏雲後，連風都已停止。

開著的窗子，大多數都已緊緊關起，沒有關的窗子，只因爲有人伏在窗台上流血、嘔吐。

長街上的青石板，已被染紅。

刀也已被染紅。

傅紅雪站在血泊中，動也不動。

郭威的屍體就在他的腳下，那孩子的屍體也在他腳下。

血還在流，流入青石板的隙縫裡，流到他的腳下，染紅了他的腳。

傅紅雪似已完全麻木。他已不能動，也不想動。

突然之間，一聲霹靂自烏雲中震下，閃電照亮了大地。

傅紅雪彷彿也已被這一聲霹靂驚醒。他茫然四顧一眼，看了看腳下的屍身，又看了看手裡的刀。

他的心在收縮，胃也在收縮。

然後他突然拔起那孩子咽喉的刀，轉過身，飛奔了出去。

又一聲霹靂，暴雨傾盆而落，蒼天彷彿也不忍再看地上的這些血腥，特地下這一場暴雨，將血腥沖乾淨。

只可惜人心裡的血腥和仇恨，卻是再大的雨也沖不走的。

傅紅雪狂奔在暴雨中。

他從來也沒有這麼樣奔跑過，他奔跑的姿態比走路更奇特。

暴雨也已將他身上的血沖乾淨了。可是這一場血戰所留下的慘痛回憶，卻將永遠留在他心裡。

他殺的人，有很多都是不該殺。他自己也知道——現在他的頭腦也已被暴雨沖得很清醒。

但當時他卻絕沒有選擇的餘地！

爲什麼？只爲了這柄刀，這柄他剛從那孩子咽喉上拔下來的短刀！

那孩子若不死，這一場血戰並不是絕對不可以避免的。

傅紅雪心裡也像是有柄刀。

葉開！葉開爲什麼要引起這場血戰？

前面有個小小的客棧，傅紅雪衝進去，要了間屋子，緊緊的關上了門。

然後他就立刻開始嘔吐，不停的嘔吐。

他嘔吐的時候，身子突然痙攣，突然抽緊，他倒下去的時候，身子已縮成一團。

他就倒在自己吐出來的苦水上，身子還在不停的抽縮痙攣……

他已完全沒有知覺。也許這時他反而比較幸福些——沒有知覺，豈非也沒有痛苦？

雨下得更大，小而悶的屋子，愈來愈暗，漸漸已沒有別的顏色。

只有黑！黑暗中，窗子忽然開了，一條黑影幽靈般出現在窗外。

一聲霹靂，一道閃電。

閃電照亮了這個人的臉。

這個人的臉上帶著種很奇怪的表情，看著倒在地上的傅紅雪，誰也分辨不出，這種表情是悲憤？是仇恨？是愉快？還是痛苦？……

傅紅雪清醒的時候，人已在床上，床上的被褥乾燥而柔軟。

燈已燃起。燈光將一個人的影子照在牆上，燈光昏黯，影子卻是黑的。

屋子裡還有個人！是誰？

這人就坐在燈後面，彷彿在沉思。傅紅雪的頭抬起了一點，就看到了她的臉，一張疲倦、憔悴、充滿了憂鬱和痛苦，但卻又十分美麗的臉。

傅紅雪的心又抽緊，他又看見了翠濃。

翠濃也看見了他。她蒼白憔悴的臉上，露出一絲苦澀的微笑，柔聲道：「你醒了！」

傅紅雪不能動，不能說話，他整個人都似已完全僵硬。

她怎麼會忽然來了？爲什麼偏偏是她來？爲什麼偏偏要在這種時候來？

翠濃道：「你應該再多睡一會兒的，我已叫人替你燉了粥。」

她的聲音還是那麼溫柔，那麼關切，就像他們以前在一起時。難道她已忘記了過去那些痛苦的事。

傅紅雪卻忘不了。他突然跳起來，指著門大叫：「滾！滾出去！」

翠濃的神色還是很平靜，輕輕道：「我不滾，也不出去。」

傅紅雪嘶聲道：「是誰叫你來的？」

翠濃道：「是我自己來的。」

傅紅雪道：「你爲什麼要來？」

翠濃：「因爲我知道你病了。」

傅紅雪的身子突又發抖，道：「我的事跟你完全沒有關係，也用不著你管。」

翠濃道：「你的事跟我有關係，我一定要管的。」

她的回答溫柔而堅決。

傅紅雪喘息著，道：「但我現在已不認得你，我根本就不認得你。」

翠濃柔聲道：「你認得我的，我也認得你。」

她不讓傅雪紅開口，接著又道：「以前那些事，無論是你對不起我，還是我對不起你，我們都可以忘記，但我們總算還是朋友，你病了，我當然要來照顧你。」

朋友！以前那種刻骨銘心，魂牽夢縈的感情，現在難道已變成了一種淡淡的友誼？以前本來是相依相偎，終夜擁抱著等待天明的情人，現在卻只不過是朋友。

傅紅雪心裡突又覺得一陣無法忍受的刺痛，又倒了下去，倒在床上。

翠濃道：「我說過，你應該多休息休息，等粥好了，我再叫你。」

傅紅雪握緊雙拳，勉強控制著自己。

「你既然能將我當做朋友，我爲什麼還要去追尋往昔那種感情？」

「你既然能這樣冷靜，我爲什麼還要讓你看見我的痛苦？」

傅紅雪在心裡告訴自己：「一定要冷靜，一定要讓她相信，我也完全忘記了過去的事。」

翠濃站起來，走到床前，替他拉起了被——甚至連這種動作都還是跟以前一樣。

傅紅雪突然冷冷道：「謝謝你，要你來照顧我，實在不敢當。」

翠濃淡淡的笑了笑，道：「這也沒什麼，你也不必客氣。」

傅紅雪道：「但你總是客人，我應該招待你的。」

翠濃道：「大家既然都是老朋友了，你爲什麼還一定要這麼客氣？」

傅紅雪道：「我心裡總是過意不去。」

一雙曾經海誓山盟，曾經融化爲一體的情人，現在竟面對著面說出這種話來，別人一定覺得很滑稽。

又有誰知道他們自己心裡是什麼滋味？

傅紅雪的指甲已刺入了掌心，道：「無論如何，我還是不應該這樣子麻煩你的。」

翠濃道：「我說過沒關係，反正我丈夫也知道我在這裡。」

傅紅雪連聲音都已幾乎突然嘶啞，過了很久，才總算說出了三個字：「你丈夫？」

翠濃笑了笑，道：「對了，我竟忘了告訴你，我已經嫁了人。」

傅紅雪的心已碎了，粉碎！

「恭喜你。」

這只不過是三個字，三個很普通的字，無論任何人的一生中，必定都多多少少將這三個字說過多次。

可是在這世上千萬個人中，又有幾人能體會到傅紅雪說出這三個字時的感覺？

那已不僅是痛苦和悲傷，也不是憤怒和仇恨，而是一個深入骨髓的絕望。足以令血液結冰的絕望。

他甚至已連痛苦都感覺不到。他還活著，他的人還在床上，但是這生命、這肉體，都似已不再屬於他。

「恭喜你。」

翠濃聽著他說出這三個字，彷彿笑了笑，彷彿也說了句客氣話。

只不過她是不是真的笑了？

她說了句什麼話？

他完全聽不到，感覺不到。

「恭喜你。」

他將這三個字反反覆覆，也不知說了多少遍，但是他自己卻完全不知道自己在說什麼。

也不知說了多久，他才能聽得見翠濃的聲音。

她正在低語著。

「每個女人——不論是怎麼樣的女人，遲早都要找個歸宿，遲早都要嫁人的。」

傅紅雪道：「我明白。」

翠濃道：「你既然不要我，我只好嫁給別人了。」

她在笑，彷彿盡力想裝出高興的樣子來——無論如何，結婚都畢竟是件値得高興的事。

傅紅雪眼睛瞪著屋頂上，顯然也在盡力控制著自己，既不願翠濃看出他心裡的痛苦和絕望，也不想再去看她。

但過了很久，他忽然又問道：「你的丈夫是不是也來了？」

翠濃道：「嗯。」

新婚的夫妻，當然應該是寸步不離的。

傅紅雪咬緊了牙，又過了很久，才緩緩道：「他就在外面？」

翠濃道：「嗯。」

傅紅雪道：「那麼你就應該出去陪他，爲什麼還要留在這裡？」

翠濃道：「我說過，我要照顧你。」

傅紅雪道：「我並不想要你照顧，也不想讓別人誤會……」

他雖然在努力控制著，但聲音還是忍不住要發抖，幾乎已說不下去。

幸好翠濃已打斷了他的話，道：「你用不著擔心這些事，所有的事他全都知道。」

傅紅雪道：「他知道什麼？」

翠濃道：「他知道你這個人，也知道我們過去的感情。」

傅紅雪道：「我們……我們之間其實並沒有什麼感情。」

翠濃道：「不管怎麼樣，反正我已將以前那些事全都告訴了他。」

傅紅雪道：「所以你就更不該到這裡來。」

翠濃道：「我到這裡來找你，也已告訴了他，他也同意讓我來照顧你。」

傅紅雪的牙齦已被咬出血，忍不住冷笑道：「看來他倒是個很開通的人。」

翠濃道：「他的確是。」

傅紅雪突然大聲道：「但我卻並不是，我一點也不開通。」

翠濃勉強笑了笑，道：「你若真的怕別人誤會，我可以叫他進來一起陪你。」

她不等傅紅雪同意，就回過頭，輕喚道：「喂，你進來，我替你介紹一個朋友。」

「喂。」

這雖然也是個很普通的字，但有時卻彷彿帶著種說不出的親密。

新婚的夫妻，在別人面前，豈非總是用這個字作稱呼的。

門本來就沒有拴起。

她剛說了這句話，外面立刻就有個人推門走了進來，好像本就一直守候在門外。

妻子和別的男人在屋裡，作丈夫的人當然總難免有點不放心。

傅紅雪本不想看見這個人，但卻又忍不住要看看。

這個人年紀並不大，但也已不再年輕。

他看來大概有三十多歲，將近四十，方方正正的臉上，佈滿了艱辛勞苦的生活所留下的痕跡。

就像別的新郎倌一樣，他身上也穿著套新衣服，華貴的料子，鮮艷的色彩，看起來和他這個人很不相配。

無論誰一眼就可看出他是個老實人。

久歷風塵的女人，若是真的想找個歸宿，豈非總是會選個老實人的？

這至少總比找個吃軟飯的油頭小光棍好。

傅紅雪看見這個人時，居然並沒有很激動，甚至也沒有嫉恨，和上次他看見翠濃和別人那半天在一起的感覺完全不同。

這種人本就引不起別人的激動的。

翠濃已拉著這人的衣袖走過來，微笑著道：「他就是我的丈夫，他姓王，叫王大洪。」

王大洪。老老實實的人，老老實實的名字。

他被翠濃牽著走，就像是個孩子似的，她要他往東，他就不敢往西。

翠濃又道：「這位就是我跟你說起過的傅紅雪，傅公子。」

王大洪臉上立刻露出討好的笑容，抱拳道：「傅公子的大名，在下已久仰了。」

傅紅雪本不想理睬這個人的，以前他也許連看都不會多看這種人一眼。

可是現在卻不同了。他死也不願意讓翠濃的丈夫，把他看成個心已碎了的傷心人。

但他也實在不知道應該跟這種人說什麼，只有喃喃道：「恭喜你，恭喜你們。」

王大洪居然也好像不知道應該說什麼，只是站在那裡傻笑。

翠濃瞅了他一眼，又笑道：「他是個老實人，一向很少跟別人來往，所以連話都不會說。」

傅紅雪道：「不說話很好。」

翠濃道：「他也不會武功。」

傅紅雪道：「不會武功很好。」

翠濃重：「他是個生意人，做的是綢緞生意。」

傅紅雪道：「做生意很好。」

翠濃笑了，嫣然道：「他的確是個很好的人，至少他……」

她笑得很苦，也很酸，聲音停了停，才接著道：「至少他不會拋下我一個人溜走。」

傅紅雪彷彿根本沒有聽見她在說什麼，他沒有看見她那種酸楚的笑容。

他好像在看著王大洪，其實卻什麼也沒有看見，什麼也看不見。

但王大洪卻好像很不安，囁嚅吶吶的道：「你們在這裡多聊聊，我……我還是到外面去的好。」

他想將衣袖從翠濃手裡抽出來，卻好像又有點不敢似的。

因爲翠濃的臉色已變得很不好看。

世界上怕老婆的男人並不少，但像他怕得這麼厲害的倒也不多。

老實人娶到個漂亮的老婆，實在並不能算是件走運的事。

傅紅雪忽然道：「你請坐。」

王大洪道：「是。」

他還是直挺挺的站著。

翠濃瞪了他一眼，道：「人家叫你坐，你爲什麼還不坐下去？」

王大洪立刻就坐了下去，看來若沒有他老婆吩咐，他好像連坐都不敢坐。

他坐著的時候，一雙手就得規規矩矩的放在自己的膝蓋上。

手很粗糙，指甲裡還藏著油氣污穢。

傅紅雪看了看他的一雙手，道：「你們成親已經有多久？」

王大洪道：「已經有……有……」

他用眼角瞟著翠濃，好像每說一句話，都得先請示請示她。

翠濃道：「已經快十天了。」

王大洪立刻道：「不錯，已經快十天了，到今天才九天。」

傅紅雪道：「你們是早就認得的？」

王大洪道：「不是……是……」

他連臉都已緊張的漲得通紅，竟似連這種簡單的問題都回答不出。

傳紅雪已抬起頭，瞪著他。

天氣雖然已很涼，但王大洪頭上卻已冒出了一粒粒黃豆般大的汗珠子，簡直連坐都坐不住了。

傳紅雪忽然道：「你不是作綢緞生意的。」

王大洪的臉上又變了顏色，吃吃道：「我……我……我……」

傅紅雪慢慢的轉過頭，瞪著翠濃，一字字道：「他也不是你的丈夫。」

翠濃的臉色也突然變了，就像是突然被人在臉上重重一擊。

她臉上本來彷彿戴著個面具，這一擊已將她的面具完全擊碎。

女人有時就像是個核桃。

你只要能擊碎她外面的那層硬殼，就會發現她內心是多麼柔軟脆弱。

傅紅雪看著她，冷漠的眼睛裡，忽然流露出一種無法描敘的情感，也不知是歡喜？是悲哀？是同情？還是憐憫？

他看著一連串晶瑩如珠的眼淚，從她美麗的眼睛裡滾下來……他看著她身子開始顫抖，似已連站都站不住。

她已不用再說什麼，這已足夠表示她對他的感情仍未變。

她已不能不承認，這個人的確不是她的丈夫。

傅紅雪卻還是忍不住要問：「這個人究竟是誰？」

翠濃垂下頭，道：「不知道。」

傅紅雪道：「你也不知道？」

翠濃道：「他……他只不過是店裡的伙計臨時替我找來的，我根本不認得他。」

傅紅雪道：「你找他來，為的就是要他冒充你的丈夫？」

翠濃頭垂得更低。

傅紅雪道：「你為什麼要這樣做？」

翠濃悽然道：「因為我想來看你，想來陪著你，照顧你，又怕你趕我走，因為我不願讓你覺得我是在死纏著你，不願你覺得我是個下賤的女人。」

最重要的是，她已不能再忍受傅紅雪的冷漠和羞侮。

她生怕傅紅雪再傷害她，所以才想出這法子來保護自己。

這原因她雖然沒有說出，但傅紅雪也已明白。

傅紅雪並不真的是一塊冰，也不是一塊木頭。

翠濃流著淚，又道：「其實我心裡始終只有你，就算你不要我了，我也不會嫁給別人的，我自從跟你在一起後，就再也沒有把別的男人看在眼裡。」

傅紅雪突然用盡全身力氣，大聲道：「誰說我不要你，誰說的？」

翠濃抬起頭，用流著淚的眼睛看著他，道：「你真的還要我？」

傅紅雪大叫道：「我當然要你，不管你是個怎麼樣的女人，我都要你，除了你之外，我再也不要別的女人了。」

這是他第一次真情流露。他張開雙臂時，翠濃已撲入他懷裡。

他們緊緊擁抱著，兩個人似已溶爲一體，兩顆心也已變成一個。所有的痛苦、悲傷、誤會、氣憤，忽然間都已變爲過去，只要他們還能重新結合在一起，世上還有什麼事值得他們煩惱的？

翠濃用力抱住他，不停的說：「只要你真的要我，從今之後，我再也不會走了，再也不會離開你。」

傅紅雪道：「我也永遠不會離開你。」

翠濃道：「永遠？」

傅紅雪道：「永遠！」

王大洪看著他們，眼睛裡彷彿帶著種茫然不解的表情。

他當然不能了解這種情感，更不懂他們既然真的相愛，爲什麼又要自尋煩惱。

愛情的甜蜜和痛苦，本就不是他這種人所能夠了解的。

因爲他從來沒有付出過痛苦的代價，所以他也永遠不會體會到愛情的甜蜜。

他只知道，現在他留在這裡，已是多餘的。

他悄悄的站起來，似已準備走出去。

傅紅雪和翠濃當然不會注意到他，他們似已完全忘記了他的存在。

昏黯的燈光，將他的影子照在牆上；白的牆，黑的影子。

他慢慢的轉過身子，手裡突然多了一尺七寸長的短劍！

劍鋒薄而利，在燈下閃動著一種接近慘碧色的藍色光芒。

劍上莫非有毒？

四十　新仇舊恨

王大洪慢慢的往外走，走了兩步，突然翻身！

青藍色的劍光一閃，已閃電般向傅紅雪的左肋下刺了過去。

沒有人能想到這變化，何況是一對正沉醉在對方懷抱中的戀人？

傅紅雪用兩隻手緊擁著翠濃，肋下完全暴露著，本就是最好的攻擊目標。

這一劍不但又快又狠，而且正是看準了對方的弱點才下手的。

爲了要刺出這一劍，這個人顯然已準備了很多年，多年來積壓著的仇恨和力量，已完全在這一劍中發洩！

傅紅雪非但沒有看見，甚至完全沒有感覺到。

但翠濃卻恰巧在這一瞬間張開眼，恰巧看見了牆上的影子。

她連想都沒有想，突然用盡全身力量，推開了傅紅雪，用自己的身子，去擋這一劍。

劍光一閃，已刺入了她的背脊。

一陣無法形容的刺痛，使得她只覺得整個人都彷彿已被撕裂。

可是她的眼睛，卻還是在看著傅紅雪。

她知道從今以後，只怕再也看不到傅紅雪了，所以現在只要能多看一眼也是好的。

她咬著牙，不讓自己暈過去。

沒有人能形容出她此刻臉上的表情，也沒有人能了解。

那不僅是悲傷，也是欣慰。

因爲她雖然已快死了，但傅紅雪卻還可以活下去。

因爲她終於已能讓傅紅雪明白，她對他的情感有多麼深遠，多麼真摯。

她嘴角甚至還帶著一絲甜蜜的微笑。

因爲她活得雖然卑賤，可是她的死，卻是高貴偉大的。

她的生命總算已有了價値。

傅紅雪又倒在床上，看著她，看著她混合著痛苦和安慰的眼光，看著她淒涼而甜蜜的微笑。

他的心已碎了。

翠濃看著他，終於掙扎著說出了一句話。

「你要相信我，我真的不知道他是誰，也不知道他要害你。」

傅紅雪道：「我……我相信你。」

他用力咬著牙，但滿眶熱淚，還是已忍不住要奪眶而出。

翠濃嫣然一笑，突然倒下去，蒼白美麗的臉已變成死黑色。

短劍還留在她背上。

薄而利的劍鋒，已刺入了她的骨節，被夾住。

王大洪一時間竟沒有拔出來，只有放開手，一步步向後退。

他希望能退出去，希望傅紅雪在這強烈的悲傷和震驚下，忘記了他。

傅紅雪的確連看都沒有看他一眼，只不過從緊咬著的牙縫中吐出兩個字。

「站住！」

沒有人能形容這兩個字中包含的仇恨和怨毒，甚至沒有人能想像。

在燈光下看來，王大洪忠厚善良的臉，已變得魔鬼般猙獰惡毒。

可是他還是站住了。

傅紅雪的聲音中，竟似有一種足以令神鬼震懾的力量。

仇恨的力量。

王大洪突然獰笑道：「你一定想知道我究竟是什麼人。」

傅紅雪點點頭。

王大洪道：「我是來要你命的人！」

傅紅雪平靜地道：「你也是那天在梅花庵外行刺的兇手？」

王大洪道：「我不是，我要殺的只是你！」

傅紅雪道：「爲什麼？」

王大洪冷笑道：「你能殺別人，別人爲什麼不能殺你？」

傅紅雪道：「我不認得你。」

王大洪道：「你也不認得郭威，但你卻殺了他，還殺了那可憐的孩子。」

傅紅雪的心已沉了下去，道：「你是爲他們來復仇的？」

王大洪道：「不是。」

傅紅雪道：「你爲的是什麼？」

王大洪道：「殺人的理由有很多，並不一定是爲了仇恨。」

他冷笑著，又道：「那孩子平生從未做過一件害人的事，更沒有殺過人，但現在卻已死在你手裡，你呢？你已殺過多少人？你殺的人真是全部該殺的？」

傅紅雪突然覺得手足冰冷。

王大洪道：「只要你殺過一個人，就可能有無數人要來殺你！只要你殺錯過一個，就永遠無權再問別人爲什麼來殺你！」

傅紅雪慢慢的站起來，俯下身，輕輕拉起了翠濃的手。

這雙手本是溫暖而柔軟的，只有在這雙手輕撫著時，他才會暫時忘記那種已深入骨髓的仇恨，他的心才會有片刻寧靜。

但現在這雙手似已完全冰冷僵硬。

他沒有流淚，只是癡癡的看著她，彷彿又已忘記了王大洪的存在。

他蒼白的臉上，幾乎已變得完全沒有表情。

可是他另一隻手卻已握住了他的刀。

漆黑的刀，黑得令人心碎。

無論誰看見這柄刀，都立刻會覺得有一股刺骨的寒意自足底升起。

王大洪看見了這柄刀，他的手似乎也突然變得冰冷僵硬。

傅紅雪還是連看都沒有看他一眼，道：「你可以殺我，無論誰都可以殺我，但卻不該殺她的。」

他的聲音奇異而遙遠，彷彿來自遠山，又彷彿來自地獄。

「我不管你是什麼人？也不管你是爲什麼而來的，你殺了她，我就要你死！」

王大洪臉也變爲灰色，卻還是在冷笑著，道：「現在你還有拔刀的力氣？」

傅紅雪沒有回答。

他只是慢慢的站起來，慢慢的向王大洪走過去，握著他的刀走過去。

刀鞘漆黑，眸子漆黑。

漆黑的眸子，瞬也不瞬的盯在王大洪咽喉上。

王大洪的呼吸突然停頓，就彷彿被一雙看不見的鐵手，扼住了咽喉。

他已不再往後退，因爲他也知道，現在根本已無路可退。

刀雖然還沒有拔出來，可是他整個人卻似已全都在這柄刀的陰影籠罩下。

黑暗而巨大的陰影，壓得他的心一直在往下沉，似已將沉入萬劫不復的地獄。

傅紅雪已走過來，走路的姿態雖然奇特笨拙，可是只要他手裡還握著他的刀，就絕不會有人覺得他是個笨拙的跛子。

他的人似已和他的刀結爲一體。

王大洪看著他的刀，忽然長長嘆息。

傅紅雪道：「你已後悔？」

王大洪點點頭，黯然道：「我只後悔沒有聽信一個人的話。」

傅紅雪道：「什麼話？」

王大洪道：「他本來要我先毀了你這柄刀的。」

傅紅雪道：「先毀這柄刀？」

王大洪道：「這柄刀雖然並不特別，但是對你來說，它的價值卻很特別。」

傅紅雪道：「哦？」

王大洪道：「因爲這柄刀就像是你的枴杖一樣，若沒有這柄刀的話，你只不過是個可憐的跛子而已，你只有在手裡握著這柄刀的時候，才能站得直。」

傅紅雪蒼白的臉上，已似有火焰在燃燒。

王大洪注意著他臉上的表情道：「這些話當然不是我說的，因爲我以前根本就沒見過你，根本就不了解你。」

傅紅雪道：「這些話是誰說的？」

王大洪道：「是一個人。」

傅紅雪道：「什麼人？」

王大洪道：「我爲什麼要告訴你？」

傅紅雪道：「你來殺我是不是這個人要你來的？」

王大洪道：「也許是，也許不是。」

他臉上忽又露出種很奇怪的表情，接著又道：「不管怎麼樣，你永遠都不會知道這個人是誰的……而且也永遠猜不出來的。」

這句話已無異承認，他來殺傅紅雪，的確是受人主使。

他本來確實沒有要殺傅紅雪的理由。

這世上雖然有很多人會無故殺人，但他卻絕不是這種人。

能用這種周密惡毒的計劃來殺人的，就絕不會是這種人。

傅紅雪忽然抬起頭，漆黑的眸子也已開始燃燒，燃燒著的眸子已盯在他臉上。

王大洪的神情反而平靜了下來，冷冷道：「你爲什麼還不拔刀？」

傅紅雪沉默著，過了很久，才慢慢的說道：「因爲我不懂。」

王大洪道：「什麼事不懂？」

傅紅雪道：「我不懂你爲什麼要替別人死？」

王大洪道：「替別人死？」

傅紅雪道：「你本來只不過是個受人利用的工具，根本不值得我動手殺你。」

王大洪道：「哦？」

傅紅雪道：「我應該殺的，本是那個叫你來殺我的人。」

王大洪道：「只要我說出那個人是誰，你難道就肯放我走？」

傅紅雪冷冷道：「我說過，你這種人根本就不值得我動手。」

王大洪突然沉默，顯然在考慮。

傅紅雪提出的條件實在很誘人，無論誰都會考慮考慮的。

只要能活得下去，相信世上絕沒有真正想死的人。

傅紅雪並沒有催促。

當別人在考慮下決定時，你若催促他，壓迫他，得到的效果往往是相反的。

這道理傅紅雪也懂。

過了很久，王大洪忽然道：「你應該看得出我不是個君子。」

傅紅雪沉默，默認。

王大洪道：「像我這種人，爲了要保全自己的性命，無論誰我都會出賣的。」

傅紅雪冷冷道：「你並不笨。」

王大洪道：「所以我還有一個問題。」

傅紅雪等著他問。

王大洪道：「我怎知你現在一定能殺得了我？也許你現在根本就不是我的對手，那麼，我又何必將別人的秘密告訴你？」

傅紅雪也沒有回答這句話。

他只是靜靜的站在那裡，凝視著這個人，過了很久，才緩緩地道：「我本該一刀削落你的耳朵，讓你相信的。」

王大洪道：「哦？」

傅紅雪道：「可是你這種人非但不值得我動手，更不值得我拔刀。」

王大洪道：「哦？」

傅紅雪道：「但我卻不能不讓你明白一件事。」

王大洪道：「什麼事？」

傅紅雪道：「我不用刀，也一樣可以殺你。」

王大洪笑了。

他當然不信傅紅雪會放下這柄刀。

但就在他開始笑的時候，傅紅雪已放下手裡的刀，放在桌上。

他好像決心要證明一件事——沒有這柄刀，他還是一樣可以站得起來。

王大洪果然顯得驚訝——也就在他臉上剛開始露出驚訝之色的這一刹那間，他手裡又多了柄短劍，閃動著慘碧光芒的短劍。

劍光一閃，已刺向傅紅雪的胸膛。

王大洪當然並不是個生意人，「王大洪」也當然絕不是他的真名。

他一劍刺出時，無論誰都看得出，這個人非但一定是個成名的劍客，而且一定是殺人的專家。

他的劍法惡毒而辛辣，雖然沒有繁複奇詭的變化，但在殺人時卻很有效。

這一劍刺出，就像是毒蛇的舌信。

傅紅雪已無法揮刀招架，他手裡已沒有刀。

可是他還有手。

他身子一閃，蒼白的手突然間向劍上抓了過去。

他似已忘了自己這雙手是血肉，不是鋼鐵，似已忘了自己手裡已沒有刀。

這是不是因爲他感覺中，他的手已和他的刀永遠結成一體？

這是不是因爲他根本沒有空著手的習慣？

手是蒼白的。

劍上淬著劇毒，只要他的手被劃破一點，他就要倒下去。

王大洪的劍沒有變招。他當然不肯變招，他希望傅紅雪能抓住他的劍，抓得愈用力愈好。

真正的聰明人，永遠不會將別人當做呆子。

將別人當做呆子的人，到最後總是往往會發現，真正的呆子不是別人，是自己。

王大洪覺得傅紅雪實在是個呆子。

除了呆子外，還有誰會用自己的手去抓一柄淬過毒的利劍！

這也許只因爲他受的刺激大，所以腦袋裡已出了毛病。

王大洪幾乎已快笑出來了。

他當然還沒有笑出來，因爲這本來是一瞬間發生的事。

他也知道自己這一劍招式已用老，速度已慢了下來。

這一劍既沒有刺中對方，本就該早已變招的。

現在他只等著傅紅雪的手抓上來。

就在這時，他突然覺得眼前一花，蒼白的手已打在他黝黑的臉上。

在最後的一剎那間，傅紅雪的招式竟突然變了，變得真快，快得無法思議。

他只覺得眼前突然變成一片黑暗，頭腦中突然一陣暈眩，什麼事都已感覺不到。

等他再清醒時，才發現自己竟已倒在牆角，鼻子裡還在流著血，臉上就像是尖針在刺著，左邊的顴骨碎裂，鼻樑的位置已改變。

他能抬起頭來時，才發現自己手裡的劍，已到了傅紅雪手上。

傅紅雪凝視著這柄劍，過了很久，才轉向他，冷冷道：「這柄劍不是你的？」

王大洪搖搖頭。

傅紅雪道：「你用的本是長劍。」

王大洪點點頭。

用長劍的人突然改用短劍，出手固然更快，但力量和部位就無法拿捏得很準了。

這點他自己也很明白。

傅紅雪道：「這柄劍也是那個人給你的？」

王大洪又點點頭。

傅紅雪忽然將劍拋在他腳下，道：「你若想再試一次，不妨將這柄劍再拿回去。」

王大洪又搖搖頭，連看都不敢再看這柄劍一眼。

他的勇氣似已完全崩潰。

傅紅雪冷冷道：「你爲什麼不願再試？現在我手裡還是沒有刀，還只不過是個可憐的跛子。」

王大洪道：「你不是。」

他忽然長長嘆息，道：「你也不是呆子。」

——將別人當做呆子的人，到最後往往會發現真正的呆子並不是別人，是自己。

這點他現在也終於明白。

傅紅雪道：「現在你已肯說出那個人是誰？」

王大洪突又長嘆，道：「就算我說出來，也沒有用的。」

傅紅雪道：「爲什麼？」

王大洪道：「因爲你絕不會相信。」

傅紅雪道：「我相信。」

王大洪遲疑著，道：「我能不能相信你呢？你真的肯放我走。」

傅紅雪道：「我已說過一次。」

有些人說的話，一次就已足夠。

王大洪終於鬆了口氣，道：「那個人本是你的朋友，你的行蹤，沒有人比他知道得更清楚。」

傅紅雪突然握緊著雙拳，似已隱隱猜出這個人是誰了。

他沒有朋友。

在這世界上，也許只有一個人能夠勉強算是他的朋友，因爲他已能感覺到一種被朋友出賣的憤怒和痛苦。

但他卻還是不願相信，不忍相信，所以他還是忍不住要問。

「這個人姓什麼？」

王大洪道：「他姓……」

突然間，刀光一閃。

只一閃，比電光還快的一閃，然後所有的聲音都突然停頓。

「他姓……」

王大洪永遠也不能說出這個人姓什麼了，他也已用不著再說。

這柄短刀已說明了一切。

——刀光一閃，一柄短刀插上了李馬虎的手腕。

——刀光一閃，一柄短刀殺了那無辜的孩子。

現在刀光又一閃，封住了王大洪的口。

三柄同樣的刀，同樣的速度，同樣可怕。

三柄刀當然是同一個人發出的。

王大洪眼睛凸出，張大了嘴，伸出了舌頭，他的咽喉氣管被一刀割斷，他死得很快。

可是他死不瞑目。

他死也不相信這個人會殺他。

傅紅雪也不信。

他不願相信，不忍相信，但現在卻已不能不信。

——看不見的刀，才是最可怕的刀。

——能令人看不出他真正面目的人，才是最可怕的人。

傅紅雪忽然發覺，葉開這個人遠比那閃電般的飛刀還可怕。

刀是從窗外射進來的，但窗外卻沒有人。

夜，秋夜。

夜已很深，秋也已很深。

暴雨初歇，地上的積水裡，也有點點星光。

傅紅雪抱著翠濃，從積水上踩過去，踩碎了這點點星光。他的心也彷彿被踐踏著，也已碎了。

風很輕，輕得就像是翠濃的呼吸。

可是翠濃的呼吸久已停頓，溫暖柔軟的胴體也已冰冷僵硬。那無限的相思，無限的柔情，如今都已化作一灘碧血。

傅紅雪卻將她抱得更緊，彷彿生怕她又從他懷抱中溜走。

但這次她絕不會再走了。她已完全屬於他，永遠屬於他。

泉水是從山上流下來的，過了清溪上的小橋，就是山坡。

他不停的向前走，踏過積水，跨過小橋，走上山坡，一直走向山最高處。

星已疏了，曙色已漸漸降臨大地。

他走到山巔，在初升的陽光中跪下，輕輕的放下了她。

金黃色的陽光照在她臉上，使得她死灰色的臉看來彷彿忽然有了種聖潔的光輝。

無論她生前做過什麼事都無妨，她的死，已爲她洗清了她靈魂中所有的污垢。

世上還有什麼事，能比爲別人犧牲自己更神聖？更偉大？

他跪在山巔，將她埋葬在陽光下。

從今以後，千千萬萬年，從東方升起的第一線陽光，都將照在她的墳墓上。

陽光是永恆的，就像是愛情一樣。

愛情有黯淡時，陽光也一樣。

太陽升起又落下。

傅紅雪下山時，已是第二個晚上。

大病初癒後，再加上這種幾乎沒有人能忍受的打擊，他整個人剩下的還有什麼？

除了悲傷、哀痛、憤怒、仇恨外，他還有什麼？

還有恐懼。

一種對寂寞的恐懼。

從今以後，千千萬萬年，他是永遠再也見不著她，那像永恆的孤獨和寂寞，要如何才能解脫？

這種恐懼才是真正沒有人能忍受的。

既不能忍受，又無法解脫，就只有逃避，哪怕只能逃避片刻也好。

山下的小鎮上，還有酒。

酒是苦的也好，是酸的也好，他只想大醉一場，雖然他明知酒醒後的痛苦更深。

醉，的確不能解決任何事，也許會有人笑他愚蠢。

只有真正寂寞過，痛苦過的人，才能了解他這種心情。

客棧中的燈光還亮著，他緊緊握著他的刀走過去。

他醉了。

他醉得很快。

人在虛弱和痛苦中，本就醉得快。

他還能記得的最後一件事，就是這小客棧的老闆娘從櫃台後走過來，用大碗敬了他一碗酒。

這老闆娘是個四十多歲的女人，肥胖的臉上還塗著厚厚的脂粉，只要一笑起來，臉上的脂粉就會落在酒碗裡。

可是她的酒量真好。

他只記得自己好像也敬了她一碗，然後他整個人就突然變成一片空白。

他的生命在這段時候也是一片空白。

也只有真正醉過的人，才能了解這種情況。

那並不是昏迷，卻比昏迷更糟——他的行動已完全失去控制，連他自己都永遠不知道自己做過了多可怕的事。

無論多麼醉，總有醒的時候。

他醒來時，才發現自己睡在一間很髒的屋子裡，一張很髒的床上。

屋子裡充滿了令人作嘔的酒臭和脂粉香，那肥胖臃腫的老闆娘，就赤裸裸的睡在他身旁，一隻肥胖的手，還壓在他身上。

他自己也是赤裸的，還可以感覺到她大腿上溫暖而鬆弛的肉。

他突然想嘔吐。

昨天晚上究竟做過了什麼事？

他連想都不敢想。

爲他而死的情人屍骨還未寒，他自己卻跟一個肥豬般的女人睡在一張床上。

生命怎麼會突然變得如此齷齪，如此卑賤？

他想吐，把自己的心吐出來，放到自己腳下去踐踏。

放到洪爐裡去燒成灰。

那柄漆黑的刀，和他的衣服一起散落在地上。

他跳起來，用最快的速度穿起衣裳，突然發覺有一雙肥胖的手拉住了他。

「怎麼你要走了？」

傅紅雪咬著牙，點了點頭。

她脂粉殘亂的臉上，顯得驚訝而失望：「你怎能走？昨天晚上你還答應過我，要留在這裡，一輩子陪著我的。」

寂寞，可怕的寂寞。

一個人在真正寂寞時又沉醉，就像是在水裡快被淹死時一樣，只要能抓住一樣可以抓得住的東西，就再也不想放手了。

可是他抓住的東西，卻往往會令他墮落得更快。

傅紅雪只覺得全身冰冷，只希望自己永遠沒有到這地方來過。

「來，睡上來，我們再……」

這女人還在用力拉著他，彷彿想將他拉到自己的胸膛上。

傅紅雪突然全身發抖，突然用力甩脫了她的手，退到牆角，緊緊的握著他的刀，嗄聲道：

「我要殺了你，你再說一個字，我就殺了你……」

這蒼白孤獨的少年，竟像是突然變成了一隻負了傷的瘋狂野獸。

她吃驚的看著他，就像是被人在臉上重重的摑了一巴掌，突然放聲大哭，道：「好，你就殺了我吧，你說過不走的，現在又要走了……你不如還是快點殺了我的好。」

寂寞，可怕的寂寞。

她也是個人，也同樣懂得寂寞的可怕，她拉住傅紅雪時，也正像是一個快淹死的人抓住了一塊浮木，以為自己已不會再沉下去。

但現在所有的希望突然又變成失望。

傅紅雪連看都沒有再看她一眼，他不忍再看她，也不想再看她。

就像是一隻野獸衝出牢籠，他用力撞開了門，衝出去。

街上有人，來來往往的人都吃驚的看著他。

但他卻是什麼都看不見，只知道不停的向前狂奔，奔過長街，奔出小鎮。

他停下來時，就立刻開始嘔吐，不停的嘔吐，彷彿要將自己整個人都吐空。

然後他倒了下去，倒在一棵木葉已枯黃了的秋樹下。

一陣風吹過，黃葉飄落在他身上。

但他已沒感覺，他已什麼都沒有，甚至連痛苦都已變得麻木。

既不知這裡是什麼地方，也不知現在是什麼時候，他就這樣伏在地上，彷彿在等著別人的踐踏。

現在他所剩下的，已只有仇恨。

人類所有的情感中，也許只有仇恨才是最不易甩脫的。

他恨自己，恨馬空群。

他更恨葉開。

因爲他對葉開除了仇恨外，還有種被欺騙了、被侮辱了的感覺。

這也許只因在他的心底深處，一直是將葉開當做朋友的。

你若愛過一個人，恨他時才會恨得更深。

這種仇恨遠比他對馬空群的仇恨更新鮮，更強烈。

遠比人類所有的情感都強烈！

現在他是一無所有，若不是還有這種仇恨，只怕已活不下去。

他發誓要活下去。

他發誓要報復——對馬空群，對葉開！

經過昨夜的暴雨後，大地潮濕而柔軟，泥土中孕育著生命的芳香。

不管你是個怎麼樣的人，不管你是高貴，還是卑賤，大地對你總是不變的。

你永遠都可以倚賴它，信任它。

傅紅雪伏在地上，也不知過了多久，彷彿要從大地中吸收一些生命的力量。

有人來看過他，又嘆著氣，搖著頭走開。

他知道，可是他沒有動。

「年紀輕輕的，就這麼樣沒出息，躺在地上裝什麼死？」

「年輕人就算受了一點打擊，也應該振作起來，裝死是沒有用的。」

有人在嘆息，有人在恥笑。

傅紅雪也全都聽見，可是他沒有動。

他受的痛苦與傷害已太重，別人的譏嘲恥笑，他已完全不在乎。

他當然要站起來的，現在卻還不到時候，因爲他折磨自己，還沒有折磨夠。

無論如何，刀還在他手裡。

蒼白的手，漆黑的刀。

突然有人失聲輕呼：「是他！」

是女人的聲音，是一個他認得的女人。

但他卻還是沒有動，不管她是誰，傅紅雪只希望她能趕快走開。

現在他既不想見別人，更不想讓別人看見他。

怎奈這女人偏偏沒有走，反而冷笑著，道：「殺人不眨眼的傅公子，現在怎麼會變成像野狗一樣躺在地上，是不是有人傷了你的心？」

傅紅雪的胃突然收縮，幾乎又忍不住要嘔吐。

他已聽出這個人是誰了。

馬芳鈴！

現在他最不願看見的就是她，但她卻偏偏總是要在這種時候出現。

傅紅雪緊緊咬著牙，抓起了滿把泥土，用力握緊，就像是在緊握著他自己的心一樣。

馬芳鈴卻又在冷笑著，道：「你這麼樣痛苦，爲的若是那位翠濃姑娘，就未免太不值得了，她一直是我爹爹的女人，你難道一點都不知道？」

她說的話就像是一根針，一條鞭子。

傅紅雪突然跳起來，用一雙滿佈紅絲的眼睛，狠狠的瞪著她。

他的樣子看來既可憐，又可怕。

若是以前，馬芳鈴一定不會再說什麼了，無論是因爲同情，還是因爲畏懼，都不會再繼續傷害他。

但現在馬芳鈴卻似已變了。

她本來又恨他，又怕他，還對他有種說不出的微妙情感。

但是現在卻好像忽然變得對他很輕視，這個曾經令她痛苦悲傷過的少年，現在竟似已變得完全不足輕重，好像只要她高興，隨時都可以狠狠的抽他一鞭子。

她冷笑著又道：「其實我早就知道她遲早都會摔下你跟別人走的，就像她摔下葉開跟你走一樣，除了我爹爹外，別的男人她根本就沒有看在眼裡。」

傅紅雪蒼白的臉突然發紅，呼吸突然急促，道：「你已說夠了。」

馬芳鈴道：「我說的話你不喜歡聽？」

傅紅雪握刀的手已凸出青筋，緩緩道：「只要你再說一個字，我就殺了你！」

馬芳鈴卻笑了。

她開始笑的時候，已有一個人忽然出現在她身旁。

一個很高大，很神氣的錦衣少年，臉上帶著種不可一世的傲氣。

他的確有理由爲自己而驕傲的。

他不但高大神氣，而且非常英俊，劍一般的濃眉下，有一雙炯炯發光的眼睛，身上穿的衣服，也華麗得接近奢侈。

無論誰一眼就可看出，這少年一定是個獨斷獨行的人，只要他想做的事，他就會不顧一切的去做，很少有人能阻攔他。

現在他正用那雙炯炯發光的眼睛瞪著傅紅雪，冷冷道：「你剛才說什麼？」

傅紅雪忽然明白是什麼原因令馬芳鈴改變的了。

錦衣少年又道：「你是不是說你要殺了她？」

傅紅雪點點頭。

錦衣少年道：「你知道她是我的什麼人？」

傅紅雪搖搖頭。

錦衣少年道：「她是我的妻子。」

傅紅雪突然冷笑道：「那麼她若再說一個字，你就得另外去找個活女人做老婆了。」

錦衣少年沉下了臉，厲聲的道：「你知道我是什麼人？」

傅紅雪又搖搖頭。

錦衣少年道：「我姓丁。」

傅紅雪道：「哦。」

錦衣少年道：「我就是丁靈甲。」

傅紅雪道：「哦。」

丁靈甲道：「你雖然無禮，但我卻可以原諒你，因為你現在看來並不像還能殺人的樣子。」

傅紅雪的確不像。

他閉著嘴，連自己都似已承認。

丁靈甲目中露出滿意之色，他知道就憑自己的名字已能嚇倒很多人的，所以不到必要時，他從來不出手——對這點他一直覺得很滿意。

因爲這使得他覺得自己並不是個殘暴的人。

但他還是不能不讓他新婚的妻子明白，他是有足夠力量保護她的。

所以他微笑著轉過頭，傲然道：「無論你還想說什麼，都不妨說出來。」

馬芳鈴咬著嘴唇，道：「我無論想說什麼都沒有關係？」

丁靈甲微笑道：「只要有我在你身旁，你無論想說什麼都沒關係。」

馬芳鈴的臉突然因興奮而發紅，突然大聲道：「我要說這個跛子愛上的女人是個婊子，一文不值的婊子！」

傅紅雪的臉突又變得白紙般蒼白，右手已握住了左手的刀柄。

丁靈甲厲聲道：「你真敢動手？」

傅紅雪沒有回答。沒有開口。

現在已到了不必再說一個字的時候，無論誰都應該可以看得出，現在世上已沒有任何一種力量能阻止他出手！

丁靈甲也已看出。

他突兀大喝，劍已出鞘，劍光如匹練飛虹，直刺傅紅雪的咽喉。

他用的劍份量特別沉重，一劍刺出，虎虎生風，劍法走的是剛猛一路。

他的出手雖不太快，但攻擊凌厲，部位準確。

攻擊本就是最好的防守。

在這一擊之下，還有餘力能還手的人，世上絕不會超出七個。

傅紅雪偏偏就恰巧是其中之一。

他沒有閃避，也沒有招架，甚至沒有人能看出他的動作。

馬芳鈴也沒有看出，但是她卻看見了突然像閃電般亮起的刀光——

刀光一閃！鮮血已突然從丁靈甲肩上飛濺出來，就像是一朵神奇鮮艷的紅花突然開放。

劍光匹練般飛出，釘在樹上。

丁靈甲的手還是緊緊的握著劍柄，他整個一條右臂就吊在劍柄上，還在不停的搖晃。

鮮血也還在不停的往下滴落。

丁靈甲吃驚的看著樹上的劍，吃驚的看著劍上的手臂，彷彿還不明白這是怎麼回事。

因爲這變化實在太快。

等他發覺在他面前搖晃的這條斷臂，就是他自己的右臂時，他就突然暈了過去。

馬芳鈴也好像要暈了過去，但卻並不是爲了丈夫受傷驚惶悲痛，而是爲了憤怒，失望而憤怒。

她狠狠瞪了倒在地上的丁靈甲一眼，突然轉身，狂奔而去。

道旁停著輛嶄新的馬車，她衝過去，用力拉開了車門。

一個人動也不動的坐在車廂裡，蒼白而美麗的臉上，帶著種空虛麻木的表情。一個人只有在忽然失去自己最珍貴的東西時，才會有這種表情。

傅紅雪也看見了這個人，他認得這個人。

丁靈琳她怎麼會在這裡？她失去的是什麼？葉開呢？

馬芳鈴霍然回身，指著傅紅雪，大聲道：「就是這個人殺了你二哥，你還不快替他報仇？」

過了很久，丁靈琳才抬起頭，看了她一眼，道：「你真的要我去替他報仇？」

馬芳鈴道：「當然，他是你二哥，是我的丈夫。」

丁靈琳看著她，眼睛裡突然露出種刀鋒般的譏誚之意，道：「你真的將我二哥當做你的丈夫？」

馬芳鈴臉上變了色，道：「你……你說這種話是什麼意思？」

丁靈琳冷冷道：「我的意思你應該明白，我二哥就算真的死了，你也絕不會爲他掉一滴眼淚的，他的死活你根本就沒有放在心上。」

馬芳鈴也像是突然被人抽了一鞭子，蒼白的臉上更已完全沒有血色。

丁靈琳道：「你要我去殺了這個人報仇，只不過因爲你恨他，就好像你恨葉開一樣。」

她用力咬了咬嘴唇，接著又道：「你對所有的男人都恨得要命，因爲你認爲所有的男人都對不起你，連你父親都對不起你，你嫁給我二哥，也只不過是爲了想利用他替你報復。」

馬芳鈴的眼神已亂了，整個人彷彿都已接近瘋狂崩潰，突然大聲道：「我知道你恨我，因為我要你二哥帶你回去，你卻寧可跟著葉開像野狗一樣在外面流浪。」

丁靈琳道：「不錯，我寧可跟著他流浪，因為我愛他。」

她冷冷的看著馬芳鈴，接道：「你當然也知道我愛他，所以你才嫉妒，才要我哥逼著我離開他，因為你也愛他，愛得要命。」

馬芳鈴突然瘋狂般大笑，道：「我愛他？……我只盼望他快點死。」

丁靈琳道：「現在你恨他，只因你知道他絕不會愛你。」

她明亮可愛的眼睛裡，忽然也有了種很可怕的表情，冷笑著道：「這世上有種瘋狂惡毒的女人，若是得不到一樣東西時，就千方百計的想去毀了它，你就是這種女人，你本來早就該去死的。」

馬芳鈴的狂笑似已漸漸變為痛哭，漸漸已分不出她究竟是哭是笑？

她突然回頭，面對著傅紅雪，嘶聲道：「你既然要殺我，為什麼還不過來動手？」

傅紅雪卻連看都不再看她一眼，慢慢的走過來，走到丁靈琳面前。

馬芳鈴突然撲在他身上，緊緊抱住了他，道：「你若不殺我，就帶我走，無論到什麼地方，我都跟你去，無論要我幹什麼，我都依你。」

傅紅雪的身子冰冷而僵硬。

馬芳鈴流著淚，又道：「只要你肯帶我走，我……我甚至可以帶你去找我父親。」

傅紅雪突然曲起肘，重重的打在她肚子上。

馬芳鈴立刻被打得彎下腰去。

傅紅雪頭也不回，冷冷道：「滾！」

馬芳鈴終於咬著牙站起來，她本來也是個明朗而可愛的女孩子，對自己和人生都充滿了自信。

但現在她卻已變了，她臉上竟已真的有了種瘋狂而惡毒的表情。

這是誰的錯？

她咬著牙，瞪著傅紅雪，一字字道：「好，我滾，你既然不要我，我只有滾，可是你難道已忘了那天野狗般在我身上爬的樣子？難道你只有在沒人看見的時候才敢強姦我？」

傅紅雪蒼白的臉上也已露出痛苦之色，卻還是沒有回頭。

丁靈琳道：「你現在是不是在後悔，那天沒有答應他？」

馬芳鈴冷笑道：「你也用不著得意！你以爲葉開真的喜歡你？他若真的喜歡你，爲什麼讓我們將你帶走？現在他說不定已跟別的女人睡在床上了，也許就是他的老情人翠濃。」

她突又瘋狂般大笑，大笑著一步步向後退，不停的向後退，退入樹叢。

然後她的笑聲就突然停頓，她的人也看不見了。

丁靈琳輕輕嘆了口氣，道：「她本來的確是個很可憐的女人，只可惜她每件事都做錯了，最錯的是，她總是找錯了男人。」

傅紅雪忽然道：「你呢？」

丁靈琳道：「我沒有錯。」

傅紅雪道：「葉開……」

丁靈琳打斷了他的話，道：「我早就知道小葉是個什麼樣的人，就算他不喜歡我，也沒關係，因爲我真的喜歡他，這就已夠了！」

傅紅雪看著她，眼睛裡的痛苦之色更深，過了很久，才緩緩道：「但你卻離開了他。」

丁靈琳道：「那只因我沒法子。」

傅紅雪道：「爲什麼？」

丁靈琳恨恨道：「因爲丁老二乘我不注意的時候，點了我腿上的穴道。」

傅紅雪道：「葉開就這樣看著他們把你帶走？」

丁靈琳黯然道：「他也沒法子，丁老二是我的親哥哥，他能對他怎麼樣？」

她眨了眨眼，眼睛裡又發出了光，接著道：「可是我知道他遲早一定還會去找我的，他看來雖然對什麼事都不在乎，其實卻是個很多情的人，別人帶我走的時候，我看得出他比我還痛苦。」

傅紅雪道：「現在你是不是想去找他？」

丁靈琳眨著眼笑道：「這世上有種人是你永遠找不到的，你只有等著他來找你，小葉就是這種人。」

傅紅雪還在看著她，眼睛裡突又露出種很奇怪的表情。

丁靈琳道：「你雖然傷了我二哥，可是我並不怪你。」

傅紅雪道：「哦？」

丁靈琳道：「那倒並不是因爲他逼著我走，所以我恨他。」

傅紅雪道：「哦？」

丁靈琳道：「那只因你雖然砍斷了他的一條手，卻讓他明白了馬芳鈴是個什麼樣的女人，若不是你這一刀，他以後說不定要被她害一輩子。」

一個男人跟一個並不是真心對他的女人結合，的確是件非常痛苦，也非常悲慘的事。

丁靈琳道：「你現在已可以走了，我也不願他醒來時再看見你。」

傅紅雪沒有走。

丁靈琳等了半天，忍不住又問道：「你爲什麼還不走？」

傅紅雪道：「因爲我正在考慮一件事。」

丁靈琳道：「什麼事？」

傅紅雪道：「我不知道是應該解開你的穴道，讓你跟我走，還是應該抱著你走。」

丁靈琳臉色變了，失聲道：「你這是什麼意思？」

傅紅雪道：「我的意思就是要把你帶走。」

丁靈琳道：「你……你瘋了！」

傅紅雪冷冷道：「我沒有瘋，我也知道你絕不會跟我走的。」

丁靈琳吃驚的看著他，突然揮手，腕子上的金鈴突然飛出，帶著一連串清脆的聲音，急打傅紅雪「迎香」、「天實」、「玄機」三處大穴。

他們的距離很近，她的出手更快。

丁靈琳要命的金鈴，本就是江湖中最可怕的八種暗器之一。

因爲她不但出手快，認穴準，而且後發的往往先至，先發的卻會突然改變方向，叫人根本不知道應該如何閃避。

傅紅雪沒有閃避。

刀光一閃，三枚金鈴就突然變成了六個。

刀光再入鞘時，他的手已揑住了丁靈琳的腕脈，攔腰抱起了她。

丁靈琳失聲大叫，道：「你這不要臉的跛子，快放開我！」

傅紅雪聽不見。

車上有車夫，路上有行人，每個人都在吃驚的看著他。

傅紅雪卻看不見他們。

他攔腰抱著丁靈琳走向東方的山——山在青天白雲間。

山並不高，雲也不高。

走到半山上，已可看見白雲縹緲，人已到了白雲縹緲處。

風吹著丁靈琳身上的金鈴，「叮鈴鈴」的響。她自己卻已不響。

因爲她無論說什麼，傅紅雪都好像沒有聽見。

她臉上的表情已經由驚訝憤怒，變爲焦急恐懼，她不知道傅紅雪帶她到這裡來幹什麼。

但她卻已發現這臉色蒼白的跛子，的確是個很不正常的人。

「你只有在沒有人的地方，才敢強姦我！」

想起馬芳鈴的話，她更害怕，又冷又怕，冷得發抖，怕得發抖。

山巔更冷。

丁靈琳抖得更兇。

傅紅雪已放下了她，正在冷冷的看著她，突然道：「你怕？」

丁靈琳忽然笑了，答道：「我怕什麼？我爲什麼要怕？」

她笑得雖然勉強，卻還是很好看，微笑著又道：「我難道還會怕你？你是小葉的朋友，他的朋友就是我的朋友，我怎麼會怕你！」

傅紅雪道：「他的仇人呢？」

丁靈琳眨著眼，道：「他好像並沒有什麼仇人。」

傅紅雪冷冷的道：「他若有仇人，當然也就是你的仇人。」

丁靈琳道：「也可以這麼說，因爲……」

傅紅雪道：「因爲你覺得在這世上最親近的人就是他。」

丁靈琳又笑了，這次是真的笑了，笑得溫柔而甜蜜，只要一想起她和葉開的情感，她心裡就會有這種溫暖甜蜜的感覺。

傅紅雪道：「你若知道有人殺了他，你會對那個人怎麼樣？」

丁靈琳道：「沒有人會殺他的，也沒有人能殺得了他。」

傅紅雪道：「假如有呢？」

丁靈琳咬起了嘴唇，道：「那麼我就絕不會放過那個人，甚至會不擇一切手段來對付他。」

傅紅雪道：「不擇一切手段？」

丁靈琳道：「當然不擇一切手段。」

她接著又道：「我雖然並不是個心狠手辣的人，可是假如真的有人殺了小葉，我說不定會把他身上的肉全都一口口咬下來。」

秋風吹過，白雪已在足下。

她說出了這句話，自己忽然也忍不住機伶伶打了個寒噤，心裡彷彿突然有了種不祥的預兆。

傅紅雪卻已轉過身，背向著她，面對著一堆小小的土丘。

土丘上寸草未生，顯然是新堆成的。

丁靈琳道：「這堆土是什麼？」

傅紅雪道：「是個墳墓。」

丁靈琳變色道：「墳墓？你怎麼知道是個墳墓？」

傅紅雪道：「因爲這是我親手堆成的。」

他聲音裡彷彿帶著種比這山巔的秋風更冷的寒意，丁靈琳並不是個柔弱膽小的女孩子，但又忍不住打了個寒噤。

過了很久，她才輕輕的問道：「墳墓裡埋葬的是什麼人？」

傅紅雪道：「是我最親近的人。」

丁靈琳道：「你……你很喜歡她？」

傅紅雪點點頭，道：「我對她的情感，比你對葉開的情感更深！」

丁靈琳勉強笑了笑，道：「我只希望她不是被別人殺了的，否則那個人身上的肉，豈非也要被你一口口咬下來。」

傅紅雪道：「她是被人殺死的！」

丁靈琳突又打了個寒噤，喃喃的道：「這裡的風好冷。」

傅紅雪道：「你用不著爲她擔心，她現在已不怕冷了。」

丁靈琳道：「可是我怕。」

傅紅雪道：「怕我？」

丁靈琳道：「不是怕你，是怕冷。」

傅紅雪冷冷道：「我會將你也埋起來，你就再也不會怕冷了。」

丁靈琳笑得更勉強，道：「那倒不必麻煩你，我還沒有死。」

傅紅雪道：「可是她已經死了……你卻沒有死，她爲什麼要死？爲什麼要死？……」

他反反覆覆的說著這句話，聲音裡充滿了怨毒和仇恨。

丁靈琳道：「每個人都會死的，只不過有人死得早些，有人死得遲些，所以你也不必傷心。」

傅紅雪道：「葉開若死了，你也不傷心？」

丁靈琳道：「我……我……」

傅紅雪道：「你不傷心，只因爲葉開還沒有死，葉開不傷心，只因爲你還沒有死，可是……可是她卻已死了……」

他突然轉身瞪著丁靈琳，眼裡帶著火焰般的憤怒和仇恨，厲聲道：「你爲什麼不問我，誰殺了她？」

丁靈琳的心好像正慢慢的在往下沉，喉嚨裡竟已發不出聲音。

傅紅雪道：「你不問我，是不是因爲你已知道是誰殺了她的？」

丁靈琳咬著嘴唇，突然大聲道：「我不知道……我怎麼會知道？」

傅紅雪道：「你應該知道的。」

丁靈琳道：「爲什麼？」

傅紅雪緊緊握著他的刀，一字字道：「因爲殺她的人就是葉開。」

丁靈琳叫了起來，道：「不可能，絕不可能，我一直跟小葉在一起的，我可以保證他沒有殺過人。」

傅紅雪道：「昨天晚上你也跟他在一起？」

丁靈琳說不出話了。昨天早上，她已被丁靈甲帶走，就沒有再看見過葉開。

傅紅雪的眼睛刀鋒般盯著她的眼睛，道：「你知道他昨天晚上在哪裡？做些什麼事？」

丁靈琳垂下了頭。她不知道。

傅紅雪突然拿出了一柄刀，一柄薄而鋒利的短刀，拋在她面前。

「你認不認得出這是誰的刀？」

丁靈琳的頭垂得更低。她已認出了這柄刀——這柄刀就像是已插在她的心上。

過了很久，她忽又抬起頭，大聲道：「葉開就是我，我就是葉開，你若真的認爲是葉開殺了她，你就殺了我吧。」

傅紅雪道：「你願意爲他死？」

丁靈琳道：「願意。」

她眼睛裡又發出了光，完全沒有猶豫，完全沒有考慮，能爲葉開而死，對她說來，竟彷彿是件很快樂的事情。

傅紅雪看著她，眼前彷彿又出現了翠濃的影子。她臨死前看著他時，眼睛裡豈非也同樣帶著這種欣慰快樂的表情。她雖然沒有說出一個字，但那雙眼睛豈非也無異告訴他，她是願意爲他而死的。

直到她倒下去的時候，她嘴角還帶著甜蜜的微笑。

傅紅雪的雙拳握緊，幾乎忍不住要挖開墳墓，再看她一眼。

可是就算能再看一眼又如何？短暫的生命，卻留下了永恆的寂寞。

丁靈琳道：「你既然要殺了我，爲什麼還不過來動手？」

傅紅雪又沉默了很久，才緩緩道：「我並不想殺了你。」

丁靈琳道：「你……你想怎麼樣？」

傅紅雪道：「不怎麼樣。」

丁靈琳道：「你帶我到這裡來幹什麼？」

她目中又露出恐懼之色，死，她並不怕，她怕的是那種可恥的折磨和侮辱。

傅紅雪又沉默了很久，冷冷道：「你說過他遲早一定會來找你的。」

丁靈琳點點頭，大聲道：「他當然會來找我，他絕不是個無情的人。」

傅紅雪凝視著遠方，緩緩道：「這地方很安靜，他若能安安靜靜的死在這裡，上天對他已算不薄。」

丁靈琳動容道：「你在等他來？」

傅紅雪沒有回答，只是垂下頭，凝視著自己手裡的刀。

漆黑的刀，刀頭已不知染上過多少人的鮮血。

丁靈琳的手也已握緊，嗄聲道：「但是他並不知道我在這裡。」

傅紅雪道：「他會知道的。」

丁靈琳道：「爲什麼？」

傅紅雪道：「因爲有很多人都看見我挾著你往這裡走。」

丁靈琳道：「就算他來了又怎麼樣？你難道真的要殺他？」

傅紅雪沉默，刀也是沉默的。

沉默有時也鋒利得像刀鋒一樣，有時甚至能殺人。

丁靈琳大聲道：「你真的能下得了毒手？難道你已忘了他以前爲你做的那些事？若不是他，你怎麼能活到現在？」

傅紅雪蒼白的臉彷彿又已因痛苦漸漸變得透明，一字字緩緩道：「他讓我活著，也許就是爲了要我忍受痛苦。」

死雖然可怕，但卻是寧靜的，只有活著的人才會感覺到痛苦。

丁靈琳看著他的臉，身子突然開始顫抖，顫聲道：「他常常對我說，你做的事雖可怕，但你的心卻本是善良的，你……你幾時變得如此狠毒？」

傅紅雪凝視著自己手裡的刀，沒有再說什麼，連一個字都不再說。

這時山巔忽然湧起了一片又濃又厚的雲霧，他蒼白的臉已在雲霧中漸漸變得遙遠模糊。

山下彷彿有雨聲。

山巔的雲霧，也是潮濕的。丁靈琳的衣裳已漸漸濕透，冷得不停發抖。不但寒冷，而且飢餓。

傅紅雪已坐下，動也不動的坐在那裡，坐在又冷又潮的雲霧中。難道他不冷不餓？這個人難道真的已完全痲木？

丁靈琳終於忍不住道：「也許他不會來了。」

傅紅雪不開口。

丁靈琳道：「就算他要來，也沒有人知道他什麼時候才來。」

傅紅雪還是不開口。

丁靈琳道：「他若三天後才來，你難道就這樣在這裡等三天？」

傅紅雪又沉默了很久，才冷冷道：「他三年後才來，我就等三年。」

丁靈琳的心又沉了下去，道：「你……你難道要我陪著你在這裡等三年？」

傅紅雪道：「我能等，你爲什麼不能？」

丁靈琳道：「因爲我是個人。」

傅紅雪道：「哦？」

丁靈琳道：「只要是個人，就沒法子在這裡等三年，也許連三天都不能等。」

傅紅雪道：「哦？」

丁靈琳道：「你若真的要我坐在這裡等下去，我就算不冷死，也要被活活餓死。」

沒有回答。

丁靈琳道：「其實你根本不必在這裡等他，你可以下山去找他，那總比在這裡等的好。」

還是沒有回答。

丁靈琳道：「你爲什麼不說話？難道……」

她聲音突然刀割般中斷，她忽然發現坐在雲霧中的傅紅雪已不見了。

山下的雨聲還沒有停，山巔的雲霧更潮濕，也更冷。

也不知道是因爲雲霧掩住了日色，還是夜色已來臨，丁靈琳眼前已只剩下一片模模糊糊，陰陰森森的死灰色；沒有人，也沒有生命。

丁靈琳放聲大呼：「傅紅雪，你到哪裡去了？你回來！」

沒有人回來，也沒有人回應。

丁靈琳身子抖得就像是一片寒風中的枯葉，傅紅雪雖然是可怕的人，可是他不在時更可怕。

她終於明白孤獨和寂寞是件多麼可怕的事，現在傅紅雪走了只不過才片刻，片刻她已覺得不可忍受。

假如一個人的一生都是如此孤獨寂寞時，那種日子怎麼能過得下去？假如葉開真的死了，她這一生是不是就將永遠如此孤獨寂寞下去？

丁靈琳只覺得全身冰冷，連心都冷透。她想逃走，可是她的腿還是麻木僵硬的——丁家的點穴手法，一向很有效。她想呼喊，可是她又怕聽見山谷中響起的那種可怕的迴聲。

天地間彷彿已只剩下墳墓裡那個死人在陪伴著她。

傅紅雪這一生，豈非也只剩下墳墓裡的死人在陪伴著他？

丁靈琳忽然對這孤獨而殘廢的少年，有了種說不出的同情。

就在這時，她忽然覺得有一點冰冷的雨珠滴落在她手上。

她垂下頭，才發現這滴雨赫然是鮮紅色的。

不是雨，是血！

鮮紅的血，滴落在她蒼白的手背上。

她的心似已被恐懼撕裂，忍不住回頭，她的面頰忽然碰到一隻手。

一隻冰冷的手。血，彷彿就是從這隻手上滴落下來的。

這是誰的血？誰的手？

丁靈琳沒有看見，她眼前忽然變得一片黑暗。

地獄本就在人們的心裡。

你心裡若已沒有愛，只有仇恨，地獄就在你的心裡。

——你心裡若已沒有愛，你的人也已在地獄。

四一 英雄末路

雲已不見，霧也已不見。

陰森黑暗的山洞裡，卻有一堆火焰在躍動，閃動的火光，照亮了奇突的鐘乳和粗糙的山壁，也照亮了丁靈琳蒼白美麗的臉。

她醒來時，第一眼就看見這堆火。

所以她沒有動，只是靜靜的躺在那裡，靜靜的凝視著火焰的躍動。

火焰的本身，彷彿就象徵著生命，已爲她帶來了溫暖和光明。

她從不知道火焰竟是如此可愛的。

然後她才看見傅紅雪，他冰一樣的臉，已因火焰的閃動而變得有了生命。

現在他正將一隻皮毛已洗剝乾淨的野兔，放到火上去烤。

他的動作複雜而緩慢，他臉上甚至也已現出種和平寧靜的表情。

丁靈琳從未看過他臉上有過這種表情，她忽然覺得他並不是想像中那麼可怕的人。

帶著血的野兔已漸漸在火上被烤成金黃色，山洞裡瀰漫著誘人的香氣。

丁靈琳臉上忽然泛起一陣紅暈，她本不是那種一見到血就會暈過去的女人。

她忍不住要解釋：「我剛才實在太餓，也太冷，所以才支持不住的。」

傅紅雪淡淡道：「幸好你身上有火種，否則就只能吃帶血的兔肉了。」

丁靈琳失聲道：「火種是你在我身上找到的？」

傅紅雪點點頭。

丁靈琳的臉更紅，她記得火刀和火石本在她貼身的衣袋裡。

她咬著嘴唇，板起了臉，大聲道：「你怎麼能亂掏人家身上的東西？」

傅紅雪冷冷道：「我的確不該這麼做的，我本該脫光你的衣服，把你放在火上烤來吃。」

丁靈琳立刻用力拉緊了自己的衣襟，好像生怕這個人會真的過來脫她的衣服。

傅紅雪卻再也不睬她，默默的將烤好的野兔撕成兩半，隨手拋了一半給她，竟是比較大的一半。

丁靈琳心裡突又泛起一陣溫暖之意。

她也不能算是個小心眼的女孩子，但傅紅雪若是給她比較小的那一半，她還是會覺得很生氣。

她畢竟是個女人。

沒有鹽的烤肉，本來就像是已生了十八個孩子的女人一樣，已很難令人發生興趣。

但沒有鹽的肉至少總比沒有肉好。

飢餓，本就是人類最不能抗拒的兩種慾望之一。

丁靈琳幾乎將骨頭都吃了下去，吃完了還忍不住要嘆息一聲，喃喃地道：「這兔子身上的肉簡直比猴子還少。」

傅紅雪道：「牠身上若是肉多，說不定早已被別人捉去吃下肚了。」

丁靈琳嫣然道：「小葉說的不錯，你有時看來雖然很可怕，其實卻並不是個兇狠惡毒的人。」

她眨了眨眼，又道：「無論你怎麼想，我總覺得他一直都對你不壞，而且比誰都了解你。」

一提起葉開，傅紅雪的臉色又變了，忽然站起來，冷冷道：「你自己還能不能脫衣服？」

丁靈琳的臉色也變了，失聲道：「你……你這是什麼意思？」

傅紅雪冷冷道：「你若不能脫，我替你脫。」

丁靈琳大駭道：「為什麼要脫衣服？」

傅紅雪道：「因爲我不想看著你冷死、病死。」

丁靈琳這才發現自己身上衣服的確已濕透，地上也是陰寒而潮濕的，這樣子躺一夜，明天不大病一場才是怪事。

她自己當然也不想冷死病死，但若要叫她在男人面前脫衣服，她寧可死——除了葉開外，隨便哪個男人都不行。

她咬著嘴唇，忽然道：「你是不是真的強姦過馬芳鈴？」

傅紅雪臉上的肌肉忽然繃緊，目中又露出痛苦之色，但他卻還是點了點頭。

只要是他做過的事，他就絕不推諉否認。

丁靈琳道：「你會不會強姦我？」

傅紅雪冷冷道：「你是在提醒我？」

丁靈琳道：「你現在若要強姦我，我當然沒法子反抗，但我卻希望你明白一件事。」

傅紅雪在聽。

丁靈琳道：「除了葉開外，無論什麼男人只要碰一碰我，我就噁心，因爲我覺得世上所有的男人，沒有一個能比得上他。」

傅紅雪充滿痛苦和仇恨的眼睛裡，彷彿又有火焰在燃燒。

他全身都彷彿有火焰在燃燒。

丁靈琳道：「你恨他，也許並不是因爲他殺了翠濃，而是因爲你知道自己永遠也比不上……」

傅紅雪突然一把揪住她衣襟，把她整個人提了起來，嗄聲道：「你錯了。」

丁靈琳道：「我沒有錯。」

傅紅雪道：「你不該逼我的。」

他的手突然用力，已撕破了她的衣襟。

丁靈琳倒下去的時候，雪白的胸膛已在寒風裡硬起來。

她的淚也已將流下，咬著牙道：「我沒有錯，小葉卻實在錯了，他看錯了你，你根本不是人，是個畜牲。」

傅紅雪全身不停的顫抖，突然也倒了下去，縮成了一團。

火光閃動下，他的臉竟已完全扭曲變形，嘴角就像馬一樣，吐出了濃濃的白沫。

丁靈琳反而怔住。

她也聽說過，傅紅雪是個有病的人，但她卻未想到他的病竟會突然而來，來得竟如此可怕。

這少年不但孤獨寂寞，滿心創痛，而且還有這種可怕的病像毒蛇般糾纏著他。

唯一能安慰他、了解他的人，現在卻已被埋入了黃土。

他這一生，過的究竟是種什麼樣的生活？生命對他也未免太無情。

他應該恨的！

「我若是他，我說不定也會痛恨所有的人，所有的生命。」

丁靈琳心裡的恐懼和憤怒，忽然又變作憐憫與同情。

她若還能站起來，現在說不定會將他像孩子般擁抱在懷裡。

可是她非但站不起來，幾乎連動都不能動。

她連手都已陰寒潮濕而漸漸麻痺，只能勉強抬起來，掩住衣襟。

就在這時，她忽然聽見一陣腳步聲。

腳步聲很輕，但來的卻顯然不止一個人。

「這當然絕不會是葉開，葉開若要來，絕不會和別人一起來的。」

丁靈琳的心沉了下去。

如此深夜，又有誰會冒著這種愁煞人的秋風秋雨，到這荒山上來呢？

腳步聲已在山洞外停下來，閃動的火光，已無異告訴他們這山洞裡有人。

過了半晌，外面就有人在試探問：「裡面的朋友高姓大名？請見示。」

丁靈琳用力咬著嘴唇，不讓自己發出聲音。

她只希望這些人一時間還不敢貿然闖進來，只希望傅紅雪能在他們闖進來之前清醒。

但這時她已看見一柄刀從外面慢慢的伸進來，接著她就看見了握刀的人。

來的人的確不止一個，但現在進來的卻只有他一個。

這人的臉色也是蒼白的，卻不是傅紅雪那種純淨得接近透明的蒼白。

他的臉白裡發青，在閃動的火光中看來，竟彷彿是慘碧色的，又像是戴著個青銅面具。

他的眼睛也陰森可怕，只看了傅紅雪一眼，目光就停留在丁靈琳裸露在破碎衣襟外的雪白胸膛上，眼睛裡突又露出種淫猥的表情。

丁靈琳只恨不得能將這雙眼睛挖出來。

這人手裡的刀已垂下，長長吐出一口氣，顯然他已發現倒在地上的這兩個人都已沒有值得他戒備的地方。

他的眼睛更放肆了，就好像要鑽到丁靈琳的衣襟裡去。

丁靈琳忍不住大聲道：「你看什麼？難道你從來也沒看過女人？」

這人笑了，用腳尖踢了踢傅紅雪，道：「他是你的什麼人？」

丁靈琳道：「你管不著。」

這人道：「他就是那個一腳踢垮了關東萬馬堂的傅紅雪？」

丁靈琳道：「你怎麼知道？」

這人道：「我本來就是來找他的。」

丁靈琳忍不住問道：「找他幹什麼？」

這人道：「我本想找他去替我做件事……替我去殺個人。」

他又笑了笑，接著道：「但現在看來他已只有等著別人殺他了。」

丁靈琳勉強控制著自己，冷笑道：「你若真的有這種想法，一定會後悔。」

這人笑得更陰險，悠然道：「我不但真的有這種想法，還有另外一種想法。」

丁靈琳又忍不住再問：「什麼想法？」

這人笑道：「男人看見一個你這麼漂亮的女人赤裸著胸膛躺在他面前，他心裡會有什麼想法，我不說你也應該知道。」

丁靈琳突然全身冰冷，失聲道：「你敢？」

這人悠然道：「我爲什麼不敢，就算傅紅雪現在還能夠拔他的刀，我也不怕。」

丁靈琳道：「你……你真的不怕？」

這人道：「他若知道我是什麼人，說不定會自動把你讓給我的。」

丁靈琳道：「你憑什麼？」

這人道：「我只憑一樣東西，一樣傅紅雪連做夢都想得到的東西。」

他微笑著，用刀尖去撥丁靈琳緊拉著衣襟的手，接著道：「就憑這樣東西，我不但敢想，而且敢做，你若不信，我現在就可以做給你看。」

丁靈琳幾乎已忍不住要失聲大叫起來，她的手已不能不鬆開。

就在這時忽然看見一樣東西從外面飛進來，打在這人因微笑而露出的牙齒上。

只聽「格」的一響，這人的門牙已然被打破了兩三顆。

這樣東西隨著碎裂的牙齒落下來，竟是粒還沒有剝殼的花生。

這人面色驟然改變，一隻手掩住了嘴，一隻手揚起了刀。

丁靈琳看到地上的花生，臉色也已變了，忍不住失聲驚呼道：「路小佳！」

路小佳也是她現在最不願看見的人之一，爲什麼他也偏偏來了？

她的運氣爲什麼會忽然變得如此壞。

山洞外還是雲霧淒迷，一片黑暗，一個人帶著笑說道：「這世上並不一定只有路小佳才能吃花生的，不吃花生的倒很難找出幾個。」

一個人微笑著，施施然走了進來，穿得很隨便，笑得很輕鬆，看他的樣子，就算是天塌下來，他好像也不會在乎。

看到了這個人，丁靈琳只覺得那悶死人的濃雲密霧彷彿已忽然消散了，那愁煞人的秋風秋雨也彷彿忽然停了。

現在就算是天真的塌了下來，她也已不在乎，因爲這個人就是葉開。

只要能看見葉開，這世上還有什麼事值得她在乎的。

她心裡忽然充滿了溫暖之意，臉上也忍不住露出了甜蜜的笑容，卻故意要板起臉，道：「你死到哪裡去了，怎麼直到現在才來？」

葉開嘆了口氣，道：「我本來也想早點來的，卻又不能眼看著你那位寶貝二哥躺在地上生氣，不管怎麼樣，他畢竟是你的二哥。」

丁靈琳就算還想生氣，也氣不出了，忍不住笑道：「你本來就應該對他好一點，因爲他遲早總有一天要做你的大舅子的。」

葉開看著她，皺了皺眉，道：「可是你們丁家的人爲什麼總喜歡躺在地上呢？」

丁靈琳道：「你自己說過的，一個聰明人能躺下去的時候，是絕不會坐著的。」

葉開也笑了，道：「不錯，有道理。」

他看了看傅紅雪，又看了看那個高舉著鋼刀的人，道：「你們都是聰明人，但這位仁兄爲什麼還不肯躺下去，這樣子站著豈非太累？」

丁靈琳眨了眨眼，道：「所以你應該勸勸他，要他不如還是躺下去的好。」

葉開點了點頭，道：「不錯，有道理。」

這人的嘴已閉起，嘴角還在流著血。

他本就是個老江湖、老狐狸，當然知道能用一顆花生打落門牙的人，絕不是好惹的。

但現在葉開又正背對著他，再難惹的人，背上也絕不會長著眼睛。

他的刀又恰巧正對著葉開的脖子，這機會實在難得，錯過實在可惜。

他突然揮刀，直砍葉開的脖子。

誰知道葉開背後偏偏像是長著眼睛，突然回身，指尖輕輕在這人握刀的手腕上一劃。

這人的刀忽然間就已到了他手裡。

葉開看著這把刀，輕撫著刀鋒，微笑道：「看來這也是把快刀。」

這人的臉已僵硬，想勉強笑笑，但笑起來卻比哭還難看。

葉開道：「這麼快的刀無論砍在誰的脖子上，他的腦袋都一定會掉下來，你信不信？」

他提著刀在這人脖子上比了一比，微笑著道：「你若不信，倒也不妨試試。」

這人一張白裡透青的臉，已嚇得全無人色，吃吃道：「不……不必試了。」

葉開道：「你相信？」

這人道：「當……當然相信，誰不信，誰就是龜孫子。」

葉開大笑。

這人忽又問道：「閣下上山時，有沒有看見在下的朋友們？」

葉開又點點頭，道：「我看他們好像都已累得很，所以勸他們不如躺下去休息休息的好。」

這人臉色又變了變，苦笑道：「其實我……我也已累得很。」

葉開道：「既然累得很，爲什麼還不躺下去？」

這人什麼話都不再說，走到角落裡，直挺挺的躺了下去。

丁靈琳忍不住嫣然一笑，道：「看來他倒也是個聰明人。」

葉開嘆了口氣，道：「這年頭的笨人本來就已不多的。」

丁靈琳道：「只可惜我跟你一樣，我們雖然不太笨，也不太聰明。」

葉開道：「我知道你也想站起來走走了，躺得太久，也會累的。」

丁靈琳抿著嘴笑道：「所以你也正好乘機來揩油，捏捏我的大腿。」

葉開又嘆了口氣，道：「我只奇怪你二哥點你穴時，爲什麼不順便把你的嘴也一起點住呢？」

丁靈琳道：「因爲他知道我要咬死你。」

傅紅雪的身子雖然漸漸已能伸直，卻還在不停的喘息著。

葉開看著他，黯然道：「這麼樣一個人，為什麼會有這樣的病？」

丁靈琳已站了起來，正彎著腰在捏自己的腿，也不禁嘆道：「他的確是個很可憐的人，但有時卻又偏偏要叫人覺得他很可怕。」

她忽又問道：「你知不知道他為什麼要把我架到這裡來？」

葉開搖頭。

丁靈琳道：「他以為你殺了翠濃。」

葉開皺起了眉，道：「翠濃已死了？」

丁靈琳道：「她的墳墓就在外面，傅紅雪親手埋葬了她。」

葉開嘴角的微笑忽然不見了。

丁靈琳瞪著他，道：「究竟是不是你殺了她的？」

葉開道：「你也要問我這種話？」

丁靈琳嘆道：「我當然知道你絕不會做這種事的，可是你的刀為什麼會到了他手上？」

葉開道：「我的刀？……」

丁靈琳還沒有說話，已看見了有刀光一閃。

葉開一伸手，閃電的刀光已到了他手上——一柄飛刀，薄而鋒利。

他抬起頭，就看見了傅紅雪。

傅紅雪站起來時，就像是幽靈忽然從地下出現，煙霧忽然從地下升起。

火光已微弱，他看來更蒼白、更憔悴、更疲倦。

可是他眼睛的憤怒和仇恨卻比火焰更強烈。

他手裡緊緊的握著他的刀，目光刀鋒般瞪著葉開，一字字道：「這是不是你的刀？」

葉開沒有回答，不能回答。

這柄刀的確和他用的刀完全一樣，但這柄刀卻絕不是他的。

能用這種刀殺人的人雖然不多，卻也並不是完全沒有。

但是他實在想不出有誰能倣造這種刀，而且還打造得完全一模一樣。

世上幾乎根本就沒有人看過他用的這種刀。

傅紅雪還在瞪著，等著他回答！

葉開終於忍不住嘆了口氣，苦笑道：「我用這把刀殺了誰？」

傅紅雪道：「你殺了郭威的孫子，又殺了王大洪。不是嗎？」

葉開道；「王大洪？」

傅紅雪道：「你叫王大洪殺人，然後你殺了他滅口。」

葉開道：「翠濃就是死在他手上的？」

傅紅雪道：「他用的是毒劍，但你的手段卻比他的劍還毒！」

葉開又嘆了口氣，苦笑道：「看來我現在就算否認，你也是絕不會相信的。」

傅紅雪道：「絕不會。」

葉開道：「可是你有沒有想過，我爲什麼要殺翠濃呢？」

傅紅雪道：「你真正要殺的並不是翠濃，是我。」

葉開道：「是你？我爲什麼要殺你。」

傅紅雪還沒有開口，躺在地上的那個人突然跳起來，大聲道：「因爲你已經被萬馬堂收買了，我恰巧在無意間聽見他透露過口風。」

傅紅雪霍然轉身，盯著這個人，厲聲道：「你是什麼人？」

這人道：「我姓白，賤名白健，江湖中人卻都叫我白面郎君。」

傅紅雪道：「你見過馬空群？」

白健道：「天天都可以見到。」

傅紅雪動容道：「他在哪裡？」

白健白了葉開一眼，道：「你先殺了他，我隨時都可以帶你去。」

傅紅雪的臉突又因激動而發紅。

無數日辛苦的找尋，竟忽然在無意間得到結果，無數年的刻骨銘心，像毒蛇般糾纏著他的仇恨，現在忽然又有了報復的希望。

老天保佑，馬空群總算還活著，總算還沒有死在別人手裡。

傅紅雪緊握雙手，滿眶熱淚幾乎已忍不住要奪眶而出。

白健道：「我到這裡來，本就是爲了要帶你去找馬空群的，可是他……」

傅紅雪突然打斷了他的話，道：「他本就已非死不可！」

白健吐出口氣，目中已露出笑意。

但就在這刹那間，他眼前忽然有刀光一閃，一縷寒風貼著他耳朵擦了過去。

接著只聽「奪」的一聲，火星飛濺，一柄飛刀釘在他身後的山壁上，薄利的刀鋒竟已入石兩寸。

白健突然覺得兩腿發軟，竟似已連站都站不住了。

這柄刀本來明明在葉開手上，他竟未看見葉開是如何出手的。

甚至傅紅雪都未看見這柄刀是如何出手的，他臉色似也變了。

葉開淡淡道：「我若真的已被萬馬堂收買，這個人現在已經是個死人。」

傅紅雪遲疑著，突又冷笑，道：「你當然不會在我面前殺人滅口。」

葉開道：「你相信他的話？」

傅紅雪道：「只相信我親眼看見的事，我……我親眼看見翠濃在我面前倒了下去。」

葉開道：「你真的要殺了我替她報仇？」

傅紅雪不再說話，因爲現在又已到了無話可說的時候。

他的刀已出鞘。

刀光一閃，比閃電更快，比閃電可怕。

沒有人能形容他這一刀，他一刀出手時，刀上就彷彿帶著種來自地獄的力量。

從來也沒有人能避開他這一刀。

可是葉開的人已不見。

傅紅雪一刀揮出時，他的人忽然已到三丈外，壁虎般貼在山壁上。

就在刀鋒還未離鞘的那一瞬間，他的身子已凌空飛起，倒翻了出去。

傅紅雪拔刀的動作幾乎已接近完美，若是等到他的刀已離鞘，就沒有人再能避開那一刀。

葉開的身子，看來就像是被刀風送出去的。

看來他竟像是早已知道會有這一刀，早已在準備閃避這一刀。

他閃避的動作，也已接近完美。

只有傅紅雪自己才知道他這一閃是多麼完美，多麼巧妙。

他握刀的手掌，突然沁出了冷汗。

葉開看著他，突然道：「這樣子不公平。」

傅紅雪道：「不公平？」

葉開道：「你殺了我，我死而無怨，可是我若萬一殺了你呢？」

丁靈琳立刻搶著道：「你若死了，還有誰會替你去找馬空群報仇？你難道已將那段仇恨忘了？」

傅紅雪怎麼能忘得了！

他對葉開的仇恨雖然新鮮而強烈，可是對馬空群的仇恨，卻已像毒草般久已在他心裡生了根。

就算他的心已碎成千千萬萬片，每一片上都還是會帶著這段仇恨。

他活著，本就是爲了這段仇恨，就算他想忘記，也是忘不了的。

刀已出鞘。

刀鞘漆黑，刀鋒卻也是蒼白的，就好像他的臉一樣，蒼白而透明。

他緊緊握著刀，竟不知這第二刀是不是還應該砍出去。

白健用力咬著牙，眼睛裡已因緊張興奮而佈滿了血絲。

他也已看出了傅紅雪的猶豫，他認爲葉開若不死，他就得死。

平時他本是個陰沉狡猾，很有判斷力的人，但這種生死間可怕的壓力，卻使他做出了件很愚蠢的事。

他忽又大聲道：「你爲什麼還不動手？剛才你倒在地上時，若不是我救你，他已殺了你，你難道還給他第二次機會？」

他自己認爲他的話說得很有煽動力，他自己若在傅紅雪這種情況下，聽見了這些話，是絕不會放過對方的。

可是他錯了，他忘記傅紅雪和他並不是同一種人，絕不是！

傅紅雪竟忽然轉身，刀鋒般的目光已盯在他臉上，一字字問道：「你剛才救過我？」

白健立刻用力點頭。

傅紅雪道：「爲什麼要救我？」

白健道：「因爲我要你去殺了馬空群，馬空群一日不死，我也一日不能安心。」

這解釋也極合情合理，他自己也很得意。

誰知傅紅雪卻突然冷笑，道：「現在我只有一點還不明白。」

白健道：「哪一點？」

傅紅雪冷冷道：「他若真的要殺我，就憑你也能救得了我？」

白健突然怔住。

他終於明白，這少年雖然是個殘廢，雖然有種隨時都可能發作的惡疾，但他卻絕不是他想像中那種幼稚愚蠢的人。

直到現在，他才發現自己做了件多麼愚蠢的事。

傅紅雪冷冷的看著他，看著冷汗一粒粒從他額角上滴出來，那眼色就像是看著條已被人趕到垃圾堆裡的野狗一樣。

他已不願再多看這個人一眼，目光垂下，凝視著自己手裡的刀，冷冷道：「我本該殺了你的。」

白健也在看著他的刀，全身都在發抖。

傅紅雪道：「可是你這種人根本就不配我出手。」

白健的人突然軟癱，倒在山壁上，無論誰剛從死亡邊緣爬回來，都難免會像他一樣虛脫。

傅紅雪慢慢的接著道：「我不殺你，你最好也不要逼我。」

白健道：「我……我明白。」

傅紅雪道：「馬空群真的還活著？」

白健道：「絕不假。」

傅紅雪道：「你是想活著帶我去？還是想死在這裡？這兩條路你都可以走。」

他不再多說一個字，也不再多看這個人一眼。

他已算準了這種人會怎麼樣選擇——事實上，他已根本沒有選擇的餘地。

葉開正看著他，目中帶著種欣慰的笑意，忽然道：「看來你的確已進步了很多。」

傅紅雪還在看著自己的刀。

刀鋒愈磨愈利，人又何嘗不一樣？這世界上大多數人豈非都是在痛苦中成長的？

自從失去了翠濃後，他忽然第一次感覺到對自己又有了信心。

他抬起頭，凝視著葉開道：「今天我可以讓你走，但我們之間的帳，卻遲早還是要結清。」

葉開道：「我知道。」

傅紅雪道：「什麼時候？什麼地方？我都可以讓你決定。」

葉開道：「時候和地方已用不著再訂。」

傅紅雪道：「爲什麼？」

葉開道：「因爲我反正沒有事，我可以跟你去。」

傅紅雪冷笑，道：「我只要看見馬空群，世上絕沒有任何人再能救他。」

葉開道：「我並不想去救他，可是，我的確很想去看看。」

傅紅雪道：「先看我殺馬空群，再等著我殺你？」

葉開笑了，微笑著道：「你那時若是萬一不想殺我了，我也不反對。」

傅紅雪冷冷道：「你可以去看，可以去等，可是這一次無論是我殺了他，還是他殺了我，你最好都不要多事。」

葉開道：「我答應。」

傅紅雪目中又露出痛苦之色，道：「在路上時，你最好走得遠些，最好不要讓我看到你們。」

他已不願再看見任何成雙成對的人，他寧願孤獨；有種痛苦在孤獨中反而比較容易忍受。

葉開當然明白他的心情，忽又笑了笑，道：「其實你根本不必要這個人帶路的。」

傅紅雪道：「爲什麼？」

葉開道：「因爲我已想出了他的來歷。」

傅紅雪道：「哦。」

葉開道：「他是龍虎寨的人，馬空群想必一直隱藏在龍虎寨。」

白健的臉突然發青，這已無異說明馬空群的確在龍虎寨。

他活著對別人已完全沒有價值。他認爲葉開已絕不會再放過他，可是他又錯了；他忘了葉開跟他也不是同一種人，絕不是。

丁靈琳忽然看著他笑了笑，道：「你放心，他們雖然已不要你帶路，也不會殺你的，因爲他們都不是心狠手辣的人。」

白健擦了擦汗，道：「我……我知道他們都是好人的。」

丁靈琳微笑道：「他們的確是的，但我卻不是。」

白健的臉又發青，道：「你……你……」

丁靈琳淡淡道：「我只不過是個女人，女人總比較小心眼的，所以你以後最好記住，無論什麼人都可以得罪，卻千萬不要得罪女人。」

白健汗出如雨，吃吃道：「我以後一定……一定記住。」

丁靈琳道：「你真的一輩子也不會忘記？」

白健道：「真的。」

丁靈琳嘆了口氣，道：「只可惜你的話我一句也不相信。」

去。

白健道：「你……你要怎樣才相信。」

丁靈琳忽然沉下了臉，道：「我只有一個法子。」

白健看到她的臉色，忽然明白她說的是什麼法子了，他突然用出最後一點力氣，衝了出去。

這次他沒有錯。他雖然不了解英雄和君子，卻很了解女人。

他衝出去時，忽然聽見腦後響起了一陣清悅的鈴聲，優美而動聽。

這就是他最後聽見的聲音。

夜色更深。夜色最深時，也正是接近黎明最近的時候。

傅紅雪看著白健在黑暗中倒了下去，回頭瞪著葉開，冷冷道：「你不該讓他死的。」

葉開嘆了口氣，苦笑道：「他也不該得罪女人。」

傅紅雪道：「馬空群若不在龍虎寨呢？」

葉開道：「他一定在。」

可是葉開這次也錯了。

馬空群已不在龍虎寨，龍虎寨裡已沒有人；沒有一個活人。

地上的血已凝結，血泊中的屍體也已冰冷僵硬。

葉開並不是沒有見過鮮血和死人，但現在卻也覺得忍不住要嘔吐。

傅紅雪緊握著他的刀，緊握著他的手。他幾乎已開始嘔吐，可是他用盡了一切力量忍住。

他不忍再看，卻用盡一切力量勉強自己看。——十九年前梅花庵外的情況，是不是就跟現在一樣？

他恨馬空群，但卻從未像現在這麼恨過。因爲這本是他第一次親眼看見馬空群手段的殘暴狠毒。

也不知過了多久，葉開才長長嘆息，道：「他想必已發現白健去找你了，所以才下這種毒手。」

傅紅雪沒有開口。他不能開口，只要一開口，就必將嘔吐。

葉開蹲下來，用兩根手指捏起了一撮帶血的泥土。泥土還是濕的。

陽光照不到這裡，血雖已凝結，卻還沒有乾透——這是不是因爲血中還有淚？

葉開沉吟著，道：「他走了好像還沒有多久。」

丁靈琳已轉過身，用手掩住了臉，忽然道：「但又有誰知道他是從哪條路走的呢？」

葉開道：「沒有人知道。」

他遙視著遠方，目光中竟似也充滿了憤怒，過了很久，才慢慢的接著道：「我只知道，像他這種人，無論往哪條路走，都走不遠的。」

丁靈琳道：「爲什麼？」

葉開道：「因爲所有的路，都一定很快就會被他走光了。」

一個人就算已走光了所有的路，就算已無路可走時，也不會停下來的。

因爲他還有一條路走。

絕路！沒有人願意自己走上絕路的。

可是你若真的不願意，也沒有人能逼你走上絕路，唯一能使你走上絕路的人，就是你自己！

四二 絕路絕刀

山路很窄，陡峭，嶙峋，有的石塊尖銳得就像是椎子一樣。

可是前面還有路。

一片濃蔭，擋住了秋日正午惡毒的陽光，馬空群摘下了頭上的馬連坡大草帽，坐在地上，倚著樹幹不停的喘息。

他想用草帽來搧搧風，但手臂卻忽然變得說不出的痠疼痳木，竟似連抬也抬不起來。

以前他不是這樣子的。

以前他無論殺了多少人，都不會覺得有一點疲倦，有時殺的人愈多，精神反而愈好。

以前他甚至會覺得自己是個超人，是個半神半獸的怪物，總覺得自己的力量是永遠也用不完的。

現在他終於明白自己也只不過是個人，是個滿身疼痛，滿懷憂慮的老人。

「我爲什麼也會跟別人一樣，也會變得這麼老？」

老，本就是件很令人傷感的事，可是他心裡卻只有憤怒和怨恨。

現在他幾乎對每件事都充滿了憤怒和怨恨。

他認爲這世界對他太不公平。

他辛苦掙扎奮鬥了一生，流的血和汗比別的人十個加起來還多。

但現在他卻要像一隻被獵人追逐的野獸一樣，不停的躲閃，逃亡……他曾擁有過這世上最大的一片土地，但現在卻連安身的地方都沒有。

他也曾經有過這世上最優秀的馬群，但現在卻只能用自己的兩條腿奔逃，連腳都被石頭扎出了血。他當然憤怒、怨恨，因爲他從來也沒有想過。

這結果是誰造成的。

也許他根本不敢想。

沈三娘就在他對面，坐在一個很大的包袱上，也在喘息著。

她一向是個很懂得修飾的女人，但現在身上卻到處都沾滿了血污，塵土，泥沙，腳上的鞋子也快磨穿了，連腳底都在流著血。

她整個人都顯得很虛弱，因爲她剛才還嘔吐過——她剛從頭髮裡找出一個人的半邊下顎。

有風吹過的時候，她身上就會覺得一陣寒意。

那並不是因爲冷，而是因爲恐懼。

她前胸的衣裳已裂開，只差一分，獨眼龍的刀就已剖開她的胸膛。

可是她心裡並沒有怨恨。

因爲這本是她自找的，怨不得馬空群，更怨不得別人。

她知道馬空群正在看著她，平時他看著她的時候，她總會對他嫣然一笑。

但現在她卻還是垂著頭，看著自己從裂開的衣襟中露出的胸膛。

馬空群忽然嘆了口氣，道：「包袱裡還有衣裳，你爲什麼不換一件？」

沈三娘道：「好，我就換。」

但她卻沒有換，連動都沒有動。

平時馬空群無論說什麼，她都只有順從，無論要她做什麼，她都會立刻去做。

馬空群凝視著她，過了很久，才慢慢的問道：「你在想什麼？」

沈三娘道：「我什麼也沒有想。」

馬空群道：「但是你看來好像有心事。」

沈三娘淡淡道：「就算我有心事，也並不一定要告訴你的。」

馬空群嘴角的肌肉突然僵硬，就像是忽然被人摑了一巴掌。

這女人也許欺騙過他，甚至出賣過他，但卻從來沒有像現在這樣當面頂撞過他，更沒有違背過他的意思，連一次都沒有。

這是第一次。

只不過他已是個老人了，已學會把女人當做馬一樣看待。

他當然不會像年輕人那樣，衝過去揪住她的頭髮，問她爲什麼變了。

他只是笑了笑，道：「你累了，去洗個臉，精神也許就會好些的。」

林外有流水聲，用不著走多遠，就可以找到很清冽的泉水。

可是她沒有動。

馬空群又看了她一眼，慢慢的閉上眼睛，已不準備再理她。

「不理她。」

這三個字豈非正是對付女人最好的法子。

她生氣時，你不理她，她要跟你吵，你不理她，她向你要東西，你不理她，她要錢花，無論要什麼，你都不理她。

她拿你還有什麼辦法。

只可惜這法子並不是每個人都能做得到的，就連馬空群都不見得真的能做到。

沈三娘忽然道：「你剛才問我心裡在想什麼，我本來不想說的，但現在卻已到了非說不可的時候。」

馬空群道：「你說。」

沈三娘道：「你不該殺那些人的。」

馬空群道：「我不該殺他們？」

沈三娘道：「你不該！」

馬空群並沒有張開眼睛，但眼睛卻已在跳動，過了很久，才緩緩道：「我殺他們，只因爲他們出賣了我，無論誰出賣了我，都只有死！」

沈三娘用力咬著嘴唇，彷彿在盡力控制著自己，卻還是忍不住道：「難道那些人全都出賣了你，難道那些女人和孩子也出賣了你？你爲什麼一定要把他們全都斬盡殺絕。」

馬空群冷冷道：「因爲我要活下去。」

沈三娘突然冷笑，道：「你要活下去，別人難道就不要活下去？——我們若要走，他們絕不會有一個人來阻攔的，你爲什麼一定要下那種毒手？」

馬空群的雙拳突然握緊，手背上已暴出青筋，但過了半晌，又慢慢的鬆開，慢慢的站起來，走出了樹林。

泉水冷而清冽。

馬空群蹲下去，用雙手掬起了一捧清水，泉水流過他手腕時，他心情才漸漸平靜。

無論誰都覺得他是個冷靜而沉著的人，比任何人都沉著冷靜。

只是他自己知道，他怒氣發作時，有時就連他自己都無法控制自己。

沈三娘已跟著走出來，站在他身後，看著他。

他的背脊仍然挺直，腰仍然很細，從背後看，無論誰也看不出他已是個老人。

就連沈三娘都不能不承認，他的確是個與眾不同的男人，她本是爲了復仇，才將自己獻給他的，但當他佔有她時，她卻忽然感覺到一種從來未有的滿足和歡愉。

這種感覺她從未在別的男人身上得到過，「難道我就是因爲這緣故，才跟著他走的？」

她從未這麼樣想過，現在一想到，忽然覺得全身發熱。

馬空群當然知道她來了，卻沒有回頭。

過了這條清泉，山路就快走完了，從這裡已可看見前面一片廣大的平原。

平原上阡陌縱橫，就像是棋盤一樣。

馬空群眺望著遠方，緩緩道：「到了山下，我們就可以找到農家借宿一宵……」

沈三娘突然打斷了他的話，道：「然後呢，然後你準備怎麼樣？」

馬空群沉默著，過了很久，才緩緩道：「你是在問我準備怎麼樣？還是在問我們準備怎麼樣？」

沈三娘用力握緊了雙手，道：「是問你，不是問我們。」

馬空群的身子突然僵硬。

沈三娘並沒有看他，突又冷笑，道：「你是不是也準備將那家人殺了滅口？」

馬空群霍然回身，凝視著她，緩緩道：「一個人在逃亡時，有時就不得不做一些連他自己都覺得噁心的事，可是我並沒有叫你跟著我，我從來也沒有。」

沈三娘垂下了頭，道：「是我自己要跟著你的，我本來已下了決心，無論你要到哪裡去，我都會跟著你，你活著，我就活著，你死，我就死！」

她的聲音已哽咽，淚已流下，接道：「我本來已決心把我這一輩子都交給你了，因爲我……我覺得對不起你，因為我覺得不管你以前做過什麼事，你都是條男子漢，但現在……現在……」

馬空群道：「現在怎麼樣？」

沈三娘悄悄的擦了擦眼淚，道：「現在你已變了。」

這句話說出來，她心裡忽然一陣刺痛。

因為連她自己都不知道，究竟是馬空群變了，還是她自己變了。

馬空群卻只是靜靜的看著她，臉上完全沒有任何表情。

這是不是因為他早已了解，這世上根本就沒有不變的女人，更沒有不變的感情。

何況，無論誰過了這麼久終日在逃亡恐懼的生活，都難免要改變的。

馬空群終於慢慢的點了點頭，道：「好，來，是你自己要跟著我來的，我並沒有要求，現在你自己要走，我當然更不能勉強。」

沈三娘垂著頭，道：「我也仔細想過，我走了，對你反而有好處。」

馬空群淡淡的笑了笑，道：「謝謝你，你的好意我知道。」

「謝謝你」，這三個字雖然說得平淡，但沈三娘卻實在受不了。

在這一瞬間，她心裡忽然又充滿了慚愧和自疚，幾乎忍不住又要改變主意。

不管他是個怎麼樣的人，也不管他做過多少對不起別人的事，卻從來也沒有虧負過她。

她總是欠他的，現在他若拉起她的手，叫她不要離開他，她一定會毫不猶豫的跟著他走。

但馬空群卻只是淡淡問道：「以後你準備到哪裡去？有什麼打算？」

沈三娘咬著唇，道：「現在還沒有，也許……也許我會先想辦法去存點錢，做個小本生意，也許我會到鄉下去種田。」

馬空群道：「你能過那種日子？」

沈三娘道：「以前我當然不能，但現在，我只想能安安靜靜，自由自在的活兩年，就算死了也沒什麼關係。」

馬空群道：「若是死不了呢？」

沈三娘道：「死不了我就去做尼姑。」

馬空群又笑了，道：「你用不著對我說這種話，我知道你絕不是肯去做尼姑的人，其實你年紀還輕，應該再去找個男人的，找個比較年輕，比較溫柔的男人，我配你的確太老了些。」

他雖然在微笑著，但眼睛裡卻已露出種憤怒嫉妒的表情。

沈三娘並沒有看他，輕輕的嘆了口氣，道：「我絕不會再去找男人了，我……」

馬空群打斷了她的話：「也許你不會去找男人，但卻一定還是有男人會去找你的。」

沈三娘沉默著，幽幽道：「也許……未來的事，本就沒有人能預料。」

馬空群冷冷道：「其實我很了解你，像你這樣的女人，只要三天沒有男人陪你睡覺，你根本連日子都活不下去。」

沈三娘霍然抬起頭，吃驚的看著他。

她永遠沒有想到他忽然會對她說出這麼粗魯，這麼可怕的話。馬空群的眼睛也已因憤怒而發紅。

他本來想勉強控制自己，做一個好來好散，很有君子風度的人，但是他只要一想到她在床上的風情，想到她以後跟別的男人在床上時的情況，想到那些年輕的，像狗一樣爬在她身上的男人……他忽然覺得心裡就好像在被毒蛇咬著，突又冷笑道：「所以我建議你還是不如去做婊子，那樣你每天都可以換一個男人。」

沈三娘全身都已冰冷，剛才的慚愧和自疚，忽然又全都變成了憤怒，忽然大聲道：「你這種建議的確很好，我很可能去做的，只不過一天換一個男人還太少，最好能換七八個……」

她的話沒有說完，馬空群突然一掌摑在她臉上，隨手揪住了她的頭髮，恨恨道：「你……你再說一句，我就殺了你。」

沈三娘咬著牙，冷笑道：「你殺了我最好，你早就該殺了我的，也免得我再跟你睡這麼多天，讓我一想到就噁心。」

她知道是不能用別的法子傷害他，只有用這些惡毒的話。

馬空群的拳已握緊，握起。

沈三娘目中也不禁露出恐懼之色，她知道這雙拳頭的可怕。

世上也許再沒有更可怕的拳頭了，只要一拳擊下，她的這張臉立刻就要完全扭曲，碎裂。

可是她並沒有哀求。

她還是張大了眼睛，瞪著他。

她甚至可以看見他臉上的皺紋，每一根都在顫抖跳動，甚至可以看見冷汗一粒粒從他毛孔中沁出來。

馬空群也在瞪著她，也不知過了多久，忽然長嘆了一聲，緊握著的拳頭又鬆開。

也許他真的已老了，他的臉忽然變得說不出的衰老、疲倦。

他揮了揮手，黯然道：「你走吧，趕快走，最好永遠也不要讓我再看見你，最好……」

他的聲音突然停頓。

他忽然看見刀光一閃，從沈三娘背後飛來。

沈三娘的臉突然扭曲變形，一雙美麗的眼睛也幾乎凸了出來，眼睛裡充滿了驚訝、恐懼、痛苦。

她伸出手，像是想去扶馬空群。

可是馬空群卻向後退了一步。

她喉嚨「格格」的響，像是想說什麼，可是她還沒有說出來，就已倒下。

一柄飛刀釘在她背上，穿透了她的背脊。

一柄飛刀！

馬空群看著這柄刀，開始時也顯得憤怒而驚訝，但忽然就變得說不出的恐懼。

他本來是想去扶她的，卻又突然退縮，頭上的冷汗已雨點般流下來。

山風吹過，木葉蕭蕭。

飛刀本是從林中發出的，但現在黝暗的樹林裡卻聽不見人聲，也看不見人影。

馬空群一步步往後退，一張臉竟也因恐懼而變形，突然轉身，一掠而起，越過了泉水，頭也不回的衝了下去。

沈三娘伏在地上，掙扎著、呻吟著。

可是他卻連看都沒有看一眼。

聽著他的腳步聲衝下山，她的心也沉了下去。

她知道他陰沉而兇險，有時很毒辣，殘忍。

但她卻從未想到他竟也是個懦夫，竟會眼看著她被人暗算，竟連問都不問就逃了。

她心裡忽然覺得有種無法形容的悲哀和失望，這種感覺甚至比她背後的刀傷還強烈。

直到現在，她才真正覺得自己這一生是白活了，因爲她竟將自己這一生，交給了這麼一個男人。

鮮血從她嘴角沁出時，她的淚也流了下來。

就在這時，她聽見一個人的腳步聲，也聽見了這人的嘆息聲。

「想不到馬空群竟是這麼樣一個男人，就算他不能替你報仇，至少也該照顧照顧你的，可是他卻逃得比狗還快。」

聽聲音，這是個很年輕的男人，是個陌生的男人。

就是這個人從背後暗算她的？

「你雖然是死在我手上的，但卻應該恨他，因爲他比我更對不起你。」

果然是這個人下的毒手。

沈三娘咬著牙，掙扎著，想翻過身去看這個人一眼，她至少總應該有權看看用刀殺她的究竟是什麼人？

但這個人的腳卻已踏在她背上，冷冷的笑著道：「你若是想看看我，那也沒有關係，因爲你反正也認不出我是什麼人的，你以前根本就沒有見過我。」

沈三娘用盡全身力氣，嘶聲道：「那麼你爲什麼要害我？」

這人道：「因爲我覺得你活著反正也沒什麼意思，不如還是死了的好！」

沈三娘咬著牙，連她自己都不能不承認，剛才她心裡的確有這種感覺。

這人又道：「我若是個女人，若是跟了馬空群這種男人，我也絕不想再活下去，只不過……死，也有很多種死法的。」

「……」

「你現在還沒有死，所以我不妨告訴你，有時死了反而比活著舒服，但卻要死得快，若是慢慢的死，那種痛苦就很難忍受了。」

沈三娘掙扎著，顫聲道：「你……你難道還想折磨我？」

這人道：「那就得看你，只要你肯說實話，我就可以讓你死得舒服些。」

沈三娘道：「你要我說什麼？」

這人的手，從地上提起了那大包袱，道：「這包袱雖不小，但萬馬堂的財產卻絕不止這些，你們臨走時，把那些財產藏到什麼地方去了？」

沈三娘道：「我不知道，真的不知道。」

這人悠然道：「你只要再說一句『不知道』，我就剝光你的衣服，先用用你，然後再挑斷你的腳筋，把你賣到山下的土娼館去。」

他微笑著，又道：「有的男人並不挑剔，殘廢的女人他們也一樣要的。」

沈三娘全身都已冰冷。

這人說話的聲音溫柔而斯文，本該是個很有教養的年輕人。

但他說的話，做的事，卻比野獸還兇暴殘忍。

這人道：「我現在再問你一句，你知不知道？」

沈三娘道：「我……我……」

忽然間，山林那邊傳來了一陣清悅的鈴聲。

一個很好聽的少女聲音在說：「我知道他一定是從這條路走的，我有預感。」

有個男人笑了。

那少女又大聲道：「你笑什麼？我告訴你，千萬不要小看了女人的預感，那有時的確比諸葛亮算的卦還要靈。」

這聲音沈三娘也沒有聽過，但是那男人的笑聲卻很熟悉。

她忽然想起這個人是誰，她的心跳立刻加快。

然後她就忽然發現，用腳踩著她背脊的那個人，已忽然無蹤無影。

葉開從林中走出來的時候，也沒看見第二個人——只看見了一個女人倒在泉水旁。

他當然也看見了這女人背上的刀。

人還活著，還在喘息。

他衝過來，抱起這女人，突然失聲而呼道：「沈三娘！」

沈三娘笑了，笑得說不出的悲哀淒涼。

她本來實在不願意在這種情況下看見葉開，但是看見了他，心裡又有種說不出的溫暖。

她呻吟著，忽然曼聲而吟：

「天皇皇，地皇皇。人如玉，玉生香，萬馬堂中沈三娘……」

她笑得更淒涼了，輕輕的問道：「你還記不記得這歌？」

葉開當然記得。

這本是那天晚上，他在那無邊無際的大草原中，看到沈三娘時，隨口唱出來的。

他想不到沈三娘直到現在還記得。

沈三娘悽然道：「你一定想不到我還記得吧，那天晚上你……」

葉開笑了，笑得也很淒涼，道：「我只記得那天晚上陪我喝酒的不是你。」

沈三娘嫣然道：「我也記得，那天晚上你根本沒有到那裡去過。」

掙扎著說完了這句話，鮮血立刻又從她嘴角湧出。

葉開輕輕的用指尖替她擦了擦，心裡又悲傷，又憤怒，忍不住問道：「這也是馬空群下的毒手？」

沈三娘道：「不是他！」

葉開道：「不是他是誰？」

沈三娘喘息著，道：「是個年輕人，我連看都沒有看見他。」

葉開道：「但你卻知道他是個年輕人。」

沈三娘道：「因爲我聽見了他的聲音，他剛才還在逼我，問我知不知道馬空群的財產藏在哪裡，聽見了你們的聲音他才走的。」

葉開道：「馬空群呢？」

沈三娘道：「他也走了，就像是忽然看見了鬼一樣，逃下山去……」

葉開皺眉道：「他爲什麼要逃？他看見了什麼？」

沈三娘咬著牙，道：「他一定以爲你們追上來了，他……」

葉開的眼睛突然亮了起來，失聲道：「他一定看見了你背上的刀。」

三寸七分長的刀。

飛刀！

葉開撕下了一片衣襟，用他身上帶的金創藥，塞住了沈三娘的傷口。

然後他就拔出了這柄刀。

薄而利的刀鋒，在太陽下閃著亮，光芒刺進了傅紅雪的眼睛。

他的臉色立刻變了，就好像真的被刺了一刀。

葉開忽然回頭，看著他，道：「你當然見過這種刀的。」

傅紅雪臉色的蒼白度又接近透明了，過了很久，才慢慢的點點頭。

他不能不承認。

第一次看見這種刀，是在李馬虎的雜貨店，第二次看見這種刀，是在那已被血洗過的長街上，第三次看見這種刀，是在那令他心都粉碎了的暗室中，在他那身世淒涼的情人屍身旁。

每一次他都記得清清楚楚，甚至只要一閉起眼睛，就彷彿能看見李馬虎那張驚怖欲絕的臉，看見孩子身上飛濺出的血花……可是他以前想的難道錯了？

葉開凝視著他，緩緩道：「你現在總該明白，這種刀並不是只有我能用的。」

傅紅雪沉默。

葉開嘆道：「其實我若真要暗算別人時，就絕不會使用這種刀，也絕不會讓它被別人看到。」

傅紅雪忽然道：「因爲這是種很特別的刀？」

葉開道：「是的。」

傅紅雪道：「別人既然連看都看不見這種刀，又怎麼能打造？」

葉開嘆了口氣，道，「這一點我也想不通，能打造出這種刀的確不是件容易事。」

他苦笑著，又道：「我只知道無論誰要陷害別人時，都得費些苦心的。」

傅紅雪道：「你認爲這是別人在故意陷害你？」

葉開苦笑道：「你難道還看不出？」

傅紅雪垂下頭，凝視著自己手裡的刀——

他若不願回答一個問題時，就會垂頭看著自己的刀。

葉開道：「這個人讓你認爲我是挑起你和『神刀』郭威那場血戰的禍首，又讓你認爲我是謀害翠濃的主兇，那時丁靈琳恰巧被她二哥帶走，連一個能替我證明的人都沒有。」

他又嘆了口氣，接著道：「他這麼做，顯然只爲了要在你我之間造成一段不可化解的仇恨，要我們拚個你死我活。」

傅紅雪握刀的手上，又有青筋凸出，卻還沉默著。

葉開道：「看來他的確是費了一番苦心的，因爲他這計劃實在很周密，令我根本連辯白的機會都沒有，若不是他這次終於露了馬腳，我無論怎麼解釋，你都絕不會相信的。」

傅紅雪也不能不承認，他的確連一個字都沒有解釋過。

葉開道：「這次他顯然沒有想到我們居然還沒有打得頭破血流，居然還在一起。」

他苦笑著又道：「三娘若已死了，你若不是跟我一起來的，想必又會認為害死三娘的兇手是我——現在馬空群就一定會這麼樣想的。」

丁靈琳一直嘟著嘴，在旁邊生氣，誰也不知道她是為什麼生氣的。

但現在她卻忍不住問道：「你想不想得出有什麼人會這麼恨你？要這樣子害你？」

葉開嘆道：「我想不出，所以我一定要問清楚。」

他垂下頭，才發現沈三娘竟又掙扎著抬起頭來，正用一種很奇怪的眼光在看著丁靈琳。

丁靈琳也在用一種很奇怪的眼色看著她。

葉開道：「這位沈三娘，你還沒有見過……」

丁靈琳忽然打斷了他的話，冷冷道：「我知道她是誰，只不過不知道她怎麼會跟你這麼熟的，你對她好像比對我還要好得多。」

葉開忽然明白她是為什麼在生氣了。

她又在吃醋。

這女孩子好像隨時隨地都會吃醋，一吃起醋來，就什麼都不管了，什麼話她都說得出口。

可是沈三娘為什麼會用這種眼光看著她呢？

葉開想不通。

丁靈琳冷笑道：「喂，我跟你說話，你為什麼不理我？」

葉開根本就不準備理她，她吃起醋來的時候，就根本不可理喻。

丁靈琳的火氣當然更大了，冷笑道：「我看你們之間好像有很多值得回憶的事，是不是要我躲開點，好讓你們慢慢的說？」

葉開道：「是的。」

丁靈琳瞪著他，眼圈忽然紅了，撇了撇嘴，跺了跺腳，竟真的扭頭就走。

葉開也根本就不準備拉她。

沈三娘忽然嘆了口氣道：「看來這小姑娘愛你已愛得要命，你不該故意氣她的。」

葉開笑了笑，說道：「可是我的確有很多話要跟你說。」

沈三娘道：「你是不是想問我，剛才暗算我的那個人，說話是什麼口音？」

葉開笑道：「跟你說話的確是件愉快的事，你好像永遠都能猜得出別人心裡在想什麼。」

沈三娘也笑了，笑得卻更酸楚。

她唯一不能了解的人，就是馬空群，但卻已將這一生交給了他。

她了解別人又有什麼用？

過了很久，她才提起精神來，說道：「那個人說的是北方話，聽聲音絕不會超過三十歲，說起話來很溫柔，就算他說要殺你的時候，也是用溫柔的聲音說出來的，甚至還好像帶著微笑。」

葉開嘆道：「世上本就有很多笑裡藏刀的人，這並不能算得特別。」

沈三娘道：「他說話只有一點特別的地方。」

葉開立刻追問，道：「哪一點？」

沈三娘道：「每次他說到『人』這個字的時候，舌頭總好像捲不過來，總帶著點『能』字的聲音，就好像剛才那位丁姑娘一樣。」

現在葉開終於明白，她剛才爲什麼會用那種奇怪的眼色看著丁靈琳了。

他的眼睛忽然亮了起來，但臉色卻已變得很蒼白，蒼白得甚至比傅紅雪還要可怕。

沈三娘看著他的臉色，忍不住問道：「你已知道他是誰了？」

葉開似在發怔，過了很久，才慢慢的搖了搖頭。

沈三娘道：「你在想什麼？」

這次葉開竟連她在說什麼都沒有聽到，因爲他耳朵裡好像有個聲音在大吼。

「人都來齊了麼？」

「人……」

他的人就彷彿突然被雷電擊中，突然跳了起來，蒼白的臉上，忽然發出一種很奇怪的紅光。

連傅紅雪都已忍不住抬起頭，吃驚的看著他。

丁靈琳當然更吃驚。她雖然遠遠的站在那邊，但眼睛卻始終是盯在葉開身上的。

她從來也沒有看見過葉開像這樣子，甚至連想都沒有想到過。

無論誰都不能不承認，葉開以往是個最沉得住氣的，你就算一刀把他的鼻子割下來，他臉上也絕不會有這麼奇怪的表情。

他臉上雖然在發著光，但眼睛裡卻又彷彿帶著種奇特的痛苦和恐懼。

沒有人能形容他這種表情，沒有人能知道他心裡在想什麼。

看到他這種表情，丁靈琳連心都碎了。

她剛才還在心裡發過誓，永遠再也不理這個人，但現在卻早已忘得乾乾淨淨。

她奔過來，拉起葉開的手。葉開的手也是冰涼的。

她更急，將他的手貼在自己臉上：「你怎麼會忽然變成這樣子的？」

葉開道：「我……我在生氣。」

丁靈琳道：「生誰的氣？」

葉開道：「你。」

丁靈琳垂下頭，卻偷偷的笑了。

葉開忍不住問：「我在生你的氣，你反而笑？」

女人的心事，的確是費人猜疑。

丁靈琳垂著頸，道：「就因爲你生我的氣，所以我才開心。」

葉開更不懂：「爲什麼開心？」

丁靈琳道：「因爲……因爲你若不喜歡我，又怎麼會爲我氣成這樣子？」

葉開也笑了。

但笑得卻還是沒有平時那麼開朗，笑容中竟彷彿帶著很深的憂慮。

丁靈琳卻看不見，因爲她整個人都已依偎在他懷裡，無論有多少人在旁邊看著，她不在乎，她從不想掩飾自己對葉開的感情。

傅紅雪看著他們，忽然轉過身，走下山去。

泉水從山上流下來，阻住了他的路，可是他卻沒有看見。

他筆直的走過去，走在水裡，冰冷的水淹沒了他的腿。可是他沒有感覺。

葉開在後面呼喚：「等一等，我們一起走，一起去找馬空群。」

他也沒有聽見。他走得很慢，卻絕不回頭。

葉開目送著他瘦削孤獨的背影，忍不住嘆息，道：「他真的變了，不但變得更孤獨，而且很消沉，再這樣下去，我只擔心……」

他沒有說下去，他不忍說下去。

沈三娘卻忽然問：「他怎麼會變的？」

葉開黯然道：「他親眼看著一個他唯一真心相愛的女孩子，死在他面前，卻救不了她。」

沈三娘道：「翠濃？」

葉開道：「不錯，翠濃。」

沈三娘眼睛裡忽然又露出種很奇怪的表情，過了很久，才輕輕嘆息，道：「我實在想不到他竟會真的愛上了翠濃！」

葉開道：「你是不是認爲翠濃不值得他愛？」

沈三娘沒有回答，她沒法子回答。

葉開笑了笑，笑得很悲傷，緩緩道：「只可惜這世上卻偏偏有很多人要愛上他本不該愛的人，這本就是人類最大的悲哀和痛苦。」

沈三娘終於也忍不住黯然嘆息，喃喃道：「這是爲了什麼？又有誰知道這是什麼緣故？」

人類的情感，本就是最難捉摸的，本就沒有人能控制得住。

也正因如此，所以人類才有悲哀，才有痛苦。

葉開看著沈三娘，眼睛裡也露出種很奇怪的表情，緩緩道：「無論誰受了傅紅雪那樣的打擊，都難免會跟他一樣，一天天消沉下去的，只不過，這世上也許還有一個人能救得了他。」

沈三娘道：「誰？」

葉開道：「你。」

沈三娘沉默著，終於慢慢的點了點頭，道：「所以我不能死，我的確還有很多事要做……」

有很多人都不能死，卻偏偏還是死了。

生、老、病、死，本就全都不是人類自己所能主宰的。這也正是人類永恆的悲哀和痛苦。

馬空群關起房門，上好閂，然後他就倒了下去，倒在床上，木板床又冰又硬，就像是棺材一樣。

屋子裡也陰暗潮濕如墳墓。只不過他總算還活著，無論如何，活著總比死了的好。

老人爲什麼總是要比年輕人怕死？其實他的生命明明已沒什麼值得留戀的，卻反而偏偏愈是要留戀。

他年輕的時候，並沒有覺得死是件可怕的事。

床單上有種發了霉的味道，彷彿還帶著馬糞的臭氣，他忽然覺得要嘔吐。

其實他本就是在這種地方長大的，他出生的那間屋子，幾乎比這裡還要臭。

等到他開始闖蕩江湖時，爲了逃避仇家的追蹤，他甚至真的在馬糞堆裡躲藏過兩天一夜。

有一次同白家兄弟在長白山中遇伏，被三幫採參客圍剿，逃竄入荒山時，他們甚至喝過自己的尿。

這種艱苦的日子，現在他雖然已不習慣，卻還是可以忍受。

他要嘔吐，並不是因爲這臭氣，而是因爲他忽然覺得自己很可恥。

一個男人看著自己的女人在面前倒下去時，無論如何都不該逃的。

可是他當時實在太恐懼；因爲他以前也看過那種同樣的刀。

刀鋒薄而鋒利，才三寸七分長，但卻已無疑是這世上最可怕的一種刀。

「這就是小李飛刀。」

白天羽手裡拿著這麼樣一柄刀，眼睛裡閃動著興奮的光。

「你們來看看，這就是小李飛刀！是小李探花親手送給我的。」

那時正是馬空群第一次看見這種刀。

刀鋒上還有個「忍」字。

「這忍字，也是小李探花親手用另一柄刀劃上去的，他說他能活到現在，就因爲他一直都很了解這個『忍』字的意思，所以他要將這個字轉送給我。」

當時他的確很接受小李探花的好意，白天羽並不是個不知道好歹的人。

「他還答應我，等我第二個兒子生出來的時候，可以送到他那裡去，他還說，這世上假如還有人能學會他的飛刀，就一定是我的兒子。」

只可惜他的願望還沒有實現，就已死，因爲他已忘記了小李探花送給他的那個「忍」字。

馬空群卻沒有忘記。這件事他一直都記在心裡。

天色已漸漸暗了。

馬空群凝視已由灰白變爲漆黑的窗戶，只希望自己能睡一覺。

他相信這是個最安全的地方。從山上下來後，他並沒有在那邊的農村停著，就一直逃來這裡。

他在這裡停下來，只爲連他自己都從來沒有看見過這麼陰暗破舊的客棧。

這裡非但沒有別的客人，連伙計都沒有，只有一個半聾半瞎的老頭子，在這裡死守著，因爲他已沒有別的地方可去。

馬空群忽然覺得有種兔死狐悲的傷感，看見了這老人，他不禁想到自己。

「我呢？我難道也已跟他一樣，也已沒有別的地方可去？」

他握緊雙拳，自己對自己冷笑。

這時破舊的窗戶外，忽然傳來一陣油蔥煮麵的香氣，就彷彿比剛從火上拿下的小牛腰肉還香。

他全身都彷彿軟了，連手指都彷彿在發抖。飢餓，原來竟是件如此無法忍受的事。

在路上經過一家麵攤子時，他本來想去吃碗麵的，但他剛走過去，就想起自己身上連一文錢都沒有。

萬馬堂的主人，無論走到哪裡，本都不需要帶一文錢的。

就像大多數豪富一樣，多年來他都已沒有帶錢的習慣，所以直到現在，他還沒有吃進一粒米。

他軟軟的站起來，才發覺自己的虛弱，飢餓竟已使得他幾乎不能再支持下去。

推開門，走過陰暗小院，他總算找到了廚房。那半聾半瞎的老頭，正將一大碗粗湯麵擺到桌上。

在昏黯的燭光下看來，麵湯的顏色就像是泥水，上面還飄著根發了黃的蔥葉。

可是在他看來，已是一頓很豐富的晚餐——在馬空群眼中看來竟也一樣。

他挺起胸走過去，大聲道：「這碗麵給我，你再煮一碗。」

直到現在，他說話的時候，還帶著種命令的口氣，只可惜現在已沒有人將他的話當作命令了。

老頭子看著他，很快的搖了搖頭。

馬空群皺眉道：「你聽不見？」

老頭子卻露出一嘴殘缺發黃的牙齒笑了，道：「我又不是聾子，怎麼會聽不見，只不過這碗麵是我要吃的，等我吃完了，倒可以再替你煮一碗，但是也得先拿錢給我去買麵。」

馬空群沉下了臉，道：「你這是什麼態度？像你這樣對客人，怎麼能做生意？」

老頭子又笑了，道：「我本來就不是在做生意。」

馬空群道：「那你這店開著是幹什麼的？」

老頭子嘆了口氣，道：「什麼也不幹，只不過在這裡等死，若不是快死的人，怎麼會到這地方來？」

他連看都不再看馬空群一眼，忽然彎下腰，竟吐了幾口口水在麵碗裡，喃喃道：「我知道你也是個沒錢付帳的人，那破屋子讓你白住兩天也沒關係，但這碗麵卻是我的，你要吃，除非你敢吃我的口水。」

馬空群怔住。他怔在那裡，緊握著雙拳，幾乎忍不住想一拳將這老頭子胃裡的苦水打出來。

可是他忍住了。他現在竟連怒氣都發作不出，只覺得滿嘴又酸又苦，也不知是該大笑幾聲？還是該大哭一場？縱橫一世的馬空群，難道竟會在這又髒又臭的廚房裡，爲了一碗泥水般的粗湯麵，殺死一個半聾半瞎的老頭子？他實在覺得很好笑。

他忍不住笑了，但這種笑卻實在比哭還悲哀。

一陣風吹過，幾片枯葉在地上打著滾。

「我現在豈非也正如這落葉一樣？也正在爛泥中打滾？」

馬空群垂著頭，走過院子，上弦月冷清清的光芒，將他的影子長長的拖在地上，他推開門的時候，月光也跟著照了進去，照在一個人的身上。

一個人幽靈般站在黑暗裡，門推開時，冷清清的月光就恰好照著她身上穿的衣裳——一件紅色的短褡衫，配著條黑緞子上繡著火紅桃花的百褶湘裙。

馬空群的呼吸突然停頓。他認得這套衣裳，沈三娘第一次來見他時，穿的就是這套衣裳。

就在那天晚上，他從她身上脫下了這套衣裳，佔有了她。不管在哪裡，不管到了什麼時候，他永遠都忘不了那天晚上她帶著淚，軟語央求他的臉，也忘不了這套衣裳，雖然這套衣裳她已有多年沒穿過了。

現在她怎麼會又穿上這套衣裳？怎麼會忽然出現在這裡？莫非她還沒有死？

馬空群忍不住輕輕呼喚：「三娘，是你？」

沒有回答，沒有聲音。

只有風聲從門外吹進來，吹得她整個人飄飄蕩蕩的，就彷彿要乘風而去。

這個人竟好像既沒有血，也沒有肉，只不過有副空蕩蕩的軀殼而已。也許連軀殼都沒有，只不過是她的鬼魂，她無論是死是活，都要來問問這個負心漢，問他爲什麼要拋下她，只顧自己逃命？

馬空群的臉色已發青，黯然道：「三娘，我知道我對不起你，無論你是人是鬼，從今以後，我都不會再拋下你了。」

他開始說話的時候，人已慢慢的走過去，說到這裡，突然出手，一把扣住她的臂。

站在這裡的，既不是她的人，也不是她的鬼魂，只不過是個穿著她衣裳的稻草人而已。

馬空群的臉色已變了，正想翻身，一柄劍已抵在他背脊上，冰冷的劍鋒，已刺透了他的衣裳。

一個人從門後走出來，悠然長吟：「天皇皇，地皇皇。關東萬馬堂。馬如龍，人如鋼！」

馬空群沉聲道：「你是什麼人？」

這人道：「我是個人，跟你一樣，是個有血有肉的人，既不是鬼，也不是鋼，所以我若是你，我現在一定會老老實實的站著，連一動都不動。」

他的聲音尖銳而奇特，顯然不是他本來的聲音。

他冷冷的接著道：「你當然也不願看見這柄劍從你胸膛裡刺出去的。」

他的手用了用力，冰冷的劍鋒，就似已將刺入了肉裡。

馬空群卻反而鬆了口氣，因爲這是柄劍，不是刀，因爲這個人也不是傅紅雪。

傅紅雪來的時候縱然會在他背後出現，也絕不會改變聲音的。

這人又道：「你最好也不要胡思亂想，因爲你永遠也想不出我是誰的。」

馬空群道：「你怎知我是誰？」

這人笑道：「我早就認得你，只不過從來也沒有想到，馬如龍、人如鋼的關東萬馬堂，居然也有自己知道自己對不起人的時候，沈三娘若是沒有死，聽到你的話一定開心得很。」

馬空群道：「你……你也知道沈三娘？」

這人道：「我什麼事都知道，所以無論什麼事你最好都不要瞞我。」

馬空群道：「這套衣裳是你從她包袱裡拿來的？」

這人冷笑，冷笑有時也有默認的意思。

馬空群心裡一陣刺痛，他沒有想到沈三娘還會偷偷的保藏著這套衣裳。

那天晚上的歡樂與痛苦，她是不是也同樣偷偷的保藏在心裡？

馬空群咬著牙，突然冷笑，道：「裝神弄鬼，倒也可算是好主意，但你卻不該用這套衣裳的。因爲你這麼做已等於告訴了我，殺沈三娘的人就是你。」

他聲音中也充滿了仇恨，接著道：「你不但殺了她的人，還偷走了她的包袱……」

這人打斷了他的話，冷笑道：「你難道沒有殺過人？我的手段雖狠毒，至少還比你好些，我至少還沒有殺過跟我同生共死的兄弟，也沒有用我兄弟的財產到關東去開馬場。」

馬空群的臉色又變了，江湖知道這秘密的人，至今還沒有幾個。

甚至連傅紅雪自己也許都不知道，他開創萬馬堂用的錢，本是白家的。

這人怎麼會知道？馬空群突然覺得有種刀鋒般的寒意從腳底升起，嗄聲道：「你究竟是什麼人？」

這人悠然道：「我說過，我是個無所不知，無所不曉的人，你現在總該已明白我不是唬你的。」

馬空群道：「你既然都知道，還想要什麼？」

這人道：「也不想要什麼，只不過要你將你從別人手上奪過去的財產交出來而已。」

馬空群道：「你要，你就去拿吧，只可惜昔日那馬肥草長的萬馬堂，如今只怕已變成了一片荒地。」

這人冷笑道：「你也該知道我要的不是那片荒地，是你偷偷藏起來的珠寶。」

馬空群道：「珠寶？什麼珠寶？」

這人道：「昔年『神刀堂』獨霸武林，縱橫天下，聲勢猶在上官金虹的『金錢幫』之上，上官金虹死了後，還遺下一筆數字嚇人的財富，何況神刀堂。」

馬空群道：「只可惜我並不是神刀堂的人。」

這人冷冷道：「你當然不是，你只不過是謀害神刀堂主人的兇手而已，你叫別人做你的幫兇，殺了白天羽，卻一個人獨吞了他的財產，只可憐那些死在梅花庵外的人，真是死得冤枉呀……冤枉。」

馬空群連手足都已冰冷，他忽然發現這個人知道的實在太多了。

這人又厲聲說道：「那些人的孤寡遺孀，有的已衣食不繼，現在我正是替他們來跟你結清這筆帳！」

馬空群忽然冷笑道：「但你又怎麼知道死在梅花庵外的是些什麼人？」

這人沒有開口，手裡的劍竟似忽然抖了抖。

馬空群一字字道：「除了我之外，這世上本來只有一個人知道那些人是誰的，只有一個人……我從來未想到他會將這秘密告訴第二個人的。」

他的聲音冰冷惡毒，慢慢的接著道：「但你卻已是知道這秘密的第二個人了，你究竟是誰？」

這人只是冷笑。

馬空群繼續追問：「你究竟是誰？」

這人冷笑地答道：「現在你也許永遠也不會知道我是誰了。」

馬空群冷冷道：「那麼你只怕也永遠不會知道那批寶藏在哪裡。」

這人似又怔住。

馬空群又道：「何況，你縱然不說，我也知道你是什麼人了，你若真的殺了我，我死後不出三天，就會有人將你們家的秘密說出來，讓天下武林中的人全都知道……白家的後代當然也一定會知道。」

這人手裡的劍似乎又抖了抖，冷笑著道：「你若死了，還有誰能說出這秘密？」

他畢竟還年輕，無論多陰沉狡猾，也比不上馬空群這種老狐狸的。

這句話不但也有示弱之意，而且已無異承認他就是馬空群所想到的那個人了。

馬空群眼睛裡已發出了光，冷冷道：「我活著的時候，的確沒有人能說出這秘密。」

這人忍不住問道：「你死了反而有？」

馬空群道：「不錯。」

這人道：「你……你是不是留了一封信在一個人手裡？你若死了，他就會將這封信公開？」

馬空群淡淡道：「看來你倒也是個聰明人，居然也能想到這種法子。」

這人道：「我能想得到，但我卻不信。」

馬空群道：「哦？」

這人道：「因為這世上根本就沒有一個你信任的人，你能將那種秘密的信交給他？」

馬空群忽然笑了笑，道：「你是不是要我告訴你，那個人是誰，等你殺了我之後，就去殺他？」

這人不說話了。

馬空群淡淡笑道：「你用的這法子本來的確不錯，只可惜這種法子我三十年前就已用過了。」

這人沉默著，過了很久，也笑了笑，道：「你難道認為我會就這樣放了你？」

馬空群道：「你當然不會，但我們卻不妨來做個交易。」

這人道：「什麼交易？」

馬空群道：「你陪我去殺了傅紅雪，我帶你去找那寶藏，你替我保守秘密，我也絕不提起你一個字，我藏起那批珠寶，也足夠你我兩個人用的，你說這交易公道不公道？」

這人沉默著，顯然已有些動心。

馬空群道：「何況，你也該知道，你的上一代，本是天下唯一能和我共同保守那秘密的人，因為我信任他，他也信任我，所以我們才能做出那種驚天動地的大事，現在我們的機會豈非比當年更好？」

這人遲疑著，緩緩道：「我可以答應你，只不過要先取寶藏，再殺傅紅雪。」

馬空群道：「行。」

這人道：「還有，在我們去取寶藏的時候，我還得點住你雙臂的穴道。」

馬空群道：「你難道還怕我對你出手？」

這人道：「我只問你答不答應。」

馬空群笑了笑，道：「也許，我既然能信任你的上一代，就也能同樣信任你。」

這人終於鬆了口氣，道：「我只點你左右雙肩的『肩井』穴，讓你不能出手而已。」

他踏前一步，用本在捏著劍訣的左手食中兩指，點向馬空群的右肩。

這時候他當然不能不先將右手的劍垂下去一點，否則他的手指就點不到馬空群的肩頭。

只不過這也是一刹那間的事，他右手的劍一垂，左手已點了過去，他自信出手絕不比任何人慢。

但他卻還是不夠快。

也就在這刹那間，馬空群突然一側身，一個肘拳打在他右肋下，接著反手揮拳，痛擊他的面額。

這人聽見自己肋骨折斷的聲音，人已被打得飛了出去。

他只覺眼前突然一片漆黑，黑暗中還有無數金星在跳動。可是他知道自己絕不能暈過去，十五年朝夕不斷的苦練，他不但學會了打人，也學會了挨打。他身子落在地上時，突然用力一咬嘴唇，劇痛使得他總算還能保持清醒。然後他的人已在地上滾了出去。

馬空群追出來時，只見他的手一揚，接著，就是刀光一閃！刀光如閃電，是飛刀！

「小李飛刀，例不虛發！」

小李飛刀的威名，至今仍足以令江湖中人魂飛魄散。這雖然不是小李的飛刀，卻也已震散了馬空群的魂魄；他竟不敢伸手去接，閃避的動作也因恐懼而變得慢了些。

刀光一閃而沒，已釘在他肩上。

這也是飛刀。可是天上地下，古往今來，絕沒有任何人的飛刀能比得上小李飛刀！

就正如天上的星光雖亮，卻絕沒有任何一顆星的光芒能比得上明月。

這柄刀若是小李飛刀，馬空群的動作縱然再快十倍，也是一樣閃避不開，因爲小李飛刀已不僅是一柄飛刀，而是一種神聖的象徵，一種神奇的力量。沒有人能避開小李飛刀，只因每個人自己本身先已決定這一刀是避不開的。

這種想法也正如每個人都知道，天降的災禍是誰都無法避免的一樣。

刀光一閃，他的人已滾出院子，翻身躍起。

馬空群只看見一條穿著黑衣的人影一閃，就沒入了黑暗裡。

他咬了咬牙，拔出肩上的刀，追了出去。

他相信這個人一定逃不遠的，無論誰挨了他兩拳之後，都一定逃不遠的。

四三　世家之後

夜，夜色深沉。

冷清清的上弦月，照著他蒼白的臉，也照著他漆黑的刀！

傅紅雪靜靜的站在月光下，前面是一片荒林，後面是一片荒山。

他一個人孤零零的面對著這無邊無際的荒涼黑暗，似已脫離了這個世界。

這個世界也似已遺忘了他。

他身無分文、飢餓、寒冷而疲倦。

他無處可去，因爲他雖然有家，卻不能回去。

他的情人被他親手埋葬，他想替她復仇，卻連殺她的人是誰都不知道。

他知道的一個仇人是馬空群，但卻又不知道應該到哪裡去尋找？葉開將他當作朋友，但他非但拒絕接受，而且還要逃避。

可是除了葉開外，就再也沒有一個人將他當作朋友，他就算死在路上，只怕也沒有人會理睬。

世界雖然大，卻似已沒有容納他這麼樣一個人的地方。

他活在這世界上，已像是多餘的。

可是他又偏偏一定要活下去。

活下去又怎麼樣呢？應該往哪條路走？應該到哪裡去？他不知道。

他甚至連今天晚上該到哪裡去都不知道，甚至連一家最陰暗破舊的客棧，他都不敢走進去，因爲他身上已連一枚銅錢都沒有。

——難道就這樣在這裡站著，等著天亮？但天亮後又怎麼樣呢？傅紅雪手裡緊緊握著他的刀，心裡忽然覺得說不出的空虛恐懼。

以前他至少還有個人可想，思念縱然痛苦，至少還有個人值得他思念，但現在呢？現在他還有什麼？還剩下什麼？他心裡只覺得空空蕩蕩的，甚至連那種刻骨銘心的仇恨，都變得很遙遠，很虛幻了。

這才是真正可怕的。

他咬著牙，勉強控制著自己，這裡雖然沒有人看見，他還是不願讓眼淚流下來。

就在這時，他忽然看見一個人從黑暗的荒林中飛奔了出來。

一個滿面鮮血的黑衣人。

他就像是在被惡鬼追趕著似的，連前面的人都看不見，幾乎撞在傅紅雪身上。

等到他看見傅紅雪時，已無法回頭了，他那張本已被人打得破碎扭曲的臉，突然又因驚懼而變形。

的。

傅紅雪倒並不覺得奇怪，無論誰都想不到如此深夜中，還會有個人像他這樣子站在這裡

他甚至連看都懶得多看這黑衣人一眼。

黑衣人卻在吃驚的看著他，一步步向後退，退了幾步，忽然道：「你就是傅紅雪？」

傅紅雪也不禁覺得很意外，道：「你是誰？怎麼會認得我？」

黑衣人沒有回答這句話，卻指著身後的荒林，道：「馬空群就在後面，你……你快去殺了他！」

傅紅雪全身的每一根肌肉都已似弓弦般繃緊。

他歷盡艱苦，走得腳底都生了老繭，也找不到的仇人行蹤，竟被這個陌生的夜行人說了出來，他實在不能相信，也不敢相信。

黑衣人似已看出了他的心意，立刻接著又道：「我跟你素不相識，爲什麼要騙你？你至少總該過去看看，那對你總不會有什麼損失。」

傅紅雪沒有再問。

不管這黑衣人是誰，他的確沒有說這種謊話的理由，何況他縱然說謊又如何！一個人若已根本一無所有，又還怕損失什麼？傅紅雪慢慢的轉過身，然後他的人就已忽然掠入了荒林。

黑衣人再也沒有想到這殘廢憔悴的少年，身法竟如此輕健，行動竟如此迅速。

他目中現出憂慮之色，忽然大聲道：「馬空群不但是你的仇人，也是我的，他無論說我什

麼話，你都千萬不能相信。」

他本就是個思慮很周密的人，顯然生怕傅紅雪聽了馬空群的話，再回頭來追他。

他絕未想到這句話竟是他一生中最致命的錯誤。

這句話剛說完，傅紅雪竟又突然出現在他面前，蒼白的臉上，帶著種奇特而可怕的表情，瞪著他一字字道：「你說馬空群是你的什麼人？」

他那雙冷漠疲倦的眼睛裡，現在也突然變得刀鋒般銳利。

黑衣人被這雙眼睛瞪著，竟不由自主，後退了兩步，道：「我說他是……是我的仇人！」

「仇人……人！」傅紅雪看著他，整個人都似已變成了塊木頭。

「每次他說到『人』這個字的時候，舌頭總好像捲不過來，總帶著點『能』字的聲音……」

沈三娘說的話就像轟雷閃電般在敲擊著他的耳鼓。

他蒼白的臉，突然變得火焰般燃燒了起來。

全身也在不停的發抖。

只有那隻手，那隻握刀的手。

還是穩定的。

他已將全身的力量，全都集中在這隻手上——蒼白的手，漆黑的刀。

黑衣人吃驚的看著他，忍不住道：「你……你難道還不相信我的話？」

傅紅雪彷彿根本沒有聽見他的話，突然轉頭，面向著東方跪下。

黑衣人怔住，他實在猜不透這奇特的少年，究竟在幹什麼？冷清清的月光，照在傅紅雪臉上，他目中似已有了淚光，喃喃低語著：「我總算已找到了你的仇人，你在九泉之下已可瞑目了。」

黑衣人也聽不懂他在說什麼，卻突然覺得有種詭秘而不祥的預兆，竟不由自主一步步往後退，準備一走了之。

可是傅紅雪卻忽然又已到了他面前，冷冷道：「你的刀呢？」

黑衣人怔了怔，道：「什麼刀？」

傅紅雪道：「飛刀。」

黑衣人目中突然露出種說不出的恐懼之色，失聲道：「我哪有什麼飛刀？」

傅紅雪咬著牙，瞪著他，道：「我本該現在就一刀殺了你的，只不過我還有話要問你！」

傅紅雪的聲音也已嘶啞，厲聲道：「我問你，你為什麼要做那種事？為什麼要害翠濃？你究竟是什麼人？」

黑衣人道：「你……你說的話我根本完全不懂，我根本不認識你。」

傅紅雪狂怒、顫抖，但那隻握刀的手卻還是穩定如鐵石。

突然間，刀已出鞘！刀光如閃電般揮出，黑衣人卻已經倒下，滾出了兩丈。

刀光一閃，他的人就已先倒下。

他對這柄刀的出手，不但早已防備，而且竟好像早已準備了很多法子，來閃避這一刀。

這一刀出手，鋒銳凌厲，勢不可當，天下本沒有人能招架。

可是他居然能避開了這一刀。

刀光閃起，人先倒下──在他這種情況下，幾乎已沒有更好的法子能閃避這一刀。

這種法子絕不是倉猝間所能用得出的，爲了閃避這一刀，他必定已準備了很久。

他身子翻出，手已揮起。

他的飛刀終於也已出手。

只聽「叮」的一聲，火星四濺，兩道閃電般的刀光一觸，飛刀落下。

黑衣人再一滾，已滾上了山坡，突然覺得肋下一陣劇痛，剛才被馬空群肘拳擊中的地方，現在就像有柄錐子在刺著。

他想再提氣，已提不起。

刀光又一閃，冰涼的刀鋒，已到了他的咽喉。

這凌厲風發，銳不可當的一刀，竟已在這一刹那間，突然停頓。

握刀的這一隻手，已將力量完全控制自如。刀鋒只不過將黑衣人咽喉上的皮肉，割破了一道血口，傅紅雪怒盯著他，厲聲道：「我問你的話，你說不說？」

黑衣人終於嘆了口氣，道：「好，我說，我跟你並沒有仇恨，我恨的是馬空群，我殺了那個女人，只因爲她也是馬空群的女兒。」

傅紅雪的身子突又僵硬，突然大吼，怒道：「你說謊！」

黑衣人道：「我沒有說謊，但是知道這件事的人實在不多……」

他喘息著，看著傅紅雪。

傅紅雪的身子又開始發抖，抖得更劇烈。

黑衣人接著道：「她和馬芳鈴並不是同母所生的，她母親本是關中採參客的妻子，隨著她丈夫出關採參時，被馬空群姦污強佔了，所以那批參客一直將馬空群恨之入骨，有一次在長白山中，出動了一百三十多個人，等著伏擊馬空群，為的就是這段仇恨，在那次血戰中，白大俠白老前輩也在的。」

那一次血戰本是武林中極有名的戰役，傅紅雪幼年也曾聽他母親說起過。

——黑衣人說的難道竟是真的？傅紅雪只覺全身的血管裡，都彷彿有火焰燃燒了起來。

黑衣人看著他，又道：「翠濃暗中一直是在為萬馬堂刺探消息的，這一點想必你也知道，她出賣了沈三娘，也出賣了花滿天，始終效忠於萬馬堂，正因為她已知道自己的父親就是馬空群，她母親臨死前已將這秘密告訴了她。」

他嘆息著，慢慢的接著道：「血濃於水，這一點本是誰都不能怪她的，我殺她，只不過是因為要向馬空群報復。」

傅紅雪額上的冷汗已雨點般流下。

黑衣人道：「你也是馬空群的仇人，你難道會為了替他女兒復仇而殺我？」

傅紅雪道：「我還是不信，沒有人肯把自己的親生女兒，送到蕭別離那裡去。」

黑衣人冷冷道：「的確沒有人能做得出這種事，只不過，馬空群根本就不是人。」

他突然咬緊牙，嘶聲大呼：「他根本就是個畜牲，是個野獸！」

傅紅雪滿頭冷汗，全身發抖，整個人已虛脫崩潰。

他魂牽夢縈，生死難忘的情人，難道真是他不共戴天的仇人的女兒？他不敢相信，卻已不能不信。

他突然覺得嘴角肌肉開始抽搐，那可恨又可怕的病魔，又一次向他侵襲！

他的心沉了下去。

黑衣人看著他，目中露出了滿意之色，冷冷道：「我的話已說完了，你若還要殺我，就動手吧。」

傅紅雪咬著牙，沒有開口。

他已不能開口，不敢開口，他必須用盡全身力量，集中全部精神，來對抗那可怕的病魔。

他只要一開口，就可能立刻要倒下去，像一隻被人用鞭子抽打著的野狗般倒下去。

黑衣人的眼睛亮了，他已感覺到自己咽喉上的刀鋒在漸漸軟弱，漸漸下垂……

只不過刀還在傅紅雪手裡，可怕的手，可怕的刀。

黑衣人突然用盡全身力氣，從刀鋒下滾出，手腳並用，就像是野獸般竄上了荒山，百忙中還反手發出了一刀。

可是他卻連看都不敢回頭去看一眼，現在他唯一的希望，就是遠離這柄可怕的刀，走得愈遠愈好。

他所說的一切，所做的一切事，也只有一個目的——他要活下去。有些人只爲了要活下去，本就會不顧一切，不擇手段的。

他當然想不到，他在匆忙中發出的那一刀，竟沒有落空。

這一刀已刺入傅紅雪的胸膛！鮮血沿著冰冷的刀鋒沁出時，傅紅雪就倒了下去。

倒在冰冷潮濕的地上。

一彎冷清清的上弦月已沒入荒山後。

大地更加黑暗了，倒下去的人，是不是還能站起來呢？這黑衣人究竟是誰？他知道的事爲什麼有如此多？他說的話究竟是真是假？……有很多成功的人都曾經倒下去，可是他們又站了起來！

他們甚至倒下過十次，可是，他們又站了起來。

他們不怕被人擊倒！因爲他們知道，只要你還有力氣，還有勇氣站起來，倒下去又何妨？

傅紅雪慢慢的站了起來。

刀，還在他胸膛上。

血還在流著，可是那惡毒的病魂，竟似也隨著鮮血流出來。

劇烈的痛苦，竟使得他突然清醒。

但這清醒卻又使得他立刻就感覺到疲倦、衰弱、飢餓！尤其是飢餓，他從未想到飢餓竟是種如此無法忍受的事。

黑衣人已竄上荒山，不見了。

傅紅雪並沒追，他知道以自己現在的體力，追也沒有用的。

他已將所有的潛力全都用盡。

山坡下的草叢下有金光閃動，是柄純金的金如意。

那是黑衣人逃竄上山，反手拔刀時，從他懷裡掉下來的。

傅紅雪凝視著閃動的金光，慢慢的走過去，很快的拾起。

若是在三個月前，他也許寧可餓死，也絕不會去撿別人跌落的東西，甚至連看都不會去看一眼。

可是這三個月來，他已學會了很多，也已改變了不少，他已明白成功是必須付出代價的。

最重要的還是，他必須活下去。

現在他更不能死，更不甘心就這樣默默的死。

就算死，也必須讓那些傷害他的人付出代價來！

只要能讓他有力量站起來，有力量活下去，現在他甚至會去偷，去搶！

奔過荒林，林外的山腳下，有個陰暗破舊的客棧，他剛才也曾經過。

現在他已不再猶豫，立刻用最快的速度走過去，甚至連胸膛的刀都不敢拔下來，他不能再流血，流血會使得他更衰弱。

客棧裡居然還有燈光。

有燈，卻沒有人，也沒有聲音。大門還開著。

也不知是因爲這小店的主人，已沒有關門的力氣？還是因爲這地方根本就沒有值得他關門的理由？櫃台後也沒有人，小院裡的落葉在秋風中打著滾，燈光卻在後面的小屋裡。

看見小屋上的煙囪，就該知道那是廚房。

廚房，豈非正像是溫暖的火光，滾熱的食物——這些豈非就正是生命的力量。傅紅雪很快的走過去，但卻並沒有在這廚房裡找到食物和力量。

他找到的又是死亡！

爐灶已冷，燈也快滅了。

一個滿頭白髮，身形佝僂的老人，仰面倒在地上，咽喉上一塊瘀血，手裡還緊緊的握著雙筷子，人卻已冰冷僵硬。

距離他屍身不遠處，有隻已被撕裂的破舊銀袋，卻是空的。

這老人顯然是在吃麵時，被人一拳打在咽喉，立刻斃命。

他手裡既然還握著筷子，顯然還沒有吃完那碗麵。

碗裡的麵是誰吃光的呢？

銀袋裡的一點碎銀子，想必是被那殺人的兇手拿走了。

可是他殺了人後，難道還會將死人吃剩下的半碗麵也吃了下去？

老人冰冷僵硬的臉上，也帶著一種恐懼和不信的表情。

甚至連他自己都不能相信，世上竟會有人爲了半碗被他吐過口水的麵，幾枚破舊的銅錢，就忍心下毒手殺了他這個已半聾半瞎的可憐老頭子。

他實在死不瞑目。

傅紅雪心裡也充滿了憤怒和痛苦，因爲他正在問自己：這世上幾乎已很少有人能比他更了解飢餓和貧窮的痛苦。

他不知道自己是不是也會爲了半碗吃剩下的麵、一點散碎銀子而殺人！

一個人若還沒有走上絕路時，是絕不會做這種事情的。

殺人的兇手是誰？

難道他真的已走上絕路？

傅紅雪忽然想到那黑衣人說的話，忽然想到了馬空群。

不錯，一定是馬空群。

他一定已看見了傅紅雪，所以他一定要逃。

可是他實在太餓，他必須吃點東西，那怕只不過是半碗麵也好。

但他在殺過人後，吃這半碗麵時，心裡是什麼滋味？想到他過去那些輝煌的往事，這半碗麵吃在他嘴裡時，又是什麼滋味？

傅紅雪緊握雙拳，突然覺得要嘔吐。

他恨，他憤怒，可是他同樣也能感覺到心裡有種說不出的淒涼和悲悽。

縱橫一世，威鎭關東，聲名顯赫，一時無兩的萬馬堂主人，竟會爲了半碗麵而殺人！

他自己吃下這半碗麵後，是不是也會覺得要嘔吐？

馬空群的確要嘔吐。

可是他用盡了全身一切力量忍耐住，他絕不能吐出來。

泥水湯麵，湯麵裡的口水，老人嘴裡殘缺的黃牙，眼睛裡的輕蔑和譏誚……每件事都令他要嘔吐。

但無論什麼樣的食物，都同樣能給人力量。

他若將食物吐出來，就無異將力量吐出來，他現在迫切需要力量！

每一分力量他都要！

因爲他現在一定要將每一分力量都用出來，就像是那次在長白山裡逃竄的時候一樣。

那次他甚至喝過自己的尿。

但這次的情況卻比那次更危險，因爲這次他的敵人也遠比上次更危險！更可怕！

他親眼看見傅紅雪那凌厲風發，銳不可當的刀光！

他彷彿又看見了昔日那個永遠都令他抬不起頭來的人！彷彿又看見了那個人手裡的刀光飛

起時，血花甚至比梅花庵外的梅花還鮮艷。

他真正畏懼的也許並不是傅紅雪，而是這個人！

他彷彿又在傅紅雪的刀上，看見了這個人那種可怕的精神和力量！

他無論是死是活，都再也不敢面對這個人，再也不敢面對這個人的刀！

就因爲他知道這個人一定會在地獄等著他的，所以他才怕死！

所以他一定要逃，他一定要活下去！

可是他還能活多久呢？

夜更深，秋也更深了。

秋風中的寒意，已愈來愈重。

用不了再過多久，樹葉就會落盡，黃昏時就會颳起北風，然後在一個寒冷的早上，你推開窗子一看，就會發現大地已結滿冰雪。

一個衣衫單薄，囊空如洗的老人，在冰天雪地裡，是很難活下去的。

馬空群握起了手，緊緊的捏著十幾枚銅錢，這正是他從那老頭子錢袋中找到的，也許還可以勉強去換兩頓粗麵吃。

以後又怎麼辦呢？

以他的武功，他本可毫不費力的去盜幾家大戶，他甚至有把握可以獨力劫下一隊鏢車。

這種事他以前並不是沒有做過，但現在卻絕不能再做。

那並不是因爲他已厭惡這種生活，只不過現在他絕不能留下一點線索，讓傅紅雪找到。

他抬起頭，望著枯枝上已將落盡的秋葉，現在他已只剩下一個地方去，只剩下一條路可走。

這條路他本不想走的，但現在他已別無選擇的餘地了！

櫃台後的床底下，還有小半袋白麵，和一口已生了鏽的鐵箱子。

箱子裡有條繡花的手帕，裡面包著張疊得整整齊齊的銀票，票面卻只有十兩，有柄鋼質很好的匕首，還有個製作得精巧的火摺子。

除了這三樣東西外，就是些零星的小東西，顯然都是在這裡留宿的旅客遺落下來的，那老人居然還好好的保存著，等著別人回來拿。

他一向是個很誠實的人，雖然他也明知道這些東西的物主是絕不會再回來的了。

那包著銀票的繡花手帕，是一個年輕的婦人留下來的。

有天晚上，她悄悄的坐了一輛破車來，和一個已經在這裡等了她三天的年輕人會面，半夜時又悄悄的溜走了。

年輕人醒來時，並沒有看見她留下的東西，一個人站在院子裡，癡癡的流了半天淚，就挺起胸膛，大步走了出去。

那少婦是不是已被迫嫁給了個有錢的人家，卻偷偷溜到這裡來和昔日的舊情人見最後一面的？那年輕人以後是不是會振作起來，忘記這段辛酸的往事？

老頭子全不知道，也不想知道，他只希望這年輕人不要像他一樣，從此消沉下去。

匕首和火摺子是個穿著夜行人勁裝的大漢留下來的，他半夜來投宿時，身上已帶著傷。

凌晨時，他屋子裡就忽然響起一陣喊罵叱喝聲，刀劍拍擊聲，從屋子裡直打到院子裡。

老頭子卻只管蒙頭大睡，等外面沒有了人聲時，才披著衣裳起來。

外面的院子裡有幾灘血，屋子裡枕頭底下還留著這柄匕首和火摺子，那受了傷的黑衣夜行人卻已不見了。

這些人一去之後當然是永遠不會回頭的，老人留下他們的東西，也只不過是為自己平淡枯燥的生活，留一點回憶而已。

傅紅雪留下了銀票和火摺子。

用那小半袋麵，煮了一大鍋像漿糊一樣的麵糊，拌著一點油渣子吃了。

然後他就在馬空群待過的那間房裡，用冷水洗了個臉，準備睡一覺。

屋子裡陰暗而潮濕，還帶著霉味，木板床又冷又硬，但是對傅紅雪來說，這已足夠舒服。

人生中本就沒什麼事是「絕對」的，只看你怎麼去想而已。

他靜靜的躺在黑暗裡，他想睡，卻已是睡不著。

他想的太多。

馬空群嚴肅陰沉的臉，黑衣人流著血的臉，葉開永遠都帶著微笑的臉……

一張張臉彷彿在黑暗中飄動著，最後卻忽然變成了一個人，美麗的臉，美麗的眼睛，正在用一種悲苦中帶著欣慰的表情看著他。

——無論她以前是個什麼樣的人，無論她是不是馬空群的女兒，她總是爲我而死的。

——若不是因爲心裡真的有真摯而強烈的感情，又有誰肯爲別人犧牲？傅紅雪心裡刺痛著，他知道在自己這一生中，絕不會再找到一個能相愛如此深的人了。

他的命運中，已注定了要孤獨寂寞一生。

但就在這時，他忽然聽見一個人的聲音，比緞子還溫柔的聲音。

「你幾時來的？」

一個人突然的推開門，走了進來，就像是黑夜中的幽靈。

傅紅雪雖然看不見這個人，卻聽得出她的聲音。

他永遠也忘不了這聲音……

那寂寞的邊城，陰暗的窄巷，那黑暗卻是溫暖的斗室。

她在那裡等著他，第一天晚上，他記得她第一句說的彷彿也是這句話，「你幾時來的？」

「我要讓你變成個真正的男人……」

他記得，她的手導引著他，讓他變了個真正的男人。

「……因為很多事都只有真正的男人才能做……」

他忘不了她那緞子般光滑柔軟的軀體，也忘不了奇異銷魂的一刻。

翠濃！難道是翠濃？難道是他的翠濃？

傅紅雪突然跳起來，黑暗中的人影已輕輕的將他擁抱。

她的軀體還是那麼柔軟溫暖，她的呼吸中還是帶著那種令人永難忘懷的甜香。

她在他耳畔輕語：「你是不是沒有想到我會來？」

傅紅雪連咽喉都似已被塞住，甚至連呼吸都無法呼吸。

「我知道你近來日子過得很苦，可是你千萬不能灰心，你一定能找到馬空群的，你若消沉下去，我們大家都會覺得很失望。」

傅紅雪的手在顫抖，慢慢的伸入懷裡。

突然間，火光一閃。

黑暗的屋子裡忽然有了光明——他竟打起了那火摺子。

他立刻看見了這個人，這個第一次讓他享受到的女人。

這個改變了他的一生，也令他永生難忘的女人，竟不是翠濃。

是沈三娘！

火光閃動，傅紅雪的臉更蒼白，竟忍不住失聲而呼：「是你！」

沈三娘的臉也是蒼白的，蒼白得可怕，卻不知是因爲失血過多，還是因爲她想不到這裡會忽然有了光亮？

她身子半轉，彷彿想用衣袖掩起臉，卻又回過頭來向傅紅雪一笑，嫣然說道：「是我，你想不到是我吧？」

傅紅雪吃驚的看著她，過了很久，才點頭。

沈三娘道：「你以爲是翠濃？」

傅紅雪沒有回答她，實在不知道應該怎麼回答，甚至連看都不敢再看她。

沈三娘一雙美麗的眼睛卻盯在他臉上緩緩道：「我知道她已經死了，也知道這打擊對你很大，我到這裡來，只因爲我希望你不要爲她的死太悲傷。」

她咬著嘴唇，遲疑著，彷彿用了很大的力氣，才說出了兩句話：「因爲你本該愛的是我，不是她！」

傅紅雪筆直的站著，蒼白的臉彷彿又已透明僵硬。

沈三娘嘆息了一聲，道：「我知道你一直都以爲她就是我，一直都不知道世上還有我這麼樣一個人，所以你……」

傅紅雪打斷了她的話，道：「你錯了。」

沈三娘道：「我錯了？」

傅紅雪抬起頭，看著她，眼睛裡帶著種很奇怪的表情，緩緩道：「我雖然不知道你是什麼人，卻早已知道她並不是你。」

沈三娘怔住。

這次吃驚的是她，甚至比傅紅雪剛才看見她時還吃驚。

過了很久，她才能發得出聲音：「你知道麼？你怎會知道的？難道她自己告訴了你？」

傅紅雪道：「她並沒有告訴我，我也沒有問，但是我卻能感覺到……」

他並沒有再解釋下去，因為這已不必解釋。

相愛的男女們在「相愛」時，有些甜蜜而微妙的感覺，本就不是第三者能領會的。

沈三娘是很成熟，很懂事的女人，這種道理她當然能明瞭。

她忽然心裡起了種很微妙的感覺，也不知為了什麼，這種感覺竟彷彿令她很不舒服，過了很久，才勉強點了點頭，輕輕道：「原來你並沒有愛錯人。」

傅紅雪道：「我沒有。」

他的態度忽然變得很堅定，很沉靜，慢慢的接著道：「我愛她，只因為她就是她，我愛的就是她這麼樣一個人，絕沒有任何別的原因。」

沈三娘輕輕嘆息了一聲，道：「我明白。」

現在她的確已明白，他縱然已知道她才是他第一個女人，可是他愛的還是翠濃。

愛情本就是沒有條件，永無後悔的。

她忽然又想起了馬空群，就連她自己也不知道她是不是真的愛他，是不是愛錯了人。

傅紅雪忽然道：「葉開呢？」

沈三娘道：「他……他沒有來。」

傅紅雪道：「你來告訴我這件事，是不是他的意思呢？」

沈三娘道：「我來告訴你，只因爲我覺得你有權知道這件事。」

傅紅雪沉默著，過了很久，才緩緩道：「但我卻希望能將這件事永遠忘記。」

沈三娘勉強笑了笑道：「我，現在已經忘了。」

傅紅雪道：「那很好，很好……」

他們互相凝視著，就好像是很普通的朋友一樣。

當他們想到在那黑暗的小屋中所發生的那件事，就好像在想別人的事一樣。

因爲那時他們的肉體雖已結合，卻完全沒有感情——這種結合本就永遠不會在人們心裡留下任何痕跡的。

就在這時，傅紅雪手裡的火摺子忽然熄滅。

小室中又變成一片黑暗。

雖然是同樣的黑暗，雖然是同樣的兩個人，但他們的心情已完全不同。

在那時，傅紅雪只要一想起她發燙的胴體和嘴唇，全身就立刻像是在燃燒。

現在，她雖然就站在他面前，但他卻已連碰一碰她的慾望都沒有。他們都不再說話，因爲他們都已無話可說。

然後沈三娘就聽見傅紅雪那奇特的腳步聲，慢慢的走了出去。

「我並沒有愛錯人——我愛的就是她，絕沒有任何別的原因。」

葉開靜靜的聽沈三娘說完了，心裡卻還在咀嚼著這幾句話。

他自己心裡彷彿也有很多感觸，卻又不知是甜？是酸？是苦？

丁靈琳看著他，忽然笑道：「他說的這幾句話，我早就說過了。」

葉開道：「哦？」

丁靈琳輕輕道：「我說過我愛的就是你，不管你是個怎麼樣的人，我都一樣愛你。」

葉開眼裡卻彷彿又出現了一抹令人無法了解的痛苦和憂慮，抬起頭，凝視著東方已漸漸發白的穹蒼，忽然問道：「你不會後悔？」

丁靈琳道：「絕不會。」

葉開笑了笑，笑得卻似有些勉強，道：「假如以後我做出對不起你的事，你也不會後悔？」

丁靈琳的表情也變得很堅決，就像是傅紅雪剛才的表情一樣。

她微笑著道：「我為什麼要後悔？我愛你本是我自己心甘情願的，既沒有別的原因，也沒人逼我。」

她笑得就像是那隨著曙色來臨的光明一樣，充滿了無窮無盡的希望。

沈三娘看著她，想到了傅紅雪，忽然覺得他們才是真正幸福的人。

因爲他們敢去愛，而且能愛得真誠。

她忍不住輕輕嘆息，道：「也許我這次根本就不該再見他的。」

葉開道：「可是你見了也不錯。」

沈三娘道：「哦？」

葉開道：「因爲你們這次相見，讓我們都明白了一件事。」

沈三娘忍不住問道：「什麼事？」

葉開道：「他愛翠濃，並沒有錯，因爲他是真心愛她的。」

他微笑著，接著道：「這件事讓我們明白了，真心的愛，永遠不會錯的。」

傅紅雪面對著門，看著從街上走到這小飯舖的人，看著這小飯舖裡的人走出去。他忽然覺得自己比任何人都憔悴疲倦。直到現在，他才知道這種從不知目的地在哪裡的流浪尋找，是件多麼可怕的事。

這種生活令他總覺得很疲倦，一種接近於絕望的疲倦。

包在繡花手帕裡那張十兩的銀票，已被他花光了，他既不知道這是屬於誰的，也不想知道。

但他卻很想知道那金如意的主人是誰，只可惜這金如意打造得雖精巧，上面卻沒有一點標誌，他現在又必須用它去換銀子，用換來的銀子再去尋找它的主人。若是沒有這柄金如意，現在他甚至已不知該怎麼才能生活下去。

但是他卻決心要殺死它的主人，這實在是種諷刺，世上卻偏偏會有這種事發生——這就是人生。

有時人生就是個最大的諷刺。

傅紅雪忽然又想喝酒了，他正在勉強控制著自己，忽然看見一個很觸目的人從門外走了進來。

這人衣著很華麗，神情間充滿了自信，對他自己所擁有的一切已很滿足，對自己的未來也很有把握。

他也的確是個很漂亮，很神氣的年輕人，和現在的傅紅雪，彷彿是種很強烈的對比。也許正因爲這原因，所以傅紅雪忽然對這人有種說不出的厭惡；也許他真正厭惡的並不是這個年輕人，而是他自己。

這年輕人發亮的眼睛四下一轉，竟忽然向他走了過來，居然在他對面的椅子上坐下，面上雖然帶著微笑，卻顯得很虛假，很傲慢。他忽然道：「在下南宮青。」

傅紅雪不準備理他，所以就只當沒有看見這個人，沒有聽見他說的話。

「南宮青」這名字，對他就全無意義，縱然他知道南宮青就是南宮世家的大公子也一樣。

「南宮世家」雖然顯赫，但對他已完全沒有任何意義。

這種態度顯然令南宮青覺得有點意外，他凝視著傅紅雪蒼白似雪的臉，忽然將那柄金如意從懷裡掏了出來，道：「這是不是閣下剛才叫伙計拿去兌換銀子的？」

傅紅雪終於點了點頭。

南宮青忽然冷笑，道：「這就是件怪事了。」

傅紅雪忍不住道：「怪事？」

南宮青冷冷道：「因爲我知道這柄金如意的主人並不是閣下。」

傅紅雪霍然抬頭瞪著他，道：「你知道?你怎會知道？」

南宮青道：「這本是我送給一位朋友的，我到這裡來，就是要問問你，它怎麼會到了你的手裡？」

傅紅雪的心跳忽然已加快，勉強控制著自己，道：「你說這柄金如意本是你的，你是不是能確定？」

南宮青冷笑道：「當然能。這本是『九霞號』銀樓裡的名匠老董親手打造的，剛才這店裡的伙計不巧竟偏偏把它拿到『九霞號』去換銀子，更不巧的是，我又正好在那裡。」

這實在是件很湊巧的事，但世上卻偏偏時常都會有這種事發生，所以人生中才會有很多令人意料不到的悲劇和喜劇。

傅紅雪沉默著，突也冷笑，道：「這柄金如意本來就算是你的，你現在也不該來問我。」

南宮青道：「爲什麼？」

傅紅雪道：「因爲你已將它送給了別人。」

南宮青道：「但他卻絕不會送給你，更不會賣給你，所以我才奇怪。」

傅紅雪道：「你又怎知他不會送給我？」

南宮青沉著臉，遲疑著，終於緩緩道：「因爲這本是我替舍妹訂親的信物。」

傅紅雪道：「真的？」

南宮青怒道：「這種事怎麼會假？何況這事江湖中已有很多人知道。」

傅紅雪道：「你有幾個妹妹？」

南宮青道：「只有一個。」

他已發覺這臉色蒼白的年輕人，問的話愈來愈奇怪了。他回答這些話，也正是因爲好奇，想看看傅紅雪有什麼用意。

但傅紅雪卻忽然不再問了，他已不必再問。

江湖中既然有很多人都已知道這件親事，這條線索已足夠讓他查出那個神秘的黑衣人來。

南宮青道：「你的話已問完了？」

傅紅雪看著他，看著他英俊傲慢的臉，奢侈華麗的衣服，看著他從袖口露出的一雙纖秀而乾淨的手，手指上戴著的一枚巨大的漢玉斑指……這一切，忽然又使得傅紅雪對他生出說不出的厭惡。

南宮青也在看著他，冷冷道：「你是不是已無話可說？」

傅紅雪忽然道：「還有一句。」

南宮青道：「你說。」

傅紅雪道：「我勸你最好趕快去替你妹妹改訂一門親事。」

南宮青變色道：「爲什麼？」

傅紅雪冷冷道：「因爲現在跟你妹妹訂親的這個人，已活不長了！」

他慢慢的抬手，放在桌上，手裡還是緊緊握著他刀。

蒼白的手，漆黑的刀！

南宮青的瞳孔突然收縮，失聲道：「是你？」

傅紅雪道：「是我。」

南宮青道：「我聽說過你，這幾個月來，我時常聽人說起你。」

傅紅雪道：「哦？」

南宮青道：「聽說你就像瘟疫一樣，無論你走到什麼地方，那地方就有災禍。」

傅紅雪道：「還有呢？」

南宮青道：「聽說你不但毀了萬馬堂，還毀了不少很有聲名地位的武林高手，你的武功想必不錯。」

傅紅雪道：「你不服？」

南宮青突然笑了，冷笑著道；「你要我服你？你爲什麼還不去死？」

傅紅雪冷冷的看著他，等他笑完了，才慢慢的說出了四個字！

「拔你的劍！」

三尺七寸長的劍，用金鉤掛在他腰畔的絲縧上，製作得極考究的鯊魚皮劍鞘，鑲著七顆發亮的寶石。南宮青的手已握上劍鞘，他的手也已變成了蒼白色的。

他冷笑著道：「聽說你這柄刀是別人只有在臨死前才能看得到的，我這柄劍卻並不一樣，不妨先給你看看。」

突然間，他的人已平空掠起，劍也出鞘。閃出的劍光，帶著種清越的龍吟聲，從半空中飛下來。

只聽「叮」的一響，傅紅雪面前的一隻麵碗已被劍光削成兩半，接著又是「咔嚓」一聲，一張很結實的木桌也被削成了兩半。

傅紅雪看著這張桌子慢慢的分開，從兩邊倒下去，連動都沒有動。

旁邊卻已有人在大聲喝采！

南宮青輕撫著手上的劍鋒，眼角掃著傅紅雪，傲笑道：「怎麼樣？」

傅紅雪淡淡道：「這種劈柴的劍法，我以前倒也聽人說起過。」

南宮青臉色又變了，厲聲道：「只不過我這柄劍不但能劈柴，還能殺人。」

他的手一抖，一柄百煉精鋼的長劍，竟被他抖出了數十點劍光。

突然間，漫天劍光又化作了一道飛虹，急削傅紅雪握刀的手臂。

傅紅雪沒有拔刀。他甚至還是連動都沒有動，只是瞬也不瞬的盯著這閃電般的劍光。直到劍鋒已幾乎劃破他的衣袖時，他的臂突然沉下，突然一翻手，漆黑的刀鞘就已打在南宮青握劍的手腕上。

這一著好像並沒有什麼特別的地方，只不過時間算得很準而已——算準了對方的招式已老時，才突然地出手。

但一個人若不是有鋼鐵般的神經，又怎麼能等到此時才出手，又怎麼敢！

南宮青只覺得手腕上一陣痲木，然後就突然發現手裡的劍已脫手飛出，釘在對面的牆上。

傅紅雪還是坐在那裡，非但刀未出鞘，連人都沒有動。

南宮青咬了咬牙，突然跺腳，人已掠起，從傅紅雪頭上掠過去，伸手抄住了釘在牆上的劍，右腿在牆上一蹬，人也已藉著這一蹬之力，倒翻而出，凌空一個「細胸巧翻雲」，劍光如匹練般擊下，直刺傅紅雪的咽喉。旁邊又已有人在大聲喝采。

這少年剛才雖然失了手，那一定只不過是因爲他太輕敵，太大意。

他的出手實在乾淨俐落，不但身法瀟灑好看，劍法的輕盈變化，更如神龍在天令人嘆爲觀止。

他們根本沒有看見傅紅雪出手。他們根本看不見。

只聽「咔嚓」一聲，劍已刺在椅子上，椅上坐的傅紅雪，卻已不見了。

他又在間不容髮的一瞬間，才閃身避開這一劍。

南宮青明明看到這一劍已刺中傅紅雪，突然間，對方的人已不見。

他竟連改變劍招的餘地都沒有。只有眼看自己這一劍刺在椅子上。

然後他才覺得痛。一陣強烈的疼痛，就好像有兩支巨大的鐵錘重重的敲在他肋骨間。

他的人還未落下。又已被打得飛了出去，撞在牆上，勉強提起一口氣，才總算沿著壁慢慢滑下來，卻已連站都站不穩了。

傅紅雪正在冷冷的看著他，道：「你服不服？」

南宮青喘息著，突然大喝：「你去死吧！」

喝聲中，他又撲過來，只聽劍風「喀哧」，聲如破竹，他已正手刺出了四劍，反手刺出三劍。

這連環七劍，雖沒有剛才那一劍聲勢之壯，其實卻更犀利毒辣，每一劍都是致命的殺手！

傅紅雪身子閃動，忽然間已避開了這七劍。

他雖然是個跛子，但腳步移動間，卻彷彿行雲流水般清妙自然。

沒有看見過他平時走路的人，絕不會知道這少年竟是個跛子。

可是他自己知道，就因爲他知道自己是個不如人的殘廢，所以才能比大多數不跛的人都快三倍。

他下過的苦功也比別人多三倍——至少多三倍。

南宮青七劍攻出，正想變招，突然發現一柄刀已在面前。

刀尚未出鞘，刀鞘漆黑。

南宮青看見這柄漆黑的刀時，刀鞘已重重的打在他胸膛上。

他忽然什麼也看不見了。等他眼前的金星消失時，才發現自己竟已坐在地上，胸膛間彷彿在被火焰灼燒，連呼吸都不能呼吸。

傅紅雪就站在他面前，冷冷的看著他，道：「現在你服不服？」

南宮青沒有說話，他說不出話。

但這種家世顯赫的名門子弟，卻彷彿天生還有種絕不服人的傲氣。

他竟掙扎著，又站起來，挺起了胸，怒目瞪著傅紅雪。

鮮血已不停的從他嘴角流出來，他突然用盡全身力氣大喝：「你去死吧！」

傅紅雪冷冷道：「我還沒有死，你手裡也有劍，你可以來殺我。」

南宮青咬著牙，用力揮劍，可是他的手一抬，胸膛間立刻感覺到一陣撕裂般的痛苦。這一劍刺過去，哪裡還有殺人的力量。

傅紅雪已根本不必閃避招架，劍刺到他面前就已垂了下去。

剛才的喝采，現在已變爲同情的嘆息。對一個驕傲的年輕人說來，這種同情簡直比譏誚還難以忍受。

南宮青的身子突然開始顫抖，突然大聲道：「你既然恨我，爲什麼不索性殺了我？」

傅紅雪道：「我恨你？」

南宮青道：「我跟你雖然無怨無仇，但我卻知道你恨我，因爲你自己也知道你是永遠比不上我的。」

他眼睛裡忽然閃動出一種惡毒殘酷的笑意。

他的劍鋒雖然已無法傷害傅紅雪，但他卻知道惡毒的話有時遠比劍鋒更傷人。

他大聲接著道：「你恨我，只因爲我是個堂堂正正的人，你自己卻只不過是個可憐的殘廢，是個見不得天日的私生子，白天羽若是活著，絕不會認你這個兒子，你根本連替他報仇的資格都沒有。」

傅紅雪蒼白的臉，突又變得赤紅，身子也已又開始發抖。

南宮青面上已不禁露出得意之色，冷笑著道：「所以你無論怎麼樣羞侮我也沒有用的，因爲我永遠比你強，永遠也不會服你。」

傅紅雪握刀的手背上，已又凸出了青筋，緩緩道：「你永遠也不服我？」

南宮青道：「我死也不服你！」

傅紅雪道：「真的？」

南宮青道：「當然是真的。」

傅紅雪瞪著他，忽然嘆了口氣，道：「你實在不該說這種話的……」

他的嘆息聲竟似比南宮青的冷笑更冷酷，就在這種奇特的嘆息聲中，他的刀已出鞘。

南宮青只覺得左頰旁有寒風掠過，一樣東西從他肩頭上掉下來。

他不由自主伸手接住，突然發現自己肩頭和掌心已全都鮮血淋漓，他攤開手掌，才發現這樣冷冰冰的東西，竟赫然是隻耳朵。他自己的耳朵。

就在這一瞬間，他才感覺到耳朵上一陣比火焰灼熱還劇烈的痛苦。

他的上半身突然冰冷僵硬，兩條腿卻突然軟了，竟又「噗」的坐了下去。

他拿著自己耳朵的那隻手臂上，就好像有無數條毒蛇在爬動，冷汗已雨點般從他額角上冒出來，他那張英俊傲慢的臉，現在看來已像是個死人。

傅紅雪冷冷道：「我還沒有死，我手裡也還有刀，你呢？」

南宮青看著自己手上的耳朵。

牙齒「咯咯」的響，似已連話都說不出來。

傅紅雪道：「你還是死也不服我？」

南宮青一雙充滿了恐懼的眼睛裡，突然流下了淚來，顫聲道：「我……我……」

傅紅雪道：「你究竟服不服？」

南宮青突然用盡全身力氣大叫：「我服了你。我服了你……」

他喊叫的時候，眼淚也隨著流下。他一向認爲自己是個死也不會屈服的人，但現在忽然發現恐懼就像是暴風洪水般不可抵禦，忽然間已將他的勇氣和自信全都摧毀。

他竟已完全不能控制自己。

去。

傅紅雪臉色又變得蒼白如透明，竟連看都沒有再看他一眼，就慢慢的轉過身，慢慢的走出

他走路的姿勢奇特而笨拙，但現在卻已沒有人還會將他看成個可笑的跛子。

絕沒有任何人！

四四 丁氏雙雄

秋，秋風蕭殺。

傅紅雪慢慢的走過長街，風吹在他胸膛上，他胸中忽然覺得有種殘酷的快意。

他並不是個殘酷的人，從不願傷害別人，也同樣不願別人傷害他。

但這世上卻偏偏有種人總認為自己天生就是強者，天生就有傷害別人的權力，而別人卻不能傷害到他們一點。

他們也許並不是真正兇惡的人，但這種要命的優越感，不但可惡，而且可恨。

對付這種人唯一的法子，也許就是割下他的耳朵來，讓他明白，你傷害了別人時，別人也同樣能傷害你。

傅紅雪已發現這法子不但正確，而且有效。

九霞號銀樓的陳掌櫃剛坐下來端起碗茶，茶就濺得他一身都是。

他的手還在抖，心還是跳得很厲害，他從未想到他們的大公子也會痛哭流淚，現在只希望能裝作完全不知道這回事。

就在這時，他忽然看見剛才那臉色蒼白的少年，忽然從對街走了過來，他手裡拿著的茶碗立刻跌在地上，跌得粉碎。

傅紅雪已走進了這招牌雖老，粉刷卻很新的店鋪，冷冷的看著他，道：「你就是這裡的掌櫃？」

陳掌櫃只有點頭。

傅紅雪道：「那柄金如意是我送來兌銀子的，銀子呢？」

陳掌櫃陪著笑，道：「銀子有，有……全都在這裡，公子只管隨便拿。」

他竟將店裡的銀子都捧了出來，就好像將傅紅雪當做了個打劫的強盜。

傅紅雪心裡忽然覺得很好笑。

他當然沒有笑，板著臉又道：「南宮青只有一個妹妹？」

陳掌櫃道：「只有一位。」

傅紅雪道：「跟她訂親的人是誰？」

陳掌櫃道：「是……是丁家的三少爺，叫……叫丁靈中！」

傅紅雪的臉色變了。

陳掌櫃卻更吃驚，他從未想到傅紅雪聽到這名字後，臉色竟會變得如此可怕！

斜陽從門外照進來，照在他蒼白的臉上。

他的臉似已透明如水晶。

好漢莊的毒酒，易大經的消息，王大洪的毒劍，連傷兩命的飛刀……還有梅花庵外那個

「人」——都到齊了麼？

忽然間，所有的事又全都隨著這名字出現在他心裡了。

他的心似也變得透明如水晶。

世上本沒有能永遠隱瞞的秘密，所有的秘密，現在好像忽然都已到了揭穿的時候。

傅紅雪忽然大笑，大笑著走出去，只留下那莫名其妙的陳掌櫃吃驚的坐在那裡。

他也從未想到一個人的笑聲竟會如此可怕。

巨大的莊院，黑暗而沉默，只剩下幾點疏散的燈火，掩映在林木間。

風中帶著桂子和菊花的香氣，月已將圓了。

馬空群伏在屋脊上，這淒涼的夜色，這屋脊上的涼風，使得他胸中的血又熱了起來。

彷彿又回到了那月夜殺人的少年時。

趁著朦朧的夜色，闖入陌生人的家裡，隨時在準備著揮刀殺人，也隨時準備著被人伏擊。

那種生活的緊張和刺激，他幾乎已將忘卻。

可是現在他並不擔心被巡夜的人發現，因爲這裡正是江湖中享譽最久，也最負盛名的三大武林世家之一，夜行人根本不敢闖到這裡來，這裡也根本用不著巡夜的人，燈光更疏了，遠處更鼓傳來，已三更。

莊院裡的人想必都已睡了，這裡的家風，絕不許任何人貪睡遲起，晚上當然也睡得早，馬空群的眼睛兀鷹般四面打量著，先算好了對面的落足地，再縱身掠過去。

他並不怕被人發現，但也不能不分外小心。多年來出生入死的經驗，已使得他變成了個特別謹慎的人。

掠過幾重屋脊後，他忽然看到個很特別的院子。院子幽雅而乾淨，雪白的窗紙裡，還有燈光，奇怪的是，這院子裡連一棵花草都不見，卻鋪滿了黃沙。

沙地上竟種滿了仙人掌，長滿了尖針的刺，在淒涼的月光下看來，更顯得說不出的猙獰詭秘。

馬空群的眼睛立刻亮了，他知道這一定就是他要找的地方。他要找的人，總算還沒有死。

屋子裡悄無人聲，燈光黯淡而淒迷。

馬空群輕輕吐了口氣，突然發出種很奇怪的聲音，竟像是荒山中的狼嗥一聲。

屋子裡的燈光立刻熄滅，緊緊關著的門，卻忽然開了。

一個嘶啞而又低沉的聲音在黑暗中問道：「是什麼人？」

說到「人」字時，他的聲音更低。

馬空群又吐出口氣，道：「是梅花故人。」

黑暗中的聲音突然沉寂，過了很久，才冷冷道：「我知道你遲早一定會來的。」

門又緊緊關上，但燈光卻仍未燃起。

屋子裡是漆黑的，誰也看不清這個不愛花草卻愛仙人掌的人，長得究竟是什麼模樣。

他的聲音嘶啞低沉，甚至連他是男是女，是老是少都很難分辨。

這時黑暗中已響起他和馬空群耳語般的談話聲。

馬空群道：「你是不是認爲我不該來？」

這人道：「你當然不該來，我們有約在先，梅花庵的事一過，我們從此就不再來往。」

馬空群道：「我記得。」

這人又道：「你也答應過我，從此無論再發生什麼事，都絕不牽連到我。」

馬空群突然冷笑道：「但食言背信的並不是我。」

這人道：「不是你？難道是我？」

馬空群道：「你不該叫人去殺我的。」

這人道：「我叫誰去殺你？」

馬空群道：「你自己心裡明白，又何必問我？」

這人沉默了半晌，才緩緩道：「你已見到老三？」

馬空群冷笑道：「果然是老三，我早就聽說過，丁家兄弟裡，老三最精明能幹，卻想不到他除了把你一身功夫全學去了之外，還練得一手飛刀。」

這人道：「飛刀？什麼飛刀？」

馬空群道：「那天你在梅花庵，拿走了白天羽的兩樣東西，其中一樣就是小李探花送給他的飛刀，你以爲我不知道。」

這人沉默著，彷彿在用力咬著牙。

馬空群道：「小李飛刀雖然名震天下，但真正見過的人卻不多，除了你之外，也沒有人能打造出和那一模一樣的刀來。」

這人道：「只不過連我都不知道他已練成了小李飛刀。」

馬空群冷冷道：「幸好他練得並不高明，所以我總算還能活著到這裡來。」

這人又沉默了半晌，突然恨恨道：「我也知道你的萬馬堂已被人毀了，聽說是個叫傅紅雪的年輕人，難道他就是那賤人替白天羽生下的兒子？」

馬空群道：「不錯。」

這人道：「憑他一個人之力，就能毀了你的萬馬堂嗎？」

馬空群道：「他一刀出手，絕不會比白天羽少年時差。」

這人道：「他怎麼能練成這種刀法的？難道白天羽早已將他的神刀心法傳給了那賤人？」

馬空群淡淡道：「白天羽對白鳳公主本就是真心誠意的。」

黑暗中忽然響起一陣咬牙切齒的聲音，聽來如刀鋒磨擦，令人不寒而慄。看來他和白天羽之間，的確有深不可解的仇恨。

馬空群道：「但若沒有葉開在暗中相助，傅紅雪也未必能得手。」

這人道：「葉開？他跟白家有什麼關係？」

馬空群道：「這人來歷不明，行蹤詭秘，起初連我都被他騙過了，當他只不過是個恰巧路過的人。」

這人冷冷道：「連你居然都能被他騙過了，看來這人的本事倒不小。」

馬空群道：「他年紀雖輕，城府卻極深，武功也令人難測深淺，實在比傅紅雪還不好對付。」

這人道：「你看他比起老三來如何？」

馬空群道：「那位丁三公子的確也是個絕頂聰明的人，只可惜……」

這人道：「只可惜怎麼樣？」

馬空群嘆了口氣，道：「只可惜太聰明的人就不會太長命的。」

這人失聲道：「你殺了他？」

馬空群淡淡道：「我只求他不殺我，就已心滿意足，怎麼能殺得了他！」

這人道：「是誰殺了他？」

馬空群道：「傅紅雪。」

這人道：「你怎麼知道？難道你親眼看見了？」

馬空群遲疑著，終於承認。

這人厲聲道：「你親眼看見他遭人毒手，竟沒有過去救他？」

馬空群道：「我本該過去救他的，只可惜我也受了傷，自身已難保。」

這人道：「是誰傷了你？」

馬空群道：「就是他，他的飛刀。」

這人說不出話了。

馬空群道：「不管怎麼樣，我既已來到這裡，你就已無法脫身事外。」

這人道：「你準備怎麼樣？」

馬空群道：「十九年前，梅花庵外那件血案，是你我兩人主謀，江湖中絕沒有一個人會想得到，傅紅雪縱有天大的本事，也絕不會找到這裡來。」

這人道：「所以你準備躲在我這裡？」

馬空群道：「暫時只好如此，等將來有機會時，再斬草除根，殺了傅紅雪。」

這人冷冷道：「你我雖沒有交情，但事已至此，我當然也不能趕你出去。」

馬空群忽然笑了笑，道：「你當然也不會殺我滅口的，你是聰明人，總該想得到，我若沒有準備，又怎敢到這裡來。」

這人冷笑道：「你盡可放心，只不過近幾年來，我這裡幾乎已隔絕紅塵，就算在這裡殺個把人，外面也絕不會有人知道的。」

馬空群淡淡笑道：「如此說來，我倒的確可以放心住下去了。」

這人忽然道：「你剛才說的那個葉開，我倒也聽說過他的名字。」

馬空群道：「哦？」

這人道：「傅紅雪縱然不會找到這裡來，但葉開卻遲早一定會來的。」

馬空群聳然道：「為什麼？」

這人道：「因為他現在幾乎已等於是我們丁家的女婿。」

馬空群失聲道：「這千萬使不得！」

這人冷冷道：「為什麼使不得？他若做了丁家的女婿，我豈非更可以高枕無憂，何況，丁家的女兒已非他不嫁，我本來還不願答應這件事，現在倒要成全成全他們了。」

馬空群忽然冷笑，道：「你想成全他們？幾時又有人成全過你？」

這人突又沉默，然後暗中就響起了他的腳步，「砰」的一聲，推門走了出去。

馬空群彷彿又笑了，微笑著喃喃自語：「葉開呀葉開，你最好還是莫要來，否則我保證你一定會後悔的。」

淡淡的星光從窗外照進來，桌上竟有壺酒。

他拿起來，嚐了一口，微笑著又道：「果然是好酒，一個人在寂寞時，的確該喝……」

他並沒有說完這句話，笑容已僵硬，人已倒下！

夜涼如水。

葉開抱著膝坐在冰冷的石階上，看著梧桐樹上的明月，心也彷彿是涼的。

月已將圓，人卻已將分散了。

人與人之間，為什麼總是要互相傷害的多，總是難免要別離的多？

既然要別離，又何必相聚？

他忽然又想起了蕭別離，想起了在那邊城中經歷過的事，想起了梅花庵中那寂寞孤獨的老尼，又想起了那山坡上的墳墓……

現在，所有的事他幾乎都已想通了，只有一件事不明白，也只有一件事還不能解決。

也許這件事本就是無法解決的，因為他無論怎麼樣做，都難免要傷害別人，也難免要傷害自己。

別離雖痛苦，相聚又何嘗不苦惱？涼風吹過，他聽見了身後的腳步聲，也聽見那清悅的鈴聲。

他忽然回過頭，道：「你來得正好，我正想去找你呢。」

丁靈琳抿嘴笑了，道：「你為什麼不去？」

葉開道：「因為我剛才還沒有決定，是不是該將這件事告訴你。」

丁靈琳道：「什麼事？」

葉開道：「這件事我本不願告訴你的，但又不想欺騙你，你總算一直對我不錯。」

他的表情很嚴肅，聲音也很冷淡。

這不像是平時的葉開。

丁靈琳已笑不出了，彷彿已感覺到他說的絕不是件好事。

她勉強笑著，道：「不管你要說什麼事，我都不想聽了。」

葉開道：「可是你非聽不可，因爲我不等天亮就要走的。」

丁靈琳失聲道：「你要走？剛才爲何不告訴我？」

葉開道：「因爲這次你不能跟我走。」

丁靈琳道：「你……你一個人要到哪裡去？」

葉開道：「我也不是一個人走。」

丁靈琳叫了起來，道：「你難道要帶沈三娘一起去麼？」

葉開道：「不錯。」

丁靈琳道：「爲什麼？」

葉開道：「因爲我喜歡她，我一直都喜歡她，你只不過是個孩子，但她卻是我心目中最可愛的女人，爲了她，我可以放棄一切。」

丁靈琳吃驚的看著他，就像是從來也沒有看見過這個人一樣，顫聲道：「她……她難道也肯跟著你走？」

葉開笑了笑，淡淡道：「她當然肯，你也說過我是個很可愛的男人。」

丁靈琳臉色蒼白，眼圈卻已紅了，就彷彿突然被人狠狠的摑了一巴掌，摑在臉上。

她一步步往後退，淚珠一滴滴落下，突然轉過身，衝出去，用力撞開了沈三娘的房門。

葉開並沒有阻攔，因爲他知道沈三娘也會跟她說同樣的話。

沈三娘已答應過他。

但就在這時，他忽然聽到沈三娘屋子裡發出了一聲驚呼，就像是有人突然看見了鬼似的。

驚呼聲卻是丁靈琳發出來的。

屋子裡還燃著燈。

淒涼的燈光，正照在沈三娘慘白的臉上，她臉上的神色很平靜。

她的人卻已死了。

一柄刀正插在她胸膛上，鮮血已染紅了她的衣裳。

可是她死得很平靜，因爲這本是她仔細考慮過之後才決定的。

除了死之外，她已沒有別的法子解脫。

孤燈下還壓著張短箋：「丁姑娘是個很好的女孩子，我看得出她很喜歡你，我也是個女人，所以我雖然答應了你，卻還是不忍幫你騙她，我更不能看著你們去殺馬空群。」

這就是沈三娘最後的遺言，她相信葉開已該明白她的意思。

但丁靈琳卻不明白。

她轉過身，瞪著葉開，流著淚道：「原來你是騙我的，你爲什麼要騙我？爲什麼要我傷心？」

葉開明朗的臉上，竟也露出了痛苦之色，終於長嘆道：「因爲你遲早總要傷心的！」

丁靈琳大叫，道：「爲什麼？爲什麼？……」

葉開已不願再回答，已準備走出去。

丁靈琳卻揪住了他的衣襟，道：「你明明已答應陪我回家的，現在我們已然到家了，你爲什麼忽然又改變了主意？」

葉開道：「因爲我忽然很討厭你。」

他用力拉開她的手，頭也不回的走了出去。

他不敢回頭，因爲他怕丁靈琳看見他的眼睛——他眼睛裡也有了淚痕。

一株孤零零的梧桐，被秋風吹得簌簌的響，也彷彿在爲世上多情的兒女嘆息。

梧桐樹下，竟站著一個人。

一個孤零零的人，一張比死人還蒼白的臉。

傅紅雪，他彷彿早已來了，已聽見了很多事，他凝視著葉開時，冷漠的眼睛裡，竟似也帶著些悲傷和同情。

葉開失聲道：「是你，你也來了？」

傅紅雪道：「我本就該來的。」

葉開忽然笑了笑，笑得很淒涼，道：「不該來的是我？我真的不該來？」

傅紅雪道：「你非但不該來，也不該這麼樣對待她的。」

葉開道：「哦？」

傅紅雪道：「因爲這件事根本和你完全沒有關係，丁家的人，跟你也並沒有仇恨，我來找你，只不過想要你帶著她走，永遠不要再管這件事。」

葉開臉色蒼白的苦笑道：「這兩天你好像已知道了很多事。」

傅紅雪道：「我已完全知道了。」

葉開道：「你有把握？」

傅紅雪道：「我已見到過丁靈中！」

葉開不再問了，彷彿覺得這句話已足夠說明一切。

傅紅雪卻忍不住要問他：「你知道的是不是也不少呢？」

葉開點點頭。

傅紅雪道：「你怎會知道的？」

葉開避不作答，卻嘆息著道：「我只奇怪丁靈中怎麼敢冒險去找你。」

傅紅雪冷冷道：「我只奇怪你爲什麼總是要糾纏在這件事裡。」

突聽一個人冷笑道：「因爲他這人天生就喜歡找麻煩，所以麻煩也找上他了。」

聲音是從屋脊後傳出來的。

只有聲音，看不見人。

等到聲音停下時，才看見屋脊後有粒花生高高拋起，又落下。

然後就有隻手伸出來，拋出了個花生殼。

葉開失聲道：「路小佳！」

屋脊後有人笑了，一個人微笑著，坐起來道：「正是我。」

葉開道：「你怎麼也來了？」

路小佳嘆了口氣，道：「我本不想來的，只可惜非來不可。」

葉開道：「來幹什麼？」

路小佳嘆道：「除了殺人外，我還會幹什麼？」

葉開道：「來殺誰？」

路小佳道：「除了你之外，還有誰？」

葉開也笑了。

路小佳道：「你想不到？」

葉開道：「我從第一次看見你的那天，就知道你遲早一定會來殺我的。」

路小佳笑道：「想不到你這人居然還會算卦。」

葉開微笑道：「同時，我也算準了你是絕對殺不了我的。」

路小佳淡淡道：「這次你只怕就要算錯了。」

葉開道：「我也知道，不管怎樣，你好歹都得試試。」

路小佳道：「卻不知你現在就想動手呢，還是先看看丁家兄弟的雙劍破神刀？」

葉開道：「雙劍破神刀？」

路小佳道：「雙劍聯璧，九九八十一式，劍劍連綿，滴水不漏，正是丁家兄弟專門練來準備對付白家刀的，你想必也沒見過。」

葉開道：「的確沒有。」

路小佳道：「這種武林罕睹的劍法，你現在好容易有機會能看到，若是錯過了，豈非可惜。」

葉開道：「實在可惜。」

他回轉頭，傅紅雪的臉又已蒼白如透明。

就在這時，只聽「嗆」的一聲龍吟，兩道劍光如閃電交擊，從對面的屋頂擊下。

輝煌的劍光中，只見這兩人一個長身玉立，英俊的臉上傷痕猶在，正是風采翩翩的丁三少爺。

另一人道裝高冠，面色冷漠，掌中一柄劍精光四射，竟是從來很少過問江湖中事的大公子丁雲鶴。

他們的腳尖一沾地，掌中劍又已刺出三招，兩柄劍配合得如水乳交融，天衣無縫，果然是劍劍連環，滴水不漏。

丁靈琳瞪大了眼睛，站在廊下已看呆了，只有她一個人還被蒙在鼓裡，完全不知道這是怎麼回事。

忽然間，兩柄劍似已化作了數十柄，數十道閃亮的劍光，已將傅紅雪籠罩，連他的人都看不見了。

葉開嘆息著，道：「看來這九九八十一劍最厲害之處，就是根本不給對方拔刀出手的機會。」

路小佳道：「你這人的確有點眼光。」

葉開道：「看來這劍法果然是專門爲了對付白家神刀的。」

路小佳笑了笑道：「要對付白家神刀，唯一最好的法子，的確就是根本不讓他拔刀出手。」

葉開道：「創出這劍法的人，不但是個天才，而且的確費了苦心。」

路小佳道：「因爲他知道白家的人恨他，他也同樣恨白家的人。」

葉開嘆道：「這就是我唯一不明白的地方了，他們之間的仇恨，究竟是因何而起的？」

路小佳道：「你遲早總會明白的。」

葉開忽然笑了笑，道：「這九九八十一招，豈非遲早也有用完的時候？」

路小佳道：「這劍法還有個妙處，就是用完了還可以再用。」

這時丁家兄弟果然已削出了九九八十一劍，突然清嘯一聲，雙劍迴旋，又將第一式使了出來，首尾銜接，連綿不絕。

傅紅雪腳步上那種不可思議的變化，現在已完全顯示出來，如閃電交擊而下的劍光，竟不能傷及他毫髮。

可是，他的出手也全被封死，竟完全沒有拔刀的機會。

葉開忽又道：「創出這劍法來的人，絕不是丁家兄弟。」

路小佳道：「哦？」

葉開道：「這人以前一定親眼看見過白大俠出手，所以才能將他有可能出手的退路封死。」

路小佳道：「有道理。」

葉開道：「這絕不是旁觀者所能體會得到的，我想他一定還跟白大俠親自交過手。」

路小佳道：「很可能。」

葉開冷冷道：「可能他就是那天在梅花庵外，行刺白大俠的兇手之一。」

路小佳道：「哦？」

葉開凝注著他，慢慢的接著道：「也許他就是丁乘風。」

丁乘風就是丁靈琳兄妹的父親。

丁靈琳在旁邊聽著，臉色已變了許多，忽然已明白了似的。

但她卻寧願還是永遠也不要明白的好。

這時丁家兄弟又已刺出七十多劍，傅紅雪的喘息聲已清晰可聞。

他顯然已無力再支持多久，丁家的連環快劍，卻如江河之水，彷彿永遠也沒有停止的時候。

葉開忍不住在輕輕嘆息。

路小佳盯著他，道：「你是不是想出手助他一臂之力？」

葉開道：「我不想。」

路小佳冷笑道：「真的不想？」

葉開微笑道：「真的，因爲他根本就用不著我出手相助。」

路小佳皺了皺眉，轉頭去看劍中的人影，臉色忽然也變了。

丁家兄弟的第二趟九九八十一式已用盡。

他們雙劍迴旋，招式將變未變，就在這一瞬間，突聽一聲大喝！

喝聲中，雪亮的刀光已如閃電般劃出！

傅紅雪的刀已出手。

四五　恩仇了了

刀光一閃，丁雲鶴的身子突然倒飛而出，凌空兩個翻身，「砰」的一聲撞在屋簷上再跌下來，臉上已看不見血色，胸膛前卻已多了條血口。

鮮血，還在不停的泉湧而出，丁靈琳驚呼一聲，撲了過去。

路小佳正在嘆息：「想不到丁家的八十一劍，竟還比不上白家的一刀。」

丁靈中手中劍光飛舞，還在獨力支持，但目中已露出恐懼之色。

然後刀光一閃。

只聽「叮」的一聲，他掌中劍已被擊落，刀光再一閃，就要割斷他咽喉。

路小佳突然一聲大喝，凌空飛起。

又是「叮」的一聲，他的劍已架住了傅紅雪的刀。

好快的劍，好快的刀！

刀劍相擊，火星四濺，傅紅雪的眼睛裡也似有火焰在燃燒。

路小佳大聲道：「無論如何，你絕不能殺他！」

傅紅雪厲聲道：「爲什麼？」

路小佳道：「因爲……因爲你若殺了他，一定會後悔的。」

傅紅雪冷笑，道：「我不殺他，更後悔。」

路小佳遲疑著，終於下了決心，道：「可是你知不知道他是什麼人？」

傅紅雪道：「他跟我難道還有什麼關係？」

路小佳道：「當然有，因爲他也是白天羽的兒子，就是你同父異母的兄弟！」

這句話說出來，每個人都吃一驚，連丁靈中自己都不例外。

傅紅雪似已呆住了。

路小佳道：「你若不信，不妨去問他的母親。」

傅紅雪道：「他……他母親是誰？」

路小佳道：「就是丁乘風丁老莊主的妹妹，白雲仙子丁白雲。」

沒有風，沒有聲音，甚至連呼吸都已停頓，大地竟似突然靜止。

也不知過了多久，才聽見路小佳低沉的聲音，說出了這件秘密：「白天羽是丁大姑在遊俠塞外時認識的，她雖然孤芳自賞，眼高於頂，可是遇見白天羽後，就一見傾心，竟不顧一切，將自己的終身交給了白天羽。」

「這對她說來，本是段刻骨銘心，永難忘懷的感情，他們之間，當然也曾有過山盟海誓，她甚至相信白天羽也會拋棄一切，來跟她終生相廝守的。卻不知白天羽風流成性，這種事對他來說，只不過是一時的遊戲而已。等到她回來後，發覺自己竟已有了身孕時，白天羽早已將她忘了。以丁家的門風，當然不能讓一個未出嫁的姑娘就做了母親。恰巧那時丁老莊主的夫人也有了身孕，於是就移花接木，將丁大姑生出來的孩子，當作她的，卻將她自己的孩子，交給別人去撫養，因爲這已是她第三個孩子，她已有了兩個親生的兒子在身邊。再加上丁老莊主兄妹情深，爲了要讓丁大姑能時常見到自己的孩子，所以才這麼樣做的。」

「這秘密一直隱藏了很多年，甚至連丁靈中自己都不知道……」

路小佳緩緩的敘說著，目中竟似已充滿了悲傷和痛苦之意。無論誰都看得出他絕不是說謊。

葉開忽然問道：「這秘密既已隱藏了多年，你又怎麼會知道的？」

路小佳黯然道：「因爲我……」

他的聲音突然停頓，一張臉突然扭曲變形，慢慢的轉過身，吃驚的看著丁靈中。

他肋下已多了柄短刀，刀鋒已完全刺入他肋骨間。

丁靈中也狠狠的瞪著他，滿面怨毒之色，突然跳起來，嘶聲道：「這秘密既然沒有人知道，你爲什麼要說出來？」

路小佳已疼得滿頭冷汗，幾乎連站都站不穩了，掙扎著道：「我也知道這秘密說出來後，難免要傷你的心，可是……可是事已至此，我也不能不說了，我……」

丁靈中厲聲道：「你爲什麼不能不說？」

葉開忍不住長長嘆息，道：「因爲他若不說，傅紅雪就非殺你不可。」

丁靈中冷笑道：「他爲什麼非殺我不可？難道我殺了馬空群的女兒，他就要殺我？」

葉開冷冷道：「你所做的事，還以爲別人全不知道麼？」

丁靈中道：「我做了什麼？」

傅紅雪咬著牙，道：「你……你一定要我說？」

丁靈中道：「你說。」

傅紅雪道：「你在酒中下毒，毒死了薛斌。」

丁靈中道：「你怎知那是我下的毒？」

傅紅雪道：「我本來的確不知道的，直到我發現殺死翠濃的那柄毒劍上，用的也是同樣的毒，直到你自已承認你就是殺她的主謀。」

丁靈中的臉色突又慘白，似已說不出話了。

傅紅雪又道：「你買通好漢莊酒窖的管事，又怕做得太明顯，所以將好漢莊的奴僕，全都聘到丁家莊來。」

葉開道：「飛劍客的俠蹤，也只有你知道，你故意告訴易大經，誘他訂下那借刀殺人的毒計。」

傅紅雪道：「這一計不成，你又想讓我跟葉開火併，但葉開身旁卻有一個丁靈琳跟著，你爲了怕她替葉開作證，就特地將她帶走。」

葉開長嘆道：「你嫁禍給我，我並不怪你，可是你實在不該殺了那孩子的。」

傅紅雪瞪著丁靈中，冷冷道：「我問你，這些事是不是你做的？」

丁靈中垂下頭，冷汗已雨點般流下。

葉開道：「我知道你這麼樣做，並不是為了你自己，我只希望你說出來，是誰叫你這麼樣做的。」

丁靈中道：「我……我不能說。」

葉開道：「其實你不說我也知道。」

丁靈中霍然抬頭，道：「你知道？」

葉開道：「十九年前，有個人在梅花庵外，說了句他本不該說的話，他生怕被人聽出他的口音來，所以才要你去將那些聽他說過那句話的人，全都殺了滅口。」

丁靈中又垂下了頭。

傅紅雪凝視著他，一字字道：「現在我只問你，那個人是不是丁乘風？」

丁靈中咬著牙，滿面俱是痛苦之色，卻連一個字也不肯說了。

他是不是已默認？丁乘風兄妹情深，眼看自己的妹妹被人所辱，痛苦終生，他當然要報復。

他要殺白天羽，是有理由的。

路小佳倚在梧桐樹上，喘息著，忽然大聲道：「不管怎麼樣，我絕不信丁老莊主會是殺人的兇手！」

葉開目光閃動，道：「難道你比別人都了解他？」

路小佳道：「我當然比別人了解他。」

葉開道：「爲什麼？」

路小佳忽又笑了笑，笑得淒涼而奇特，緩緩道：「因爲我就是那個被他送給別人去撫養的孩子，我的名字本該叫丁靈中。」

這又是個意外。

大家又不禁全都怔住。

丁靈中吃驚的看著他，失聲道：「你……你就是……就是……」

路小佳微笑著，道：「我就是丁靈中，你也是丁靈中，今天丁靈中居然殺了丁靈中，你們說這樣的事滑稽不滑稽？」

他微笑著，又拈起粒花生，拋起來，拋得很高。

但花生還沒有落下時，他的人已倒了下去。

他倒下去時嘴角還帶著微笑。

但別人卻已笑不出來了。

只有丁靈琳流著淚在喃喃自語：「難道他真的是我三哥？難道他真的是？……」

丁雲鶴板著臉，臉上卻也帶著種掩飾不了的悲傷，冷冷道：「不管怎麼樣，你有這麼樣一個三哥，總不是件丟人的事。」

的？你爲什麼不說？」

丁靈琳忽然衝到丁靈中面前，流著淚道：「那麼你又是誰呢……究竟是誰叫你去做那些事

丁靈中黯然道：「我……我……」

忽然間，一陣急驟的馬蹄聲，打斷了他的話，一匹健馬急馳而入。

馬上的人青衣勁裝，滿頭大汗，一闖進了院子，就翻身下馬，拜倒在地上，道：「小人丁雄，奉丁老莊主之命，特地前來請傅紅雪傅公子，葉開葉公子到丁家莊中，老莊主已在天心樓上備下了一點酒，恭候兩位的大駕。」

傅紅雪的臉色又變了，冷笑道：「他就算不請我，我也會去的，可是他的那桌酒，卻還是留給他自己去喝吧。」

丁雄道：「閣下就是傅公子？」

傅紅雪道：「不錯。」

丁雄道：「老莊主還令我轉告傅公子一句話。」

傅紅雪道：「你說。」

丁雄道：「老莊主請傅公子務必賞光，因爲他已準備好一樣東西，要還給傅公子。」

傅紅雪道：「他要還我什麼？」

丁雄道：「公道。」

傅紅雪皺眉道：「公道？」

丁雄道：「老莊主要還給傅公子的，就是公道！」

「公道」的確是件很奇妙的東西。

你雖然看不見它，摸不著它，但卻沒有人能否認它的存在。

你以爲它已忘記了你時，它往往又忽然在你面前出現了。

天心樓並不在天心，在湖心。

湖不大，荷花已殘，荷葉仍綠，半頃翠波，倒映著樓上的朱欄，欄下泊著幾隻輕舟。

四面紗窗都已支起，一位白髮蕭蕭，神情嚴肅的老人，正獨自憑欄，向湖岸凝睇。

他看來就彷彿這晚秋的殘荷一樣蕭索，但他的一雙眼睛，卻是明亮而堅定的。

因爲他已下了決心。

他已決心要還別人一個公道！

夜色更濃，星都已疏了。

「欸乃」一聲，一艘輕舟自對岸搖來，船頭站著個面色蒼白的黑衣少年，手裡緊緊握著一柄刀。

蒼白的手，漆黑的刀！傅紅雪慢慢的走上了樓。

他忽然覺得很疲倦，就彷彿一個人涉盡千山萬水，終於走到了旅途終點似的，卻又偏偏缺少那一份滿足的歡悅和興奮。

「人都來齊了麼?……」

現在他總算已將他的仇人全都找齊了,他相信馬空群必定也躲藏在這裡。

因爲這老人顯然已無路可走。

十九年不共戴天的深仇,眼看著這筆血債已將結清,他爲什麼竟連一點興奮的感覺都沒有?

這連他自己都不懂。

他只覺得心很亂。

翠濃的死,路小佳的死,那孩子的死……這些人本不該死,就像是一朵鮮花剛剛開放,就已突然枯萎。

他們爲什麼會死?是死在誰手上的?翠濃,他最愛的人,卻是他仇人的女兒。

丁靈中是他最痛恨的人,卻是他的兄弟。

他能不能爲了翠濃的仇恨,而去殺他的兄弟?絕不能!

可是他又怎麼能眼見著翠濃爲他而死之後,反而將殺她的仇人,當做自己的兄弟!

他出來本是爲了復仇的,他心裡的仇恨極深,卻很單純。仇恨,本是種原始的,單純的情感。

他從未想到情與仇竟突然糾纏到一起，竟變得如此複雜。

他幾乎已沒有勇氣去面對它。

因爲他知道，縱然殺盡了他的仇人，他心裡的苦還是同樣無法解脫。

但現在他縱然明知面前擺著的是杯苦酒，也得喝下去。

他也已無法退縮。他忽然發現自己終於已面對著丁乘風，他忽然發覺丁乘風竟遠比他鎮定冷靜。燈光很亮。照著這老人的蒼蒼白髮，照著他嚴肅而冷漠的臉。

他臉上每一條皺紋，每一個毛孔，傅紅雪都看得清清楚楚。

他堅定的目光，也正在凝視著傅紅雪蒼白的臉，忽然道：「請坐。」

傅紅雪沒有坐下去，也沒有開口，到了這種時候，他忽然發現自己竟不知道該說什麼。

丁乘風自己卻已慢慢的坐了下去，緩緩地說道：「我知道你是絕不會和你仇人坐在同一個屋頂下喝酒的。」

傅紅雪承認。

丁乘風道：「現在你當然已知道，我就是十九年前，梅花庵外那件血案的主謀，主使丁靈中去做那幾件事的，也是我。」

傅紅雪的身子又開始在顫抖。

丁乘風道：「我殺白天羽，有我的理由，你要復仇，也有你的理由，這件事無論誰是誰非，我都已準備還你個公道！」

他的臉色還是同樣冷靜，凝視著傅紅雪的臉，冷冷的接著說道：「我只希望知道，你要的究竟是哪種公道？」

傅紅雪手裡緊緊握著他的刀，突然道：「公道只有一種！」

丁乘風慢慢的點了點頭，道：「不錯，真正的公道確實只有一種，只可惜這種公道卻常常會被人曲解的。」

傅紅雪道：「哦？」

丁乘風道：「你心裡認爲的那種真正公道，就跟我心裡的公道絕不一樣。」

傅紅雪冷笑。

丁乘風道：「我殺了你父親，你要殺我，你當然認爲這是公道，但你若也有個嫡親的手足被人毀了，你是不是也會像我一樣，去殺了那個人呢？」

傅紅雪蒼白的臉突然扭曲。

丁乘風道：「現在我的大兒子已受了重傷，我的二兒子已成殘廢，我的三兒子雖不是你殺的，卻也已因這件事而死。」

他冷靜的臉上也露出了痛苦之色，接著道：「殺他的人，雖然是你們白家的後代，卻是我親手撫養大的，卻叫我到何處去要我的公道？」

傅紅雪垂下目光，看著自己手裡的刀。

他實在不知道應該如何答覆，他甚至已不願再面對這個滿懷悲憤的老人。

丁乘風輕輕嘆息了一聲，道：「但我已是個老人了，我已看穿了很多事，假如你一定要你的公道，我一定要我的公道，這仇恨就永無休止的一日。」

他淡淡的接著道：「今日你殺了我，為你的父親報仇固然很公道，他日我的子孫若要殺你為我復仇，是不是也同樣公道？」

傅紅雪發現葉開的手也在發抖。

葉開就站在他身旁，目中的痛苦之色，甚至比他還強烈。

丁乘風道：「無論誰的公道是真正的公道，這仇恨都已絕不能再延續下去，為這仇恨而死的人，已太多了，所以……」

他的眼睛更亮，凝視著傅紅雪，道：「我已決定將你要的公道還給你！」

傅紅雪忍不住抬起頭，看著他。

「這老人究竟是個陰險惡毒的兇手？還是個正直公道的君子？」

傅紅雪分不清。

丁乘風道：「但我也希望你能答應我一件事。」

傅紅雪在聽著。

丁乘風道：「我死了之後這段仇恨就已終結，若是再有任何人為這仇恨而死，無論是誰死在誰手裡，我在九泉之下，也絕不饒他！」

他的聲音中突然有了淒厲而悲憤的力量，令人不寒而慄！

傅紅雪咬著牙，嘶聲道：「可是馬空群——我無論是死是活，都絕不能放過他。」

丁乘風臉上突然露出種很奇特的微笑，淡淡道：「我當然也知道你是絕不會放過他的，只可惜你無論怎麼樣對他，他都已不放在心上了。」

傅紅雪變色道：「你這是什麼意思？」

丁乘風又笑了笑，笑得更奇特，目中卻流露出一種說不出的悲哀和傷感。

他不再回答傅紅雪的話，卻慢慢的舉起面前的酒，向傅紅雪舉杯。

「我只希望你以後永遠記得，仇恨就像是債務一樣，你恨別人時，就等於你自己欠下了一筆債，你心裡的仇恨愈多，那麼你活在這世上，就永遠不會再有快樂的一天。」

說完了這句話，他就準備將杯中酒喝下去。但就在這時，突見刀光一閃。

刀光如閃電。

接著，「叮」的一響，丁乘風手裡的酒杯已碎了，一柄刀隨著酒杯的碎片落在桌上。

一柄飛刀！三寸七分長的飛刀！

傅紅雪霍然回頭，吃驚的看著葉開。

葉開的臉竟也已變得跟他同樣蒼白，但一雙手卻也是穩定的。

他凝視著丁乘風，丁乘風也在吃驚的看著他，道：「為什麼？你為什麼要這樣做？」

葉開的聲音很堅決，道：「因為我知道這杯中裝的是毒酒，也知道這杯毒酒，本不該是你喝的。」

丁乘風動容道：「你……你這是什麼意思？」

葉開嘆了口氣，道：「我的意思，你難道真的不明白？」

丁乘風看著他，面上的驚訝之色，突又變為悲痛傷感，黯然道：「那麼我的意思你爲何不明白？」

葉開道：「我明白，你是想用你自己的血，來洗清這段仇恨，只不過，這血，也不是你該流的。」

丁乘風動容道：「我流我自己的血，跟你又有什麼關係？」

葉開道：「當然有關係。」

丁乘風厲聲道：「你究竟是什麼人？」

葉開道：「是個不願看見無辜者流血的人。」

傅紅雪也不禁動容，搶著道：「你說這人是個無辜的？」

葉開道：「不錯。」

傅紅雪道：「十九年前，那個在梅花庵外說『人都來齊了麼』的兇手，難道不是他？」

葉開道：「絕不是！」

傅紅雪道：「你怎麼知道的？你怎麼敢確定？」

葉開道：「因爲無論什麼人在冰天雪地中，凍了一兩個時辰後，說到『人』這個字時，聲音都難免有點改變的，可見他根本用不著爲這原因去殺人滅口。」

傅紅雪道：「你怎知在那種時候說到『人』這個字時，聲音都會改變？」

葉開想：「因爲我試過。」

他不讓傅紅雪開口，接著又道：「何況，十九年前，梅花庵血案發生的那一天，他根本寸步都沒有離開丁家莊。」

傅紅雪道：「你有把握？」

葉開道：「我當然有把握！」

傅紅雪道：「爲什麼？」

葉開說：「因爲那天他右腿受了重傷，根本寸步難行，自從那天之後，他就沒有再離開過丁家莊，因爲直到現在，他腿上的傷還未痊癒，還跟你一樣，是個行動不便的人。」

丁乘風霍然站起，瞪著他，卻又黯然長嘆了一聲，慢慢的坐下，一張鎭定冷落的臉，已變得彷彿又蒼老了許多。

葉開接著又道：「而且我還知道，刺傷他右腿的人，就是昔日威震天下的『金錢幫』中的第一快劍，與飛劍客齊名的武林前輩……」

傅紅雪失聲道：「荆無命？」

葉開點頭，道：「不錯，就是荆無命，直到現在我才知道，荆無命爲什麼將他的快劍絕技，傳授給路小佳了。」

他嘆息著接道：「那想必是因爲他和丁老莊主比劍之後，就惺惺相惜，互相器重，所以就將丁家一個不願給別人知道的兒子，帶去教養，只可惜他的絕世劍法，雖造就了路小佳縱橫天下的聲名，他偏激的性格，卻害了路小佳的一生。」

丁乘風誠然垂首，目中已有老淚盈眶。

傅紅雪盯著葉開，厲聲道：「你怎麼會知道這些事的，你究竟是什麼人？」

葉開遲疑著，目中又露出那種奇特的痛苦之色，竟似拿不定主意，不知道是不是應該回答他這句話。

傅紅雪又忍不住問道：「兇手若不是他，丁靈中殺人滅口，又是爲了誰？」

葉開也沒有回答這句話，突然回頭，瞪著樓口。

只聽樓下一個人冷冷道：「是爲了我。」

聲音嘶啞低沉，無論誰聽了，都會覺得很不舒服，可是隨著這語聲走上樓來的，卻是個風華絕代的女人。她身上穿著件曳地的長袍，輕而柔軟，臉上蒙著層煙霧般的黑紗，卻使得她的美，更多了種神秘的淒艷，美得幾乎有令人不可抗拒的魅力。

看見她走來，丁乘風的臉色立刻變了，失聲道：「你不該來的！」

這絕色麗人道：「我一定要來。」

她聲音和她的人完全不襯，誰也想不到這麼美麗的一個女人，竟會有這麼難聽的聲音。

傅紅雪忍不住道：「你說丁靈中殺人滅口，全是爲了你？」

「不錯。」

傅紅雪道：「爲什麼？」

「因爲我才是你真正的仇人，白天羽就是死在我手上的！」

她聲音裡又充滿了仇恨和怨毒，接著又道：「因爲我就是丁靈中的母親！」

傅紅雪的心似乎已沉了下去，丁乘風的心也沉了下去。

葉開呢？他的心事又有誰知道？

丁白雲的目光正在黑紗中看著他，冷冷道：「丁乘風是個怎麼樣的人，現在你想必已看出來，他爲了我這個不爭氣的妹妹，竟想犧牲他自己，卻不知他這麼樣做根本就沒有原因的。」

她嘆了口氣，接著道：「若不是你出手，這件事的後果也許就更不堪想像了，所以無論如何，我都很感激你。」

葉開苦笑，彷彿除了苦笑外，也不知該說什麼了。

丁白雲道：「可是我也在奇怪，你究竟是什麼人呢？怎麼會知道得如此多？」

葉開道：「我……」

丁白雲卻又打斷了他的話，道：「你用不著告訴我，我並不想知道你是什麼人。」

她忽然回頭，目光刀鋒般從黑紗中看著傅紅雪，道：「我只想要你知道我是什麼人！」

傅紅雪緊握雙拳，道：「我……我已經知道你是什麼人！」

丁白雪突然狂笑，道：「你知道？你真的知道？你知道的又有多少？」

傅紅雪不能回答。他忽然發覺自己對任何人知道的都不多，因爲他從來也不想去了解別人，也從未去嘗試過。

丁白雲還在不停的笑，她的笑聲瘋狂而淒厲，突然抬起手，用力扯下了蒙面的黑紗。

傅紅雪怔住，每個人都怔住。

隱藏在黑紗中的這張臉，雖然很美，但卻是完全僵硬的。

她雖在狂笑著，可是她的臉上卻完全沒有表情。這絕不是一張活人的臉，只不過是個面具而已。

等她再揭開這層面具的時候，傅紅雪突然覺得全身都已冰冷。難道這才是她的臉？

傅紅雪不敢相信，也不忍相信。

他從未見過世上有任何事比這張臉更令他吃驚，因爲這也已不能算是一張人的臉。在這張臉上，根本已分不清人的五官和輪廓，只能看見一條條縱橫交錯的刀疤，也不知有多少條，看來竟像個被摔爛了的瓷土面具。

丁白雲狂笑著道：「你知不知道我這張臉怎會變成這樣子的？」

傅紅雪更不能回答；他只知道白雲仙子昔日本是武林中有名的美人。

丁白雲道：「這是我自己用刀割出來的，一共劃了七十七刀，因爲我跟那個負心的男人在一起過了七十七天，我想起那一天的事，就在臉上劃一刀，但那事卻比割在我臉上的刀還要令我痛苦。」

她的聲音更嘶啞，接著道：「我恨我自己的這張臉，若不是因爲這張臉，他就不會看上我，我又怎會爲他痛苦終生？」

傅紅雪連指尖都已冰冷。他了解這種感覺，因爲他自己也有過這種痛苦，直到現在，他只要想起他在酗酒狂醉中所過的那些日子，他心裡也像是被刀割著一樣。

丁白雲道：「我不願別人見到我這張臉，我不願被人恥笑，但是我知道你絕不會笑我的，因爲你母親現在也絕不會比我好看多少。」

傅紅雪不能否認。他忍不住又想起，那間屋子——屋子裡沒有別的顏色，只有黑！

自從他有記憶以來，他母親就一直是生活在痛苦與黑暗中的。

丁白雲道：「你知不知道我聲音怎麼會變成這樣子的？」

她接著道：「因爲那天我在梅花庵外說了句不該說的話，我不願別人再聽到我的聲音，我就把我的嗓子也毀了。」

她說話的聲音，本來和她的人同樣美麗。

「人都來齊了麼？……」她說這句話的時候，聲音也還是美麗的，就像是春天山谷中的黃鶯。傅紅雪現在才明白葉開剛才說的話。她怕別人聽出她的聲音來，並不是因爲那個「人」字，只不過因爲她知道世上很少有人的聲音能像她那麼美麗動聽。

丁白雲道：「丁靈中去殺人，都是我叫他去殺的，他自己並沒有責任，他雖不知道我就是他的母親，但卻一直很聽我的話，他……他一直是個聽話的好孩子。」

她的聲音又變得很溫柔，慢慢的接著道：「現在，我總算已知道他還沒有死，現在，你當然也不會殺他了……所以現在我已可放心的死，也許我根本就不該多活這些年的。」

丁乘風突然厲聲道：「你也不能死！只要我還活著，就沒有人能在我面前殺你！」

丁白雲道：「有的……也許只有一個人。」

丁乘風道：「誰？」

丁白雲道：「我自己。」

她的聲音很平靜，慢慢的接著道：「現在你們誰也不能阻攔我了，因爲在我來的時候，已不想再活下去。」

丁乘風霍然長身而起，失聲道：「你難道已……已服了毒？」

丁白雲點了點頭，道：「你也該知道，我配的毒酒，是無藥可救的。」

丁乘風看著她，慢慢的坐了下來，眼淚也已流下。

丁白雲道：「其實你根本就不必爲我傷心，自從那天我親手割下那負心人的頭顱後，我就已死而無憾了，何況現在我已將他的頭顱燒成了灰，拌著那杯毒酒喝了下去，現在無論誰再也不能分開我們了，我能夠這麼樣死，你本該覺得很安慰才是。」

她說話的聲音還是很平靜，就像是在敘說一件很平常的事。但聽的人卻已都不禁聽得毛骨悚然。現在葉開才知道，白天羽的頭顱，並不是桃花娘子盜走的。但是他卻實在分不清丁白雲這麼樣做，究竟是為了愛？還是為了恨？無論這是愛是恨，都未免太瘋狂，太可怕。

丁白雲看著傅紅雪，道：「你不妨回去告訴你母親，殺死白天羽的人，現在也已死了，可是白天羽卻已跟這個人合為一體，從今以後，無論在天上，還是在地下，他都要永遠陪著我的。」

她不讓傅紅雪開口，又道：「現在我只想讓你再看一個人。」

傅紅雪忍不住問道：「誰？」

丁白雲道：「馬空群！」

她忽然回過身，向樓下招了招手，然後就有個人微笑著，慢慢的走上樓來。

他看來彷彿很愉快，這世上彷彿已沒有什麼能讓他憂愁恐懼的事。他看見傅紅雪和葉開時，也還是在同樣微笑著。

這個人卻赫然竟是馬空群。

傅紅雪蒼白的臉突又漲紅了起來，右手已握上左手的刀柄！

丁白雲忽然大聲道：「馬空群，這個人還想殺你，你為什麼還不逃？」

馬空群竟還是微笑著，站在那裡，連動也沒有動。

丁白雲也笑了，笑容使得她臉上七十七道刀疤突然同時扭曲，看來更是說不出的詭秘恐怖。

她微笑著道：「他當然不會逃的，他現在根本已不怕死……他現在根本就什麼都不怕了，所有的仇恨和憂鬱，他已全都忘記，因爲他已喝下了我特地爲他準備的，用忘憂草配成的藥酒，現在他甚至已連自己是什麼人都忘記了。」

可是傅紅雪卻沒有忘，也忘不了。自從他懂得語言時，他聽到的第一句話就是：「去殺了馬空群，替你父親報仇！」

他也曾對自己發過誓：「只要我再看見馬空群，就絕不會再讓他活下去，世上也絕沒有任何人，任何事能阻攔我。」

在這一瞬間，他心裡已只有仇恨，仇恨本已像毒草般在他心裡生了根。

他甚至根本就沒有聽見丁白雲在說什麼，彷彿仇恨已將他整個人都投入了洪爐。

「……去將你仇人的頭顱割下來，否則就不要回來見我……」

屋子裡沒有別的顏色，只有黑！這屋子裡突然也像是變成了一片黑暗，天地間彷彿都已變成了一片黑暗，只能看得見馬空群一個人。

馬空群還是動也不動的坐在那裡，竟似在看著傅紅雪微笑。

傅紅雪眼睛裡充滿了仇恨和殺機，他眼裡卻帶著種虛幻迷惘的笑意，這不僅是個很鮮明的對比，簡直是種諷刺。

傅紅雪殺人的手，緊緊握住刀柄，手背上的青筋一根根凸起。

馬空群忽然笑道：「你手裡爲什麼總是抓住這個又黑又髒的東西？這東西送給我，我也不要，你難道還怕我搶你的？」

這柄已不知殺過多少人，也不知將多少人逼得無路可走的魔刀，現在在他眼中看來，已只不過是個又黑又髒的東西。

這柄曾經被公認爲武林第一天下無雙的魔刀，現在在他眼中看來，竟似已不值一文。難道這才是這柄刀真正的價值？一個癡人眼中所能看見的，豈非總是最真實的？傅紅雪的身子突又開始顫抖，突然拔刀，閃電般向馬空群的頭砍下去。

就在這時，又是刀光一閃！只聽「叮」的一響，傅紅雪手裡的刀，突然斷成兩截。折斷的半截刀鋒，和一柄短刀同時落在地上。一柄三寸七分長的短刀。一柄飛刀！

傅紅雪霍然轉身，瞪著葉開，嗄聲道：「是你？」

葉開點點頭，道：「是我。」

傅紅雪道：「你爲什麼不讓我殺了他？」

葉開道：「因爲你本來就不必殺他，也根本沒有理由殺他。」

他臉上又露出那種奇特而悲傷的表情。

傅紅雪瞪著他，目中似已有火焰在燃燒，道：「你說我沒有理由殺他？」

葉開道：「不錯。」

傅紅雪厲色道：「我一家人都已經死在他的手上，這筆血債已積了十九年，他若有十條命，我就該殺他十次。」

葉開忽然長長嘆息了一聲，道：「你錯了。」

傅紅雪道：「我錯在哪裡？」

葉開道：「你恨錯了。」

傅紅雪怒道：「我難道不該殺他？」

葉開道：「不該！」

傅紅雪道：「爲什麼？」

葉開道：「因爲他殺的，並不是你的父母親人，你跟他之間，本沒有任何仇恨。」

這句話就像一座突然爆發的火山。世上絕沒有任何人說的任何一句話，能比這句話更令人吃驚。

葉開凝視著傅紅雪，緩緩道：「你恨他，只不過是因爲有人要你恨他！」

傅紅雪全身都在顫抖。若是別人對他說這種話，他絕不會聽。

但現在說話的人是葉開，他知道葉開絕不是個胡言亂語的人。

葉開道：「仇恨就像是一棵毒草，若有人將它種在你心裡，它就會在你心裡生根，它並不是生來就在你心裡的。」

傅紅雪緊握著雙拳，終於勉強說出了三個字：「我不懂。」

葉開道：「仇恨是後天的，所以每個人都可能會恨錯，只有愛才是永遠不會錯的。」

丁乘風的臉已因激動興奮而發紅，忽然大聲道：「說得好，說得太好了。」

丁白雲的臉卻更蒼白，道：「但是他說的話，我還是連一句都不懂。」

葉開長長嘆息，道：「你應該懂的。」

丁白雲道：「爲什麼？」

葉開道：「因爲只有你才知道，丁靈中並不是丁老莊主的親生子。」

丁白雲的臉色又變了，失聲道：「傅紅雪難道也不是白家的後代？」

葉開道：「絕不是！」

這句話說出來，又像是一聲霹靂擊下。

每個人都在吃驚的看著葉開。

丁白雲道：「你……你說謊！」

葉開笑了笑，笑得很淒涼。他並沒有否認，因爲，他根本就用不著否認，無論誰都看得出，他絕不是說謊的。

丁白雲道：「你怎麼會知道這秘密？」

葉開黯然道：「這並不是秘密，只不過是個悲慘的故事，你自己若也是這悲慘故事中的人，又怎麼會不知道這故事？」

丁白雲失聲問道：「你……難道你才是白天羽的兒子？」

葉開道：「我是……」

傅紅雪突然衝過來，一把揪住了他的衣襟，怒吼道：「你說謊！」

葉開笑得更淒涼。他還是沒有否認，傅紅雪當然也看得出他絕不是說謊。

丁白雲突又問道：「這個秘密難道連花白鳳也不知道？」

葉開點點頭，道：「她也不知道。」

丁白雲詫異道：「她連自己的兒子究竟是誰都不知道？」

葉開黯然的答道：「因爲這件事本來就是要瞞著她的。」

丁白雲道：「這究竟是怎麼回事？」

四六 愛是永恆

葉開遲疑著，顯得更痛苦。

他本不願說起這件事，但現在卻已到了非說不可的時候。

原來花白鳳有了身孕的時候，白夫人就已知道，她無疑是個心機非常深沉的女人，雖然知道她的丈夫有了外遇，表面上卻絲毫不露聲色。

她早已有法子要她的丈夫和這個女人斷絕關係，只不過，無論怎麼樣，花白鳳生下來的孩子，總是白家的骨血。她畢竟不肯讓白家的骨血留在別人手裡；因爲這孩子若還在花白鳳身邊，她和白天羽之間，就永遠都有種斬也斬不斷的關係，白天羽遲早總難免要去看看自己的孩子。

所以白夫人竟設法收買了花白鳳的接生婆，用一個別人的孩子，將她生的孩子換走。

花白鳳正在暈迷痛苦中，當然不會知道襁褓中的嬰兒，已不是自己的骨血。等她清醒時，白夫人早已將她的孩子帶走了。

白夫人未出嫁時，有個很要好的姐妹，嫁給了一個姓葉的鏢師。這人叫葉平，他的人就和他的名字一樣，平凡而老實，在武林中雖然沒有很大的名氣，但卻是少林正宗的俗家弟子。

名門弟子，在武林中總是比較容易立足的，他們恰巧沒有兒子，所以白夫人就將花白鳳的孩子交給他們收養，她暫時還不願讓白天羽知道這件事。

到那時為止，這秘密還只有她和葉夫人知道，連葉平都不知道這孩子的來歷。

第三個知道這秘密的人是小李探花；在當時就已被武林中大多數人尊為神聖的李尋歡！

因為白夫人心機雖深沉，卻並不是個心腸惡毒的女人——在自己的丈夫有了外遇時，每個女人心機都會變得深沉的。

白夫人做了這件事後，心裡又對這孩子有些歉疚之意，她知道以葉平的武功，絕不能將這孩子培養成武林中的高手，她希望白家所有的人，都能在武林中出人頭地。所以她將這秘密告訴了李尋歡，因為李尋歡曾經答應過，要將自己的飛刀神技，傳授給白家的一個兒子。

她知道李尋歡一定會實踐這諾言，她也信任李尋歡絕不會說出這秘密。

世上絕沒有任何人不信任李尋歡，就連他的仇人都不例外。

李尋歡果然實踐了他的諾言，果然沒有說出這秘密。但他卻也知道，世上絕沒有能長久隱瞞的秘密，這孩子總有一天會知道自己身世的。

所以他從小就告訴這孩子，仇恨所能帶給一個人的，只有痛苦和毀滅，愛才是永恆的。

他告訴這孩子，要學會如何去愛人，那遠比去學如何殺人更重要。

只有真正懂得這道理的人，才配學他的小李飛刀；也只有真正懂得這道理的人，才能體會到小李飛刀的精髓！

然後，他才將他的飛刀傳授給葉開。

這的確是個悲慘的故事，葉開一直不願說出來，因爲他知道這件事的真象，一定會傷害到很多人。

傷害得最深的，當然還是傅紅雪。

傅紅雪已鬆開了手，一步步往後退，似連站都已站不住了。

他本是爲了仇恨而生的，現在卻像是個站在高空繩索上的人，突然失去了重心。

仇恨雖然令他痛苦，但這種痛苦卻是嚴肅的、神聖的。

現在他只覺得自己很可笑，可憐而可笑。

他從未可憐過自己，因爲無論他的境遇多麼悲慘，至少還能以他的家世爲榮，現在他卻連自己的父母究竟是誰都不知道。

翠濃死的時候，他以爲自己已遭遇到人世間最痛苦不幸的事，現在他才知道，世上原來還有更大的痛苦，更大的不幸。

葉開看著他，目光中也充滿了痛苦和歉疚。

這秘密本是葉夫人臨終時才說出來的，因爲葉夫人認爲每個人都應該知道自己的身世，也有權知道。

傅紅雪也是人，也同樣有權知道。

葉開黯然道：「我本來的確早就該告訴你的，我幾次想說出來，卻又……」

他實在不知道應該怎麼樣將自己的意思說出來，傅紅雪也沒有讓他說下去。

傅紅雪的目光一直在避免接觸到葉開的眼睛，卻很快的說出兩句話：「我並不怪你，因爲你並沒有錯……」

他遲疑著，終於又說了句葉開永遠也不會忘記的話：「我也不恨你，我已不會再恨任何人。」

這句話還沒有說完的時候，他已轉過身，走下樓去，走路的姿態看來還是那麼奇特，那麼笨拙，他這人本身就像是個悲劇。葉開看著他，並沒有阻攔，直到他已走下樓，才忽然大聲道：「你也沒有錯，錯的是仇恨，仇恨這件事本身就是錯的。」

傅紅雪並沒有回頭，甚至好像根本就沒有聽見這句話。

但當他走下樓之後，他的身子已挺直。他走路的姿態雖然奇特而笨拙，但他卻一直在不停的走。他並沒有倒下去。

有幾次甚至連他自己都以爲自己要倒下去，可是他並沒有倒下去。

葉開忽然嘆了口氣，喃喃道：「他會好的。」

丁乘風看著他，眼睛裡帶著種沉思之色。

葉開又道：「他現在就像是個受了重傷的人，但只要他還活著，無論傷口有多麼深，都總有一日會好的。」

他忽又笑了笑，接著道：「人，有時也像是壁虎一樣，就算割斷牠的尾巴，牠還是很快就會再長出一條新的尾巴來。」

丁乘風也笑了，微笑著說道：「這比喻很好，非常好。」

他們彼此凝視著，忽然覺得彼此間有了種奇怪的了解。

就好像已是多年的朋友一樣。

丁乘風道：「這件事你本不想說出來的？」

葉開道：「我本來總覺得說出這件事後，無論對誰都沒有好處。」

丁乘風道：「但現在你的想法變了。」

葉開點點頭，道：「因爲我現在已發覺，我們大家爲這件事付出的代價都已太多了。」

丁乘風道：「所以你已將這件事結束？」

葉開又點點頭。

丁乘風忽然看了丁白雲一眼，道：「她若不死，這件事是不是也同樣能結束？」

葉開道：「她本來就不必死的。」

丁乘風道：「哦？」

葉開道：「她就算做錯了事，也早已付出了她的代價。」

丁乘風黯然。

只有他知道她付出的代價是多麼慘痛。

葉開凝視著他，忽又笑了笑，道：「你當然也知道她根本就不會死的，是不是？」

丁乘風遲疑著，終於點了點頭，道：「是的，她不會死也不必死……」

丁白雲很吃驚的看著他，失聲的道：「你……你難道……」

丁乘風嘆道：「我早已知道你爲你自己準備了一瓶毒酒，所以……」

丁白雲動容道：「所以你就將那瓶毒酒換走了？」

丁乘風道：「我早已將你所有的毒酒都換走了，你就算將那些毒酒全喝下去，最多也只不過大醉一場而已。」

他微笑著，接著又道：「一個像我這樣的老古板，有時也會做一兩件狡猾事的。」

丁白雲瞪著他看了很久，忽然大笑。

丁乘風忍不住問道：「你笑什麼？」

丁白雲道：「我在笑我自己。」

丁乘風道：「笑你自己？」

丁白雲道：「花白鳳都沒有死，我爲什麼一定要死？」

她的笑聲聽來淒清而悲傷，甚至根本分不出是哭是笑：「我現在才知道她比我還可憐，她甚至連自己的兒子是誰都不知道，連她都能活得下去，我爲什麼就活不下去？」

丁乘風道：「你本來就應該活下去，每個人都應該活下去。」

丁白雲忽然指著馬空群，道：「他呢？」

丁乘風道：「他怎麼樣？」

丁白雲道：「我喝下的毒酒，若根本不是毒酒，他喝的豈非也……」

丁乘風道：「你讓他喝下去的，也只不過是瓶陳年大麴而已。」

馬空群的臉色突然變了。

丁乘風道：「也許他早已知道你要對付他的。」

丁白雲道：「所以他看見我桌上有酒，就立刻故意喝了下去。」

丁乘風點點頭，道：「你當然也應該知道，他本來絕不是個肯隨便喝酒的人！」

丁白雲道：「然後他又故意裝出中毒的樣子，等著看我要怎樣對付他。」

丁乘風道：「你怎麼對付他的？」

丁白雲苦笑道：「我居然告訴了他，那瓶酒是用忘憂草配成的。」

丁乘風道：「他當然知道吃了忘憂草之後，會有什麼反應。」

丁白雲道：「所以他就故意裝成這樣子，不但騙過了我，也騙過了那些想殺他的人。」

馬空群臉上又充滿了驚惶和恐懼，突然從靴裡抽出柄刀，反手向自己胸膛上刺了下去。

就在這時，又是刀光一閃，他手裡的刀立刻被打落，當然是被一柄三寸七分長的飛刀打落的。

馬空群霍然抬頭，瞪著葉開，嗄聲道：「你……你難道連死都不讓我死？」

葉開淡淡道：「我只想問你，你爲什麼忽然又要死了？」

馬空群握緊雙拳道：「我難道連死都不能死！」

葉開：「你喝下去的，若真是毒酒，現在豈非還可以活著？」

馬空群無法否認。

葉開道：「就因爲那酒裡沒有毒，你現在反而要死，這豈非是件很滑稽的事？」

馬空群也無法回答，他忽然也覺得這是件很滑稽的事，滑稽得令他只想哭一場。

葉開道：「你認爲那忘憂草既然能令你忘記所有的痛苦和仇恨，別人也就會忘記你的仇恨了？」

馬空群只有承認，他的確是這樣想的。

葉開嘆了口氣，道：「其實除了忘憂草之外，還有樣東西，也同樣可以令你忘記那痛苦和仇恨的。」

馬空群忍不住問道：「那是什麼？」

葉開道：「那就是寬恕。」

馬空群道：「寬恕？」

葉開道：「若連你自己都無法寬恕自己，別人又怎麼會寬恕你？」

他接著又道：「但一個人也只有在他已真的能寬恕別人時，才能寬恕他自己，所以你若已真的寬恕別人，別人也同樣寬恕了你。」

馬空群垂下了頭。

這道理他並不太懂。在他生存的那世界裡，一向都認爲「報復」遠比「寬恕」更正確，更有男子氣。

但他們都忘了要做到「寬恕」這兩個字，不但要有一顆偉大的心，還得要有勇氣——比報復更需要勇氣。那實在遠比報復更困難得多。

馬空群永遠不會懂得這道理。所以別人縱已寬恕了他，他卻永遠無法寬恕自己。

他痛苦、悔恨，也許並不是因爲他的過錯和惡毒，而是因爲他的過錯被人發現——「這本該是個永遠不會有人知道的秘密，我本該做得更好些……」

他握緊雙拳，冷汗開始流下。無論什麼樣的悔恨，都同樣令人痛苦。

他忽然衝過去，抓起屋角小桌上的一罈酒，他將這罈酒全都喝下去。

然後他就倒下，爛醉如泥。

葉開看著他，心裡忽然覺得有種無法形容的同情和憐憫。

他知道這個人從此已不會再有一天快樂的日子。

這個人已不需要別人再來懲罰他，因爲他已懲罰了自己。

屋子裡靜寂而和平。所有的戰爭和苦難都已過去。

能看著一件事因仇恨而開始，因寬恕而結束，無疑是愉快的。

丁乘風看著葉開，蒼白疲倦的眼睛裡，帶著種說不出的感激。

那甚至已不是感激，而是種比感激更高貴的情感。

他正想說話的時候，就看見他的女兒從樓下衝了上來。

丁靈琳的臉色顯得蒼白而痛苦，喘息著道：「三哥走了。」

她忽然想起路小佳也是她的三哥，所以很快的接著又道：「兩個三哥都走了。」

丁乘風皺起了眉：「兩個三哥？」

丁靈琳道：「丁靈中是自己走的，我們想攔住他，可是他一定要走。」

葉開了解丁靈中的心情，他覺得自己已無顏再留在這裡，他一定要做些事爲自己的過錯贖罪。

丁靈中本就是很善良的年輕人，只要能有一個好的開始，他一定會好好的做下去。

葉開了解他，也信任他。

因爲他們本是同一血緣的兄弟！

丁靈琳又說道：「路小佳也走了，是被一個人帶走的。」

葉開忍不住問道：「他沒有死？」

丁靈琳道：「我們本來以爲他的傷已無救，可是那人卻說他還有法子讓他活下去。」

葉開道：「那個人是誰？」

丁靈琳道：「我不認得他，我們本來也不讓他把路……路三哥帶走的，可是我們根本就沒法子阻攔他。」

她臉上又露出種驚懼之色，接著道：「我從來也沒見過武功那麼高的人，只輕輕揮了揮手，我們就近不了他的身。」

葉開動容道：「他是個什麼樣的人？」

丁靈琳道：「是個獨臂人，穿著件很奇怪的黃麻長衫，一雙眼睛好像是死灰色的，我也從來沒有見過任何人有那種眼睛。」

丁乘風也已聳然動容，失聲道：「荆無命！」

荆無命！這名字本身也像是有種懾人的魔力。

丁乘風道：「他沒有親人，也沒有朋友，一向將路小佳當做他自己的兒子，他既然肯將小佳帶走，小佳就絕不會死了。」

這老人顯然在安慰著自己，葉開已發覺他並不是傳說中那種冷酷無情的人。

他冷漠的臉上已充滿感情，喃喃的低語著：「他既然來了，應該看看我的。」

葉開苦笑道：「他絕不會來，因爲他知道有個小李探花的弟子在這裡。」

丁乘風道：「你難道認爲他還沒有忘記他和小李探花之間的仇恨？」

葉開嘆息著，說道：「有些事是永遠忘不了的，因爲……」

因爲荆無命也是馬空群那種人，永遠不會了解「寬恕」這兩個字的意思。

葉開心裡在這麼想，卻沒有說出來，他並不想要求每個人都和他同樣寬大。

就在這時，一扇半掩著的窗戶忽然被風吹開。一陣很奇怪的風。

然後，他就聽見窗外有人道：「我一直都在這裡，只可惜你看不見而已。」

說話的聲音冷漠而驕傲，每個字都說得很慢，彷彿已不習慣用言語來表達自己的意思。他要表達自己的思想，通常都用另一種更直接的法子。

他的思想也一向不需要別人了解。

荊無命！只聽見這種說話的聲音，葉開已知道是荊無命了。

他轉過身，就看見一個黃衫人標槍般站在池畔的枯柳下。

他看不見這個人臉上的表情，只看見了一雙奇特的眼睛，像野獸般閃閃發光。

這雙眼睛也正在看著他：「你就是葉開？」

葉開點點頭。

荊無命道：「你知道我是什麼人？」

葉開又點點頭。他顯然不願荊無命將他看成個多嘴的人，所以能不說話的時候，他絕不開口。

荊無命盯著他，過了很久，忽然嘆息了一聲。

葉開覺得很吃驚，他從未想到這個人居然也有嘆息的時候。

荊無命緩緩道：「我已有多年未曾見到李尋歡了，我一直都在找他。」

他的聲音突然提高，又道：「因爲我還想找他比一比，究竟是他的刀快，還是我的劍快！」

葉開聽著，只有聽著。

荊無命竟又嘆息了一聲，道：「但現在我卻已改變了主意，你可知道爲了什麼？」

葉開當然不知道。

荊無命道：「是因爲你。」

葉開又很意外：「因爲我？」

荊無命：「看見了你，我才知道我是比不上李尋歡的。」

他冷漠的聲音竟似變得有些傷感，過了很久，才接著道：「路小佳只懂得殺人，可是你……你剛才出手三次，卻都是爲了救人的命！」

刀本是用來殺人的。

懂得用刀殺人，並不困難，要懂得如何用刀救人，才是件困難的事。

葉開想不到荊無命居然也懂得這道理。

多年來的寂寞和孤獨，顯然已使得這無情的殺人者想通了很多事。

孤獨和寂寞，本就是最適於思想的。

荊無命忽然又問道：「你知不知道『百曉生』這個人？」

葉開點點頭。

百曉生作「兵器譜」，品評天下英雄，已在武林的歷史中，留下永不磨滅的一筆。

荊無命道：「他雖然並不是正直的人，但他的兵器譜卻很公正。」

葉開相信。

不公正的事，是絕對站不住的，但百曉生的兵器譜卻已流傳至今。

荆無命道：「上官金虹雖然死在李尋歡手裡，但他的武功，卻的確在李尋歡之上。」

葉開在聽著。

上官金虹和李尋歡的那一戰，在江湖中已被傳說得接近神話。

神話總是美麗動人的，但卻絕不會真實。

荆無命道：「李尋歡能殺上官金虹，並不是因爲他的武功，而是因爲他的信心。」

李尋歡一直相信正義必定戰勝邪惡，公道必定常在人間。所以他勝了。

荆無命道：「他們交手時，只有我一個人是親眼看見的，我看得出他的武功，實在不如上官金虹，我一直不懂，他怎麼會戰勝的。」

他慢慢的接著道：「但現在我已了解，一件兵器的真正價値，並不在它的本身，而在於它做的事。」

葉開承認。

荆無命道：「李尋歡能殺上官金虹，只因爲他並不是爲了想殺人而出手的，他做的事，上可無愧於天下，下則無怍於人。」

一個人若爲了公道和正義而戰，就絕不會敗。

荆無命道：「百曉生若也懂得這道理，他就該將李尋歡的刀列爲天下第一。」

葉開看著他，突然對這個難以了解的人，生出種說不出的尊敬之意。

無論誰能懂得這道理，都應該受到尊敬。

荆無命也在凝視著他，緩緩道：「所以現在若有人再作兵器譜，就應該將你的刀列爲天下第一，因爲你剛才做的事，是任何人都做不到的，所以你這柄刀的價値，也絕沒有任何兵器能比得上！」

一陣風吹過，荆無命的人已消失在風裡。

他本就是個和風一樣難以捉摸的人。

葉開迎風而立，只覺得胸中熱血澎湃，久久難以平息。

丁靈琳在旁邊癡癡的看著他，目中也充滿了愛和尊敬。

女人的情感是奇怪的，你若得不到她們的尊敬，也得不到她們的愛。

她們和男人不同。

男人會因憐憫和同情而生出愛，女人卻只有愛她們所尊敬的男人。

你若見到女人因爲憐憫而愛上一個人，你就可以斷定，那種愛絕不是真實的，而且絕不能長久。

丁乘風當然看得出他女兒的心意，他自己也正以這年輕人爲榮。

像這樣一個年輕人，無論誰都會以他爲榮的。

丁乘風走到他身旁，忽然道：「你現在當然已不必再隱瞞你的身世。」

葉開點點頭，道：「但我也不能忘記葉家的養育之恩。」

丁乘風接著道：「除了你之外，他們也沒有別的子女？」

葉開道：「他們沒有！」

丁乘風道：「所以你還是姓葉？」

葉開道：「是的。」

丁乘風道：「木葉的葉，開朗的開？」

葉開道：「是的。」

丁乘風道：「你一定會奇怪我爲什麼要問這些話，但我卻不能不問個清楚，因爲……」

他看著他的女兒，目中已露出笑意，慢慢的接著道：「因爲我只有這麼一個女兒，我若要將她交給別人時，至少總不能不知道這個人是姓什麼的。」

現在他已知道這個人叫葉開。

他相信天下武林中人都一定很快就會知道這個人的名字。

全書完。相關情節請續看《天涯．明月．刀》

邊城浪子（下）

作者：古龍
發行人：陳曉林
出版所：風雲時代出版股份有限公司
地址：10576台北市民生東路五段178號7樓之3
電話：(02) 2756-0949　　傳真：(02) 2765-3799
封面原圖：明人出警圖（原圖為國立故宮博物館典藏）
封面影像處理：風雲編輯小組
執行主編：劉宇青
業務總監：張瑋鳳
出版日期：古龍珍藏限量紀念版2024年3月
ISBN：978-626-7369-44-9

風雲書網：http://www.eastbooks.com.tw
官方部落格：http://eastbooks.pixnet.net/blog
Facebook：http://www.facebook.com/h7560949
E-mail：h7560949@ms15.hinet.net
劃撥帳號：12043291
戶名：風雲時代出版股份有限公司

風雲發行所：33373桃園市龜山區公西村2鄰復興街304巷96號
電話：(03) 318-1378　　傳真：(03) 318-1378
法律顧問：永然法律事務所 李永然律師
　　　　　北辰著作權事務所 蕭雄淋律師

行政院新聞局局版台業字第3595號 營利事業統一編號22759935

定價：340元　

國家圖書館出版品預行編目資料

邊城浪子／古龍 著.　-- 三版.--
臺北市：風雲時代出版股份有限公司，2024.01
冊；公分.（I 小李飛刀系列）古龍珍藏限量紀念版
ISBN 978-626-7369-42-5（上冊：平裝）
ISBN 978-626-7369-43-2（中冊；平裝）
ISBN 978-626-7369-44-9（下冊；平裝）
857.9　　112019833